浙江省哲学社会科学规划重大项目“西方文学思潮发展史”（22YSXK03ZD）
2024年“商大精品文库”建设项目

西方文学思潮发展史论丛

蒋承勇 主编

后现代主义文学思潮导论

赵山奎 著

商务印书馆 The Commercial Press SINCE 1897 | 北京
浙江工商大学出版社 ZHEJIANG GONGSHANG UNIVERSITY PRESS | 杭州

图书在版编目（CIP）数据

后现代主义文学思潮导论 / 赵山奎著. -- 杭州 ：浙江工商大学出版社 ；北京 ：商务印书馆，2024. 12. （西方文学思潮发展史论丛 / 蒋承勇主编）. -- ISBN 978-7-5178-6100-3

Ⅰ. I109. 9

中国国家版本馆 CIP 数据核字第 2024AZ0920 号

后现代主义文学思潮导论

HOUXIANDAI ZHUYI WENXUE SICHAO DAOLUN

赵山奎 著

出 品 人	郑英龙
策　　划	郑英龙　任晓燕
责任编辑	鲁燕青
责任校对	林莉燕
封面设计	观止堂_未氓
责任印制	祝希茜
出　　版	商务印书馆 浙江工商大学出版社
发　　行	浙江工商大学出版社 （杭州市教工路 198 号　邮政编码 310012） （E-mail：zjgsupress@163. com） （网址：http://www. zjgsupress. com） 电话：0571-88904970，88831806（传真）
排　　版	杭州朝曦图文设计有限公司
印　　刷	浙江全能工艺美术印刷有限公司
开　　本	710 mm×1000 mm　1/16
印　　张	16. 5
字　　数	211 千
版 印 次	2024 年 12 月第 1 版　2024 年 12 月第 1 次印刷
书　　号	ISBN 978-7-5178-6100-3
定　　价	88. 00 元

总 序

蒋承勇

20 世纪八九十年代,我国学界曾经就"重写文学史"问题展开了十分热烈的讨论,唤起了众多学人对创新文学史研究的学术热情,不少人开始致力于新文学史著作的撰写。时过境迁,热烈的讨论已归于沉寂,文学史"重写"的实践无疑也取得了可喜的成果。但是,今天看来,当年的讨论主要聚焦于文学史撰写的观念更新,而不是着力于对文学史事实与现象及作家作品本身的深度研究——就当时的学术状况和语境而言,这种研究尚不具备深度展开的客观条件,——因而也不可能为文学史的"重写"提供丰富的学术"原材料"。观念更新固然很重要,但如果没有长期的对文学史事实与现象及作家作品研究的深厚积累,仅仅是观念和概念层面的花样翻新,那么,这种"重写"就缺乏学术新成果的有力支撑,从某种意义上说是"巧妇难为无米之炊",那么,所"重写"的文学史难免有观念空泛与学术意蕴轻浅之嫌,很难取得实质性的学术突破,其历史局限不言而喻。

文学史的"重写"原本就不是一蹴而就的,有道是"一代人有一代人的文学史","重写"也总是处于一种开放和行进的状态。从当今时代倡导人类文明交流互鉴、重构文明史的理念来看,显然又到了需要对曾经的"重写文学史”进行回顾、总结、反思与超越的时候了。就近几十年来学术研究的积累而言，当下新一轮“重写文学史”的展开亦有了较为丰厚的学术资源，更何况，文学史构建的理念也需要与时俱进、不断更新——“重写文明史”[①]的呼声无疑是新时代在人类文明交流互鉴语境中昭示的一种崭新的历史观和价值观，文学史撰写的创新无疑又进入了一个新的历史周期。在这种意义上，“重写文学史”依然是当今摆在我们面前的十分紧迫的学术新任务。

就国内的外国文学史撰写而言，自当年开展“重写文学史”的讨论以来，各种集体或个人“编撰”出来的西方文学史、国别文学史著作或者外国文学史教材，无疑有其历史的超越性与学术贡献。但是也必须看到，它们大都呈现为作家列传和作品介绍，对文学历史，普遍缺乏生动、真实、系统而有深度的描述与阐释；此外，用失之狭隘的文明史观和文学史观所推演出来的思想观念去简单地对作家、作品做出定论，也是这种文学史著作或教材的常见做法。这种现状亟待改变。

文学思潮是指在特定历史时期一定社会—文化思潮影响下形成的具有某种共同美学倾向、艺术追求和广泛影响的文学思想潮流。由于文明与文化发展的差异性，与国内文学史的演进相比，西方文学史是以文学思潮的形态展开的，并由此彰显其显著的“革新”“革命”“运动”的特征。从文艺复兴开始的人文主义，17 世纪的古典主义，18 世纪以降的浪漫主义、现实主义、自然主义、唯美主义、象征主义、颓废主义，再到 20 世纪的现代主义、后现代主义等，这一系列的文学思潮和运动在交替或交叉中奔腾向前，勾勒出了西方文学史发展的大致轮廓。可以说，文学思潮是西方文学发展的基本脉络，有其深层的人文意蕴，把握住了这一脉络，就等于把握住了西方文学史发展的基本构架和总体风貌。“批评家和文学史家都确

① 曹顺庆、刘诗诗：《重写文明史》，《四川大学学报》（哲学社会科学版）2023 年第 1 期。

信，虽然古典主义、浪漫主义和现实主义这类宽泛的描述性术语含义多样，但它们都是有价值且不可或缺的。把作家、作品、主题或体裁描述为古典主义的、浪漫主义的或现实主义的，就是运用一个有效的参照标准并由此展开进一步的考察和讨论。”①也许正是基于此种原因，在西方学界，文学思潮研究历来是文学史研究的主战场，其研究成果亦可谓车载斗量、汗牛充栋。与之相比，国内学界在这方面的研究则显得十分薄弱，亟待拓展与深化，这对文学史和文明史的“重写”与互鉴都有重大意义。因为，就西方文学而言，文学思潮研究乃“重写”西方文学史所不可或缺的重要前提，其研究成果乃“重写”西方文学史不可或缺的重要学术资源。

在我国，西方文学思潮自五四前后被介绍到本土，百余年来学界展开过不少研究，出版过一些研究与介绍性的作品，如早年陈独秀的《现代欧洲文艺史谭》、茅盾的《西洋文学通论》，以及后来胡风的《论现实主义的路》，何其芳的《关于现实主义》，王秋荣、陈伯通主编的《西方文学思潮概观》，罗钢的《浪漫主义文艺思想研究》等，也出版过翻译引进的著作，如厨川白村的《西洋近代文艺思潮》、本间久雄的《欧洲近代文艺思潮论》、勃兰兑斯的《十九世纪文学主流》、罗杰·加洛蒂的《论无边的现实主义》等。20世纪八九十年代学界曾经编辑出版过系列的单个文学思潮的资料汇编，如朱雯等编选的《文学中的自然主义》等。此外，杨周翰等的《欧洲文学史》、李明滨的《二十世纪欧美文学史》、朱维之等的《外国文学史》和郑克鲁等的《外国文学史》等文学史(教材)类的出版物也涉及对西方文学思潮的介绍。所有这些出版物，都为我国的西方文学思潮研究打下了坚实基础。不过，总体上看，这些研究或介绍只能代表一定时期的学术水平，而且难免有历史局限性，尤其是没有对西方文学思潮演变的历史展开全

① Donald Pizer: *Realism and Naturalism in Nineteenth-Century American Literature*, Southern Illinois University Press, 1984, p. 1.

面系统的研究与阐释。迄今为止，国内学界未曾出版由本土学人撰写的系统研究与阐释西方文学思潮发展史的著作，这无疑是我国外国文学研究与出版的一大缺憾。

有鉴于此，“西方文学思潮发展史论丛”作为浙江省哲学社会科学规划重大项目“西方文学思潮发展史”的最终成果，致力于对西方文学史中最具代表性的十大文学思潮——人文主义、古典主义、浪漫主义、现实主义、自然主义、唯美主义、象征主义、颓废主义、现代主义、后现代主义——展开深入、全面的反思性研究①，以 10 卷(每卷 20 万字左右)的体量予以系统呈现，力图对西方文学思潮和西方文学的演进做正本清源的梳理与研究，为“重写文明史”背景下本土学界重写文学史，特别是重写西方文学史提供重要的学术资源和观念启迪。

作为国内首次系统推出的关于西方文学思潮发展史研究的学术性丛书，“西方文学思潮发展史论丛”立足反思性、超越性和建设性，把西方十大文学思潮置于西方文明史和文学史演变的历史长河中，既作为一个整体，又分别作为各自独立的单元，以跨文化、跨学科方法展开多角度分析，发掘和阐发其本原性特质、历史性地位与价值，努力在研究方法的创新性，研究内容的系统性，研究结论的前沿性、原创性等方面，都有显著的建树，从而把对西方文学思潮的研究推向新水平、新高度，为推进中国特色的外国文学学科建设，也为中国现当代文学和文艺理论研究提供借鉴与参考。

---

① 需要说明的是，国内不少外国文学史教材或西方文学史、欧洲文学史著作，把 18 世纪启蒙运动中出现的文学——启蒙文学——也视为一种文学思潮，而本丛书则没有将其列入西方文学思潮中。那是因为，我们认为，欧洲 18 世纪的启蒙运动主要发生在思想文化领域，而不是文学领域。这一思想文化运动背景下出现的启蒙文学，虽然也受启蒙思想的影响，而且也有一个宽泛的作家群体，但是他们的成就主要表现在哲学、政治和思想文化领域而非文学领域，尤其是他们并没有形成比较系统的文学理论和美学思想体系，因此启蒙文学总体上只是一种松散的文学现象，而不是一个系统的文学思潮。有鉴于此，本丛书未将其作为西方文学思潮之一予以研究与阐释。

本丛书虽然集中于研究西方文学思潮，但实际上学科和专业涉及面宽，体现了跨学科、跨文化的比较文学方法与视野。对读者而言，本丛书的写作定位是学术性与普及性相互兼顾，既“为学术而学术”，又面向文科专业的本科生、硕士和博士研究生以及文学专业工作者和爱好者。本丛书的宗旨是努力打造一套简洁而不简陋、通俗易懂又有学术性和持久影响力的西方文学思潮精品读本与学术参考书。为此，本丛书坚持以下基本写作原则：观照基本问题，把握思潮主线；追踪思潮渊源，阐释本原特质；内容简明扼要，语言简洁生动。希望本丛书不仅能成为外国文学教学与研究者、文学工作者和爱好者的重要读物，同时也能成为中国现当代文学、文学理论教学与研究者的重要参考书。

目　录

| 引　言 |

将错就错的"后现代"

本书是"西方文学思潮发展史论丛"最后一卷，这不可避免地使本书以及所要导论的"后现代主义文学思潮"具有了某种"结尾的意义"，携带了某种"终结的意识"，以及传达了某种"暂时结束了的感觉"——或许这也正是弗兰克·凯慕德出版于 1967 年的一本谈论"虚构理论"的书之题名"The Sense of an Ending"所具有的三重意味。[①] 对于丛书和其中的每一本书，"结尾"具有客观性和必然性——不论愿不愿结尾、能不能结尾还是算不算结尾，一本书必定有一个结尾，即便是博尔赫斯或卡夫卡的书也都会有一个结尾。另外，虽然像《法国中尉的女人》这样典型的后现代主义文学文本会为自己所讲述的故事给出两个甚至更多的结尾，但每一本

---

① Frank Kermode: *The Sense of an Ending: Studies in the Theory of Fiction*, Oxford University Press, 1967. 这本书曾于 2000 年由辽宁教育出版社推出刘建华中译本，又于 2023 年被外语教学与研究出版社列入"外国文学研究文库"原版引进，这两个版本给出的中译名均为"结尾的意义：虚构理论研究"。张隆溪非常推崇这本书，认为它是"当代西方文学研究中的一部经典性著作"，他将其书名解作"终结的意识"，并阐释说："这里所谓终结，是说人出生到世界上，总是生在早已确定的社会、语言、文化和历史环境中，人离开人世的时候，社会、语言、文化、历史还会继续存在，所以人的一生总是处在中间，既见不到宇宙的开端，也见不到世界的结束；而人又总想了解自己生命和世间事物的意义，于是不得不构想一个结尾，因为只有事情告一段落，有头有尾，才可能呈现出完整的意义。"（张隆溪：《比较文学研究入门》，四川人民出版社 2022 年版，第 92 页。）

谈论后现代主义文学的书却只能有一个结尾。以如今平常眼光来看，即便是《法国中尉的女人》的“两个结尾”（一说“三个结尾”）也只不过是一个文学技法，两个结尾是“一种”结尾方式，归根到底仍是一个结尾。因为，归根结底，“有开始、有终结”本身已经是对事情本身的一种虚构，是存在于线性时间中的故事周而复始地叙述自身的唯一方式——无论是文学故事还是讲述文学的故事。从这一角度看，包括本书在内的“文学思潮导论”算是后一种故事。

之所以特别强调“结尾”“终结”“结束”，是因为从西方文学思潮发展历程来看，本书所“导论”的对象有着一种特殊性：就“可以导”和“值得导”的对象而言，后现代主义文学是迄今为止最后一种带有总体性和涵括性的西方文学思潮。这一点值得在一开始就特别加以强调，因为这似乎暗示，后现代主义文学思潮是迄今为止最后一种试图将自身作为终结所有终结论的“终结论”[①]——从现代西方文学思潮的演进来看，从德国浪漫主义代表诺瓦利斯所开启的那种无所不包的“一部无终结浪漫传奇”的起点，到法国解构主义大师德里达的“文本之外一无所有”的全景式敞开，西方文学思潮进入“后现代”确实已经走入了一个颇有意味的怪圈。尼埃尔·露西模仿哈贝马斯的说法说：“由施莱格尔兄弟等创造的浪漫主义批评传统仍然是一个未完成的工程，而置身后现代语境中的文学以及文学

① 自述从 20 世纪 80 年代初就关注“后现代主义”的刘象愚教授在其译著《后现代转向》的“译序”中提出了一种对于后现代主义的“广义”理解，其核心要点在笔者看来即是“终结论”——尽管在刘象愚的表述中，“终结论”只是作为其所说“广义后现代主义”的组成部分，并且是最后才被提到的一个内容：“倘若我们从狭义的后现代主义跳脱出来，将整个西方 20 世纪后半叶以来的各种理论、思潮与运动统统置于后现代主义的视阈中，就可能获得更大的合理性。如果是这样，‘后现代主义’就包括了以后结构主义（或称解构主义）为核心的俄国形式主义、新历史主义、狭义的后现代主义、西方马克思主义（或称新马克思主义）、女性主义、同性恋理论、后殖民主义、后人文主义以及种种‘终结论’（Endism）和新思潮。”（哈桑：《后现代转向》，刘象愚译，上海人民出版社 2015 年版，译序第 13 页。）刘象愚对后现代主义作为“终结论”的重视，可由其单单为这个概念附上了自创的对应英文表达而见出。

理论只是这一传统的再次更新。”[①]由此，“后现代主义文学”作为西方文学思潮史之“浪漫传奇”的最后一个章节，作为“终结所有终结论的终结论”的最新一次努力，某种意义上确实为具有西方特色的文学思潮画上了一个休止符。

但某种意义上难以确定是否仍身在“后现代”之中的我们，该如何讲述一个关于“后现代主义文学思潮”的故事呢？显然已经不能像约翰·巴斯一样后现代式地讲述这个故事了。这样的故事要么会像“迷失在游乐场”一样迷失在“从前有这么一个故事，从前有这么一个故事……”的牟比乌斯带（这似乎是对上述德国浪漫主义文学那部“无终结浪漫传奇”起点与德里达式“文本之外一无所有”的双重反讽），要么会像“一个自我录制的故事”一样尚未开始便已结束：“小说的主人公就是一个故事，巴斯自称它的父亲，录音机则是它的母亲。故事抱怨自己并未要求被构思出来，而它的父母却从未想到这一点。它说希望自己‘更令人愉快’和‘更容易为人们接受’。但它知道自己做不到，因此厌倦了自己作为故事的生涯，它央求巴斯：‘父亲！发发慈悲吧！我向你挑战！你这个卑鄙的老骗子，你有羞耻之心吗？行行好，把我结果了吧！’”[②]

那么能以现实主义的方式讲述这个故事吗？事实上，我国几种主流文学史教材确实是按照这一方式讲述的（似乎一部文学史教材也只能这样讲）。在这样的故事中，“后现代主义文学思潮”也像所有思潮一样产生于特定的“社会历史背景”下，有自己的“典型性格”，甚至也有自己的“典型人物”——虽然后现代主义文学作品中很少有这类人物，但后现代主义作家本身往往在文学史叙事中成为这类典型和代表。

不过，如此讲述的故事将不得不忍受前述巴斯所讲故事中的主人公

① 朱立元主编：《后现代主义文学理论思潮论稿》，上海人民出版社2015年版，第707页。

② “迷失在游乐场”是约翰·巴斯的短篇小说集的名字，“一个自我录制的故事”是其中《自传》的副标题。周敏：《什么是后现代主义文学》，上海外语教育出版社2014年版，第80—81页。

即“故事”的斥责和嘲弄，因为这样的故事中的“母亲”角色的对应物就是“社会历史背景”，“父亲”角色的对应物就是自信能够记录这一历史背景的“现实主义故事的讲述者”——巴尔扎克的“法国社会将要作为历史家，我只能当他的书记”说法中的“历史家”就相当于巴斯故事中的“录音机”。

国家社会科学基金重大项目成果之一《战后世界进程与外国文学进程研究　第二卷　后现代主义文学研究》的作者们显然看懂了巴斯的这个故事——毕竟是在后现代学术中浸淫多年的“老练读者”。其绪论开头(也是整卷书的开头)即引用意大利著名批评家贝拉尔迪内利谈论后现代主义之终结的文章《从后现代主义到突变：20 世纪如何终结》，随后又让著名的后现代主义小说家与批评家费德曼现身说法，“你来得太晚，我们已经走过了后现代主义，它死了，死了，走了，难道你不知道，它已经给埋葬了，就在你曾经待过的地方”，结尾则是：“在一定程度上，本卷是一长篇‘后现代主义曾为何物’，只是它是从战后世界历史进程的角度来回答这个问题。”①不难看出，为了能够毫无愧色地讲述自己这版的“后现代主义文学”故事，该书的作者首先做的事就是“结果”巴斯版本的故事，并搬来了一台更大号的录音机——他们要扮演的角色是世界历史的“书记员”或“听写者”。

平心而论，对于“一段”文学史的回顾来说，一个“后现代主义曾为何物”的故事也就够了。但一个“后现代主义文学思潮的故事”所提出的要求，恐怕要更多——文学思潮要求讲述者心中有“文学之思”，要“思接千载”，不能局限于文学史片段之区隔；还要求其眼中有“文学之潮”，要看到“潮起潮落”于其中的文学长河，不能只从“战后”看“后现代”，更不能为“后现代”之名目而自障其目。

---

① 王守仁等著，胡全生、印芝虹主编：《战后世界进程与外国文学进程研究　第二卷　后现代主义文学研究》，译林出版社 2019 年版，第 17—19，33 页。

在笔者有限的阅读中，最具去“后现代”之“名障”功效的论述，恰出自被视为后现代思想之先驱的尼采。在《人性的，太人性的》第二十三节“比较的时代”中，尼采写道：“人们受传统的约束越小，他们的种种内心动机也就越发蠢蠢欲动，因此他们外在的骚动不安、他们相互间的交往和融合，以及他们种种努力的多重交响也就日益加强。现在谁还会对一个地方恋恋不舍，以至于把自己和后代困在这一个地方呢？谁还会对任何事物有任何难舍难分的感情呢？正如所有的艺术风格都被一个接一个地模仿，道德、风俗、文化的所有阶段和种类也都被模仿。——这个时代是通过这样的方式获得其意义的：各种世界观、各种风俗文化在这个时代可以被人一个一个地加以比较，被人一个一个地经验到；这在以前是不可能的，因为以前一切文化都只有地域性的支配地位，所有艺术风格都束缚于一个特定的时间和地点。现在，各种形式都把自己摆在人们面前以供比较，而一种强化了的审美感受力将在这种种形式中做决定性的取舍：其中的大部分，即所有被这种审美感受力所排斥的东西，人们将会任其湮灭。同样，在今天，一种较高的道德形式和伦理习俗也在选择，这种选择的目的不是别的，正是要剪除那些较低的道德。这是比较的时代！”①

尼采所谓“比较的时代”，其实也就是我们所谓“后现代”——“后现代”也可以理解为“进入现代以后的时代”，在此意义上“现代”已经是“后现代”。“各种世界观、各种风俗文化在这个时代可以被人一个一个地加以比较”——何以后现代主义文学会是一种“国际现象”，其道理就在于此；在这个时代，各种艺术形式和风格“也都把自己摆在人们面前以供比较”——所谓后现代主义文学的“怎么都行”②，从这一角度看，恰是弱化

① Friedrich Nietzsche: *Human, All Too Human*, trans. R. J. Hollingdale, Cambridge University Press, 1986, p. 24. 所引中译文出自张旭东：《全球化时代的文化认同：西方普遍主义话语的历史反思》，上海人民出版社 2023 年版，第 2—3 页。

② 周敏：《什么是后现代主义文学》，上海外语教育出版社 2014 年版，第 104 页。

了的审美感受力无力取舍和选择的结果。

尼采对"后现代"的理解还包含了一个比讨论后现代的主流学者更多的维度,即清晰而非含混的"传统"维度:古代。尼采所说对"各种世界观、各种风俗文化"的"经验和比较",包含一个用典或互文——不妨说,古代诗人荷马笔下的奥德修斯就是这样一个"见识过不少种族的城邦和他们的思想"①的比较学者。

用尼采破除"后现代"之名障并不就是说后现代主义是"幻象"。事实上,这与说后现代主义文学思潮是一种历史现象或是由具体历史境况所限定的现象并不矛盾——客观上看,文学史中的不少讨论就是在将错就错的讨论过程中最后成为我们今天所知道的文学历史的一部分。后现代主义文学学术史应当也属于这种"将错就错"的文学史。前述尼采被视为"后现代思想之先驱"这件事就是一个典型。詹明信②可以说是第一个破除"尼采是一个后现代思想之先驱"名障的后现代主义研究者。在北京大学的课堂上,詹明信说完"尼采的理论是反黑格尔的,而且由他产生了后现代主义以及后马克思主义的思潮"之后,随即又以"我的看法却有不同"破除了这个说法。③ 但他的破除并未改变"尼采是后现代思想之先驱"这个说法在学术史上的客观性,尽管人们很可能根本搞不清楚这个说法是从哪里来的。

带着这一认识,作为研究对象的后现代主义文学思潮在本书中将会呈现一种异样的面貌。当然,本书并不打算回避关于后现代主义文学的诸多已有的学术共识。某种意义上甚至可以说,后现代主义文学学术史才是本书真正的研究对象。那些共识中的不少部分,有时会在解开历史

① 荷马:《奥德赛》,王焕生译,人民文学出版社 1997 年版,第 1 页。

② 美国学者 Fredric Jameson 的中文译名有"杰姆逊""詹姆逊""詹明信",除引文及文献外,本书正文行文统一为"詹明信"。

③ 杰姆逊:《后现代主义与文化理论》,唐小兵译,北京大学出版社 1997 年版,第 96 页。

谜团和分析具体问题及文本细节的过程中,以逸事穿插和引文评述的方式加以呈现,有时此类引文也会成为待分析的文本。换句话说,本书试图以这种方式把“将错就错”的后现代主义文学思潮的故事与“破名障”的后现代主义文学思潮的故事编织成一个故事。

第一章

缘起:詹明信问题

进入一段后现代主义文学思潮的真实历史,从詹明信的中国讲演录《后现代主义与文化理论》开始,不失为一个恰当的选择。因为在后现代主义文学学术史上,与谈论"后现代主义的幻象"时基本不谈文学、谈论"20世纪西方文学理论"时基本不谈后现代主义的伊格尔顿[①]不同,詹明信似乎是绝无仅有地把后现代主义理论与西方文学思潮放在一起谈论的原创型学者。詹明信之于后现代主义文学学术史的特殊性还在于,他是由一个反对"后现代主义之名"合法性的"反后现代学者"转化成一个"将错就错"地谈论并建构"后现代主义论说"的"后现代学者"的。这个"转向"经历之于他的后现代主义论说的深层纠缠,以及由此而来的对于文学思潮、后现代主义文学作品的具体解释,都尚存在不少有待厘清的症状性问题——我们不妨称其为"詹明信问题"。

① 伊格尔顿:《后现代主义的幻象》,华明译,商务印书馆2000年版;伊格尔顿:《二十世纪西方文学理论》,伍晓明译,北京大学出版社2007年版。

第一节　詹明信与哈桑之争

曾艳兵在《东方后现代》开篇处谈到“20 世纪 90 年代初”中国学术界曾有一场“许多批评家、学者都卷入了”的关于“中国有无后现代主义”的大讨论,《文艺争鸣》杂志甚至还为此举办了专题讨论;对于这个被讨论的问题,曾艳兵给出了一个曾令当年阅读这本书的笔者感到豁然开朗的回答:“‘中国有后现代主义吗?’我想,这个讨论本身就已说明了后现代主义的存在。”①

如今笔者想到的问题是:在更早时候的西方学界,是否也曾有一场其本身即足以说明“(西方)确实存在后现代主义”的“大讨论”呢?

可以肯定的是,无论算不算“大”,西方学界确实有一次关于“是否有后现代主义”的重要讨论。笔者说的不是著名的利奥塔与哈贝马斯关于现代主义与后现代主义的论争②,而是在哈桑与詹明信之间展开的另一场尽管比较隐蔽,但更具根本性意味的讨论:西方是否有“后现代主义”这么一回事。

先明确一件事:“文学思潮”意义上的“后现代主义”,是在詹明信式的文学—历史分期视野中得到准确命名的;在詹明信—哈桑论争之后,哈桑所选择的“转向”是一个象征性动作——这似乎意味着一次尽管不情愿但

---

① 曾艳兵:《东方后现代》,广西师范大学出版社 1996 年版,第 1 页。

② 在面向 21 世纪课程教材《从现代主义到后现代主义》第五章“后现代主义文学思潮”第一节“关于后现代主义的论争”中,该部分执笔者梁晶、桑海处理了这一论争。一方面,二位作者认为,“在这场论辩中,双方的立场似乎是针锋相对、不可调和的”;另一方面又认为,“在这场利奥塔和哈贝马斯,或者说后现代主义与批判理论之间错综复杂的论争中,我们不难看到双方的差异实际上并不像论辩的激烈程度那样严重,其中存在不少误解和各执一端之辞”。这实际上也指出了这场论争的喜剧意味。(刘象愚、杨恒达、曾艳兵主编:《从现代主义到后现代主义》,高等教育出版社 2002 年版,第 266—268 页。)

终究发生了的关于后现代主义文学思潮话语权的交接仪式，具有标注历史时刻的深刻意义。

关于这一点，有刘象愚的梳理为证："在狭义后现代主义形成的历史进程中，特别是它的早期，即70年代，哈桑的影响是毋庸置疑的，但是随着审美后现代主义向认知领域转化，并向广阔文化领域的纵深开掘，哈桑却淡出了人们的视域，在相当程度上遭到了冷落。哈桑对此是心有不甘的。本书在1987年出版时，詹明信等西方马克思主义者关于后现代主义的论述已经获得了绝对的理论优势和学界的认可，哈桑被有意无意地放逐到后现代主义的讨论之外。哈桑的心情谅必是不平静的、复杂的，诚如他自己所说，他是最早开始研究后现代主义，并对其'做出理论概括'的学者之一，20多年来一直在讨论后现代主义，而今在闹闹嚷嚷的后现代主义论争中，他却被遗忘了，人们似乎忘记了他在后现代主义研究中做出的贡献，甚至忘记了他在后现代主义讨论中的存在；那时在后现代主义理论界走红的正是当年指斥、否定后现代主义的西方马克思主义者。"①

这里的重点是：当年"詹明信等西方马克思主义者"曾"指斥、否定后现代主义"。应当指出，这里"指斥、否定"的对象，显然不是指"后现代主义"这个话题，不是指詹明信等人就这个话题提出了如此这般与哈桑不同的解释，而是指詹明信等人"指斥"哈桑竟然提出所谓"后现代主义"这个无聊话题这件事本身，所"否定"的径直是"后现代主义"这么一回事的"存在"。考虑到刘象愚对哈桑的熟悉程度和交流深度(他在"译序"中两次提及与哈桑的当面交流)，想必上述"指斥、否定"至少是哈桑在那场关于后现代主义的论争中所感受到的事实。我们也因此能够理解刘象愚对哈桑何以要在《后现代转向》一书的"引言"部分引用威廉·詹姆斯"那段与本书内容并无太多关联的话"的理解："这里的用意显然是借古喻今，矛头无

① 哈桑：《后现代转向》，刘象愚译，上海人民出版社2015年版，第14页。

疑是指向詹明信等西方马克思主义者的。”①

哈桑的“引言”确实一上来就把詹姆斯《实用主义》一书中的一段话放到了一个引人注目的位置（标题之后、正文之前），并且确实与正文中的内容形成互文。这段引文是这样说的：“大家知道，一种新的理论出现后人们首先是攻击它，说它荒诞不经，过一段时间后才承认它是对的，不过，依然要说它浅显易懂，无足轻重，最终才能真正认识它的重要性，到那时，甚至连它一贯的论敌们都禁不住要宣称，他们才是这一理论的首创者。”②确如刘象愚所言，其谈起后现代主义在彼时的兴旺发达（即刘象愚所说的“走红”）与自己的“转向”（或许有几分“被迫”的意味）的字里行间，流溢一股有针对性的不平之气：“关于后现代（postmodern）这个词，那些吹毛求疵的学究曾竭力排斥，因为他们对学术中任何微小的创新都避之犹恐不及。可时下这个术语却成了人们的口头禅，在电影、戏剧、舞蹈、音乐、艺术、建筑、文学、文学批评、哲学、神学、精神分析、历史编修、新科学、控制论技术以及文化生活的种种方式中都可以听到它。后现代主义现在已经获得了官方的认可与嘉奖，国家人文学科基金会为它提供专项基金，组织暑期研讨班，培训专任教师。此外，它还进入了新马克思主义批评家的论述中，可是就在10年前，这些批评家还将这一术语指斥为臭狗屎，说它是消费社会破败的一个例证。”③

事实上，若要为“新马克思主义批评家”将“后现代主义”这一术语“斥为臭狗屎，说它是消费社会破败的一个例证”这一说法寻找例证的话，根本不用回到哈桑所说的“10年前”。就在哈桑在西方推出《后现代转向》的前一年，被刘象愚认为是哈桑矛头之所向的西方马克思主义代表学者詹明信在中国出版了北京大学学术讲演录《后现代主义与文化理论》

① 哈桑：《后现代转向》，刘象愚译，上海人民出版社2015年版，第14页。

② 哈桑：《后现代转向》，刘象愚译，上海人民出版社2015年版，第27页。

③ 哈桑：《后现代转向》，刘象愚译，上海人民出版社2015年版，第27—28页。

(1986年由陕西师范大学出版社出版第一版,次年出版第二版,1997年由北京大学出版社再版)。此书及其背后的故事,在很多方面能与哈桑所言形成互文互证。

与哈桑"后现代主义现在已经获得了官方的认可与嘉奖,国家人文学科基金会为它提供专项基金,组织暑期研讨班,培训专任教师"这一说法形成互文的是,1985年9月至12月,詹明信(即杰姆逊)应当时北京大学比较文学研究所和国际政治系国际文化专业之邀,在北京大学开设了一门专题课。其讲演录就是次年由唐小兵译成中文出版、题名经詹明信本人"考虑再三"才确定下来的《后现代主义与文化理论》。[①]

值得注意的是,詹明信后来在为中国台湾版《后现代主义与文化理论》(1989)所写的"自序"中对"后现代主义"这个名词所发表的两点批评性意见,正是哈桑耿耿于怀的"臭狗屎说"和"商品说"。考虑到他在此时有可能已经读过哈桑的《后现代转向》,将这两点批评视作对哈桑看法的"反讽性互文"或"戏仿"或许也并不过分。他说的第一点就是"像'后现代主义'这样一个新词"会"不免成为知识界的一种新商品"。第二点则指出"后现代主义"及围绕这一名词的论争"像一把野火"。"野火"相当于"臭狗屎"的文雅化说法,因为詹明信引入这个比喻,最终考虑的是如何消灭与清除之:野火与臭狗屎的臭气一样,都会像瘟疫一样扩散——"这把火是怎样烧起来的,蔓延到什么地方,哪些情形是火上浇油……进而,这场野火会不会烧到其他地方?怎样才能扑灭?"[②]

用"瘟疫"解释詹明信的"野火"不算离谱,因为他马上就说到"后现代主义"作为"这样一个话题",是一种"集体性谵语"和"病症"——他在这样说的时候,再次将后现代主义和散发着"消费社会破败"气息的"(商品)需

---

① 詹明信赴北京大学讲学的情况介绍,详见杰姆逊:《后现代主义与文化理论》,唐小兵译,北京大学出版社1997年版,序第1页。

② 杰姆逊:《后现代主义与文化理论》,唐小兵译,北京大学出版社1997年版,自序第4页。

求"联系起来:"正像所有构成所谓'客观存在的精神'或'文化'的集体性谵语一样,这样一个话题,总是应某种'需求'而生(但并不一定会满足这个'需求');甚至当这个话题似乎是一套精诊良方时,本身也正是一些病症。"①这话说得够清楚了:在詹明信这里,并不存在一种可以作为自然之物的"后现代主义",因此也谈不上是否有"客观存在"的"后现代主义"——这是一个在精神错乱的情况下才被错误地提出来的问题(即所谓"谵语")。

当然,认识到近乎强迫性地去谈论后现代主义是一种疾病,并不会为詹明信以自己的方式强迫性地谈论后现代主义带来任何心理负担,当他在北京大学的课堂上介绍自己说"我是搞法国文学的,并不是研究美国的专家,我注意的是世界范围内的后现代主义文化的发展,因此,可以说是个文化批评家"②时,他也并不认为自己处在某种谵妄状态中。恰恰相反,这意味着,在他看来,既然"后现代主义文化"已经在全世界范围内"发展"起来了,那只能以正确的方式来处理这个议题——这也正是他为何要以"必须式"的绝对命令向自己提出处理这个棘手议题的要求:"必须而且应该有两种并存但又不同的历史来说明这个议题:一是主体的历史,一是客体的历史,前者即该名词本身的历史,解释其诸种功能和众多的利用发挥;后者则应是某物的历史,此名词只不过据信指称该物而已(显然,'后现代主义'一词指的应是文化生产过程和社会关系中某些深刻的裂变)。"③

詹明信对"双重历史"的要求有令人警醒、发人深思的一面,特别是当我们考虑到确实有许多像哈桑这样的学者只注意到了作为"主体"的"后

① 杰姆逊:《后现代主义与文化理论》,唐小兵译,北京大学出版社 1997 年版,自序第 4 页。
② 杰姆逊:《后现代主义与文化理论》,唐小兵译,北京大学出版社 1997 年版,第 1 页。
③ 杰姆逊:《后现代主义与文化理论》,唐小兵译,北京大学出版社 1997 年版,自序第 4—5 页。

现代主义”这一个“名词”的历史,以及对该名词“诸种功能和众多的利用发挥”的解释——前述哈桑所津津乐道的“后现代主义”这个名词在“电影、戏剧、舞蹈、音乐、艺术、建筑、文学、文学批评、哲学、神学、精神分析、历史编修、新科学、控制论技术以及文化生活的种种方式”中被“听到”和“走红”的状况,大体就是这种“历史”。应该指出,这种历史也是后现代主义被讨论的方式中最为流行的一种,因此也是“后现代主义”作为一个文化商品最容易被分包营销从而在文化市场流通的途径。

实际上,“主体”与“名词”在詹明信上述表达中的“合二为一”还带出了一个更值得思考的现象,即在关于后现代主义讨论中,对“后现代主义”这个名词的自觉不自觉的主体化或拟人化处理。在此,我们或许能够见证像哈桑这样的“后现代主义文化的爱欲者”与詹明信这样的“后现代主义文化的分析者”之间的核心区别。在为刘象愚译本所写的“中文版序”中,哈桑既把自己定位为“学者”,也有意无意地把自己说成“作家”,并且在谈到自己和后现代主义的双重“转向”时,他先谈到的是“作家”:“作家在写作生涯中难免会有兴趣转移的时刻,为此我把这本书题名为《后现代转向》,用‘转向’一词,取其双关之意。既指一般作家,也指我自己。”①对于“作家”身份的暗示,更为清楚地体现在他对第七章内容的概说中。这一章在他看来“穿插着桀骜不驯的自传片段,通过批评家的个人生活暗示作为欲望、阅读、写作/表演的批评实践”②。也正是在把自己塑造成一个“自传作家”的语境中,哈桑把“后现代主义”拟人化了:“后现代主义在这里是一种缄默的诱惑,引诱我们承认它对批评家生活作出的冷漠解释。然而此章拒绝这一解释,也不回到人文主义的虔诚。此章提出这样的问题:社会中什么样的自我才能充分适应这样一个陷入碎片与整体、恐怖与

① 哈桑:《后现代转向》,刘象愚译,上海人民出版社 2015 年版,中文版序第 23 页。
② 哈桑:《后现代转向》,刘象愚译,上海人民出版社 2015 年版,第 32 页。

种种极权主义之间的后现代世界呢？显而易见，这个问题必将指向个人的、政治的、形而上的死亡。”①在这一表述中，作为“缄默的诱惑”的“后现代主义”俨然成为哈桑的“被爱者”，而一旦致力于构建“后现代主义”的诗化形象，哈桑自然也就从一个后现代主义学者转变成一个热爱这个诗化形象的诗人。此时容易理解也不难感受到（正如刘象愚也已经看出来的），这个诗人对于像詹明信这样的“竞争者”肆意破坏自己塑造的诗化形象（他把最后两章的内容称作“后现代主义的磨难”，暗示了其笔下的主人公遭遇的悲剧性），以及破坏自己作为这一诗化形象最初塑造者的名声（他论及“对立的思潮——新保守主义、新马克思主义、后结构主义、新实用主义——怎样竞相攫取后现代主义的生命为己有，即使这生命已开始衰老也不顾及”②）所怀有的学术义愤。

这种诗化倾向还有更为形象的版本，比如在我国后现代主义学者刘介民的笔下，后现代主义就像希腊神话中的某个女神在当代文化中的复活：“她作为一种对现在思潮的批评存在于我们学术研究中，也存在于传媒中。从20世纪80年代，她已经存在于许多学科中，如哲学、美学、宗教、心理学、建筑学、医学，特别是艺术、建筑、文学和影视评论中等。”③切近地看，这个女神很像曾引发了荷马笔下那场著名的特洛伊战争的争吵女神——就后现代主义展开的争吵的背后站着一个争吵女神，“造成一个巨大的、时而焦虑的争论”④。

不难想象，在争吵女神的“争吵的诱惑”（这是哈桑笔下“缄默的诱惑”的另一面相）鼓动之下，各个后现代主义学者也只能带有几分强迫症状地爱各自的后现代主义，并鄙视竞争者的后现代爱欲——声称已经“转向”

---

① 哈桑：《后现代转向》，刘象愚译，上海人民出版社2015年版，第32页。
② 哈桑：《后现代转向》，刘象愚译，上海人民出版社2015年版，第33页。
③ 刘介民：《西方后现代人文主流——征候群研究》，北京大学出版社2010年版，第411页。
④ 刘介民：《西方后现代人文主流——征候群研究》，北京大学出版社2010年版，第411页。

到“其他兴趣”的哈桑愿意拥抱的“一种满含焦虑的关于后现代主义的共识”,最终仍是他一开始就追求的“内在—不确定性”;对于除这种后现代主义之外“究竟还有什么”这个问题,他宣称“我们可以问,也可以回答,可是没有人真正知道答案”[①]——得出“没有人真正知道答案”这个判断的依据显然就是他自定义的“内在的、不确定的后现代主义”本身,他给出的这个定义内在地排除了任何确定的也就是“真正的答案”。

就“诗化”倾向而言,詹明信的情况是一种反向的“诗化”,即“物化”。在谈到用于克服“主体/词语的历史”的“客体/某物的历史”时,他对放在括号里的措辞(“显然,‘后现代主义’一词指的应是……”[②])已经有些犹疑,尽管他要用这个括号隔离犹疑。似乎他已预感到那个“文化生产过程和社会关系中的某些深刻的裂变”一旦被指出,自己也会被这一更具物质性的“裂变”所分裂和变异。由此可以理解他为进一步对后现代主义进行“症候群性解读”而提出两个“不同角度”时何以感到“并非轻而易举”——“两个角度”就已经将自身展示为一种将“一”分裂为“二”的物化力量。

他是这样阐述所谓“两个角度”的:“一是内层解读,这正像旧式哲学一样,目标是发现并建立其内在的创新和效验;一是外层解读,视其为更深层的社会和历史进程的外在标志或症状。困难之处在于这第二种解读不应直接地导向某种过时的‘意识形态分析’,其效果只是揭丑宣短而已,也不应止于某种相对主义,把理论文本贬得一钱不值。”[③]

不难发现两个不同角度中的每个角度都包含强迫性的张力:“以旧式哲学的方式建立内在的创新”及“用外层解读发现更深层的症状”,如此这

---

① 哈桑:《后现代转向》,刘象愚译,上海人民出版社2015年版,第33页。

② 杰姆逊:《后现代主义与文化理论》,唐小兵译,北京大学出版社1997年版,自序第4—5页。

③ 杰姆逊:《后现代主义与文化理论》,唐小兵译,北京大学出版社1997年版,自序第6—7页。

般的表述使得辩证法听起来像莎士比亚式的矛盾修饰法，也对能如此表述者对矛盾的耐受性提出了很高的要求。我们从这样的表述中不难体味到现代西方学术这一特殊类型的“文化工业”在现代西方学者身上施加的创新压力。这也正是詹明信接下来要用“后现代主义”来命名的状况和逻辑：“外层解读应该做到的，是使我们更强烈地认识到身处其中的历史环境——即后现代主义是晚期资本主义的文化逻辑——我们和文本都同样身处其中。”①

看起来，和哈桑一样，詹明信同样深陷自己所爱的“逻辑”之中难以自拔。他认为资本主义的发展可以分为三个阶段，每个阶段都有相应的文化逻辑。第一阶段指的是马克思《资本论》写的国家资本主义阶段，相应的艺术准则或文化逻辑是现实主义；第二阶段指的是列宁所论述的垄断资本或帝国主义阶段，相应的艺术准则或文化逻辑是现代主义；第三阶段则是多国化的资本主义，在这一阶段“出现了后现代主义”，其特征是“文化工业的出现”。很可能确如他所说的，他和哈桑的区别只在于后者“身在其中”感受“更强烈些”，因为詹明信视野中的“后现代主义”其实是一种“工业”，从属于一个更大的“资本主义机器”。詹明信讲到这里的时候，一定意识到了自己的这个“分期说”本身就是“资本主义机器”在“后现代时期”所生产出来、面向国际学术市场的一个“文化产品”（首先购买了这一产品的就是北京大学）。

因此这一点特别值得注意：包含在两个“出现”之间的“后现代主义”与“文化工业”，在詹明信的语境中是一回事。也就是说，与他所鄙视的只谈“作为名词的后现代主义的历史”，构成对比的是，他所找到的“作为物的后现代主义的历史”，即属于资本主义第三阶段的“文化工业”，文化工业的出现就是后现代主义的出现。詹明信算得上是实实在在回答了“西

---

① 杰姆逊：《后现代主义与文化理论》，唐小兵译，北京大学出版社 1997 年版，自序第 7 页。

方有没有后现代主义"这个问题的为数不多的后现代理论家之一。在他那里,"后现代主义"首先且最重要的是指一个实实在在的物而非名词或概念,这个物的真实名字是"文化工业"。

仅凭此一点就足以证明:《后现代主义与文化理论》的译者在"再版后记"中对詹明信"后现代观"的概括恰恰搞反了,因为他所强调的"后现代主义"恰是詹明信所鄙视的那种大而不当的"概念"和被视作集体性谵语的"名词"。詹明信用具体可感可触的"文化工业"扑灭"后现代主义"这个概念的"野火"才是他谈论后现代主义的初心和本意。因此,下面这段概括辩证地看,尽管仍有其历史意义,但考虑到詹明信介入后现代讨论的初心和意图,同时也需要颠倒过来读:"杰姆逊(詹明信)所讨论的'后现代'实质上是在指称一个历史阶段或者说分期,也是一个元概念,即可以解释,包括其他概念的概念。甚至可以说'后现代主义'反映的,是赋予历史经验和想象一定的经纬坐标和可叙述性的努力。在这个意义上,'后现代主义'作为历史分期也就不同于建筑、文学、艺术、电影、广告,直至学术、思想上的各类后现代式潮流时尚,而是与'现实主义''现代主义'一道,形成杰姆逊所说的社会形式的历史诗学。"①

作为"社会形式"的"历史诗学"如果真是詹明信的"所说",那也正好反证了他要从"历史诗学"之名经由"社会形式"的概念中介向着"社会历史之物"还原的努力。具体到"作为历史诗学的后现代主义之名",其所对应的"社会历史之物"即"文化工业"。译者好心地提醒读者不要"按图索骥""自作多情式的想入非非"地好奇询问"中国有没有后现代主义"这个"从一开始便把我们的思路引向一个死角"的"错问题"②。其实从詹明信的角度看,并非没有一个明确的答案:那要看中国有没有堪与其所论的

① 杰姆逊:《后现代主义与文化理论》,唐小兵译,北京大学出版社 1997 年版,第 298 页。
② 杰姆逊:《后现代主义与文化理论》,唐小兵译,北京大学出版社 1997 年版,第 298 页。

“文化工业”形成可比性的“文化工业”。对于这一点，他并不能确定：一方面正如他所说，西方当代理论和思潮是多国资本主义阶段的文化商品，是“出口物”，作为这个阶段的文化出口物的“后现代主义”比“以往任何时候都更富全球性和国际性”，因而“也更易容纳纯粹西方以外的其他文化语言”；另一方面他也指出，“应该由中国读者来决定一种新生的当代中国文化，应该和西方后现代主义（包括理论）保持怎样的关系”①。显然，在这个思考方向上，读了他这本《后现代主义与文化理论》的读者问“中国有没有后现代主义”，恰是一个和詹明信一道思考中国问题的好问题，应当说，这个问题直到今天仍没有过时。

第二节　“症状”与“用途”

既然詹明信能误导其译者，使其得出上述很成问题的判断，那么这也不得不让我们更认真地考察其在这本讲演录（某种意义上也是对他的后现代主义讲演行动）中所采取的思路的问题。或许我们从中能够观察到一种比他在“野火般的后现代主义谈论”中所辨识出的“症状”更为隐蔽也更为深刻的症状。在他对“后现代主义”之“词与物”双重历史的艰难区分中，我们将目睹他是如何一步一步地滑入他曾经批判过的“野火般的后现代状况”的。更有启发意义的是，我们会看到他如何将其后现代主义视野错误地应用于解释西方文学思潮发展之阶段性。

首先应当强调，正如他对自己研究领域的令人困惑的介绍（他是一个研究法国文学、关心国际后现代主义文化的批评家），詹明信对后现代主义的理解更确切地说是“文学的后现代主义”，也就是作为文学理论的“后

① 杰姆逊：《后现代主义与文化理论》，唐小兵译，北京大学出版社 1997 年版，自序第 8 页。

现代主义”;这在某种程度上造成了他与“后现代主义文学作品”和带有哲学意味的“后现代性”的双重疏离,反而更接近我们文学史教材通常所说的文学文化思潮意义上的“后现代主义”。

当然,这一点并非显而易见。事实上,他在“自序”中以极简约的笔墨梳理“后现代主义”发生史时,“文学”是被刻意隐藏起来的,他谈到的更多的是“社会”和“建筑”:“最早在本世纪[①] 60 年代,人们开始明确地欢呼所谓‘后现代社会’的到来;当时的欢欣鼓舞,隐约地来自海德格尔关于西方形而上学已日暮途穷的预见。那时的欣喜,实质上源于知识界乌托邦精神带来的一股热情,虽然不是直接生于社会或政治方面对未来的憧憬,但确实回响着 60 年代波澜壮阔的社会运动所激发的乐观精神。然而这股乌托邦精神却随着 60 年代的流逝而烟消云散。其后,‘后现代主义’一词在相对严格的建筑学领域,找到了一个更加明确、也更加持久的定义,因为正是建筑领域里一种新的、与众不同的文化风格和生产过程,不可置辩地引起人们注意。”[②]

“浪漫革命”自然让我们想到西方文学史教材中的“浪漫主义文学”,而接下来詹明信对后现代主义的叙述读起来确实像模仿我们的文学史对“浪漫主义文学”如何向“现实主义文学”转向的解释——我们还记得,外国文学史中的“法国革命”是如何推动了浪漫主义文学满足“个性解放和情感抒发的要求”的,以至于“对个人独立和极端自由的强调,成了浪漫主义文学的核心思想”[③];我们也还记得,文学史中以 1830 年法国“七月革命”和 1832 年英国实行“议会改革”为标志的“西欧资本主义制度的建立”是如何造成了“一种写实性与批判性很强的现实主义文学思潮”,以及在

---

① 指 20 世纪。——引者注

② 杰姆逊:《后现代主义与文化理论》,唐小兵译,北京大学出版社 1997 年版,自序第 5 页。

③ 郑克鲁、蒋承勇主编:《外国文学史(上)》第三版,高等教育出版社 2015 年版,第 166—167 页。

这种思潮所携带的视野中,“浪漫主义者的理想”是如何“脱离现实”而成为不能充饥的“画饼”[①]的。

对照来看,詹明信对后现代主义思潮的叙述像是对发生在上述一个多世纪前那场绵延几十年的文学文化思潮更新迭代过程的高度压缩。可以看到,在这一压缩版的文学性历史叙事中,革命与浪漫彼此催生的时代精神,如何在这种精神消散之后形成某种对照性或反思性风格,这一深层结构和我们的教材如出一辙,尽管他接下来的叙述中仍刻意隐藏“文学”的身形:“反之,在绘画、文学和音乐中,风格的标新立异,不可能如此引人注目,因为这些领域里,‘现代主义’一词一直用来泛指风格的变换、时尚的循环(因此,‘再新的风格’也不一定意味任何彻底的决裂)。但在建筑领域,与新的建筑同时出现的,是全面摈弃经典的‘国际风格’及其价值观、美学标准和结构。人们逐渐开始注意这一似乎更加深刻的‘决裂’;很多人受到启发,不仅在建筑领域本身考察这些变化,而且开始思考这样一个问题:在一切都发生之后——是否可以从其他艺术部门,观察到类似于此的断裂。于是有人相信可以在其他地方(质言之,任何地方!)发现同样彻底的‘决裂’,进而促使人们提出另一个根本性的疑问,是什么社会、经济方面的原因,带来了这一更为彻底的决裂?”[②]

这段话需要小心去读。詹明信认可“建筑”领域里有“更加明确、也更加持久”的“后现代主义定义”,这一点容易理解,因为他是一个新马克思主义者,对“建筑”保持学术敏感是十分正常的事——因为在被称作“上层建筑”、用以表达由“经济基础”所决定的意识形态诸形式中,现实中赫然可见的“建筑”显然是诸意识形态中最具“基础物质性”的形式。值得特别

---

① 郑克鲁、蒋承勇主编:《外国文学史(上)》第三版,高等教育出版社2015年版,第238—239页。

② 杰姆逊:《后现代主义与文化理论》,唐小兵译,北京大学出版社1997年版,自序第5—6页。

注意的是，他作为一个文学和文化的批评家，对当时已被其他文学批评家辨识出来的“在绘画、文学和音乐中，风格的标新立异”乃至“决裂”刻意贬低(应当注意到“文学”甚至被藏在了“绘画”和“音乐”的中间)——“人们逐渐开始注意”“很多人受到启发”“有人相信”(除“建筑”之外的“其他艺术部门”也有“后现代主义”)的措辞，互文性地去读，无异于说：这类“注意”“启发”“相信”本身即是过度重视包括文学在内的其他艺术部门的“病症”。实际上，早在1959年，美国批评家欧文·豪就发表了《大众社会与后现代小说》一文，我国后现代主义研究者也确认了一件“没有疑问”的事，“即当‘后现代主义’一词用来描述始于20世纪50年代末、盛行于60年代的‘反文化’或曰‘文化革命’时，它一开始就涉及艺术、建筑、舞蹈、音乐等”①。由此来看，詹明信接下来说“本书正是采取，同时也探讨了这以上的态度”中的“采取”，也只是一个修辞性的表述，其主导性意图正如他进一步表明的是“思考其作为症状的用途所在”，而非“衡量其真理性与启发意义”②。

带着上述认识去读《后现代主义与文化理论》中题名为“后现代主义文化”的第五章，会更清晰地看出詹明信近乎强迫性地将“后现代主义文化”视作“症状的用途”这一症状。在简要重述资本主义文化分期“三阶段说”之后，他进一步指出，“也许可以认为或假设——你们将发现我这一假设是很有用处的——这三个阶段分别代表了不同的对世界的体验和自我的体验”③。

就詹明信对“后现代主义”所代表的“不同的对世界的体验和自我的体验”的阐述，大体来说，第四小节和第九小节的两段话可以分别视作从

① 王守仁等著，胡全生、印芝虹主编：《战后世界进程与外国文学进程研究 第二卷 后现代主义文学研究》，译林出版社2019年版，第58页。

② 杰姆逊：《后现代主义与文化理论》，唐小兵译，北京大学出版社1997年版，自序第6页。

③ 杰姆逊：《后现代主义与文化理论》，唐小兵译，北京大学出版社1997年版，第157页。

“词的历史”和“物的历史”两种视角展开的论述。在第四小节中,他说:“在后现代主义中是没有什么内容的。后现代主义艺术的这一特色,是和客观世界及主体所发生的深刻变化联系在一起的,客观世界本身已经成为一系列的文本内容和类像,而主体则充分地零散化,解体了。”[①]之所以将这段话看作从“词的历史”角度来解释“后现代经验”,是因为这段话也“没有什么内容”,只是詹明信基于此前其他理论家用“后现代主义”这个词来“解释其诸种功能和众多的利用发挥”的进一步“发挥”,因此仍属于“词的历史”。换言之,只有首先将其理解为“词的历史”,才有可能理解“后现代主义”这个“没有什么内容”的空洞的词所实际指向的“内容”,即“作为体验方式的后现代主义之物”——这也正是第九小节中的一段话所表达的意思。

正是在第九小节中,他把后现代主义体验自我和世界的方式“物化”为吸毒者和精神病人的体验方式,“我将这一体验的特点概括为吸毒带来的快感,或者说是精神分裂”——在这个时间节点上值得我们注意的是,他为这一体验的合法化在历史上找到的一个起点,恰是我们文学史教材中通常视为后现代主义思潮之起点的存在主义:“在存在主义之后,人们不再认为大脑方面某一种疾病是非正常的,正相反,所有的精神疾病都是人类体验自我和世界的可能性的表现,正是那些患者达到了我们具有的潜在可能性的极端。患者达到了这样一个极端之后,便经历了我们每一个人都有可能经历的东西,但他们反而被隔绝了,被叫作精神失常的人,因为他们在现实世界里无法正常地生活下去。”[②]

辩证地理解后一段话,需要同时将其翻过来读:被如此理解的“后现代主义”本身其实已经没多少可说的东西了,它已经被这样的“后现代主

---

① 杰姆逊:《后现代主义与文化理论》,唐小兵译,北京大学出版社 1997 年版,第 189 页。
② 杰姆逊:《后现代主义与文化理论》,唐小兵译,北京大学出版社 1997 年版,第 228 页。

义观”隔绝于“正常生活”之外;这样的“后现代主义”对于其自身似乎也并没有什么“用处”,它的唯一用处似乎就是为像詹明信这样的“后现代主义研究者”提供一种学术见解并从中打造出经久耐用的学术产品——作为一个学者的他,也凭此得以在一个后现代社会中“正常地生活下去”。

第三节 “庸俗的后现代主义”

詹明信对后现代主义的理解很自然地遭到了其他后现代主义学者,特别是视后现代主义为一种“思维方式”甚至是一种可以实践的“生活方式”的学者的反击。资深后现代主义研究者、主编《后现代主义辞典》的旅美学者王治河的批评尤为犀利。在其《论后现代主义的三种形态》一文中,他写道,詹明信是第三种形态即“庸俗的后现代主义”的典型或代表。在被列举的“庸俗的后现代主义”的四条罪状中,有两条点了詹明信的名,另外两条虽然没点名,但也都对得上,足见他对其深恶痛绝。在四条罪状(“坚执现代主义与后现代主义之间的二元对立”“抽掉了或者说没把握到后现代主义的底蕴,仅仅抓住后现代主义的某个或某些表面特征,以偏概全,视其为后现代主义的本质特征”“视后现代主义的策略为目的”“用单一的原因来解释后现代主义的产生及其理论内容”)中,第三条虽未点名詹明信,但最为致命。王治河说:“我们知道,后现代主义的许多作法(如强调‘复制’,‘摹仿’,‘解构’,‘什么都行’)仅仅是策略,这些策略不仅是为了论战的需要,为了以其人之道还治其人之身的需要,而是为了帮助人们打破各种思想的束缚和偏见,进而说明一个道理,而并非将策略本身当作其哲学的目的。”①

① 王治河:《论后现代主义的三种形态》,《国外社会科学》1995年第1期,第46页。

其实之前我们也已经表明,无论是对除他之外的研究作为名词的“后现代主义”的学者的研究,还是他所研究的作为物的“后现代主义现象”,詹明信基本上把后现代主义当作了“症状”甚至是“精神失常的人”所表现出的“症状”,这样,他就没有或不能设身处地从作为“生活方式”和“思维方式”实践者的立场,正面阐发“后现代主义”的价值或讲出其“道理”。从这点来看,王治河的批评确实有其道理。

不过,“庸俗”似乎也有其更深刻的道理。王治河在《作为一种生活方式的后现代主义》一文中还说:“作为20世纪末西方最重要的一股文化思潮,后现代主义的影响是空前的,但它的歧义性也是空前的。在学术界,比较流行的一个看法是把后现代看作一个时代,一个继现代之后的一个时代。”[①]这里提出所谓“比较流行的一个看法”的最重要、影响最大的代表人物,非詹明信莫属。从这个角度看,王治河似乎也承认了詹明信版本的“庸俗的后现代主义”才是对后现代主义的最流行、影响也最大的理解。除了“把后现代看作一个时代,一个继现代之后的一个时代”的流行看法,其他诸如“深度模式的消失”“历史感的消失”“零散化”“主体的非中心化”等耳熟能详的说法,都出自詹明信或詹明信对其他后现代思想家观点的重述。

笔者之所以在这里不厌其烦地谈论詹明信版本的后现代主义,一个重要的原因是他在我国学界(尤其是在我国外国文学研究和教学领域)的影响力。无论是对后现代主义的总体性和一般性的看法,还是对后现代主义文学基本特征的理解,詹明信的影响都可以说是笼罩性和弥漫性的。特别是对西方后现代主义文学思潮研究来说,詹明信从历史文化分期角度对后现代主义的界定更具有一锤定音的效果——其中的道理是:文学

① 王治河:《作为一种生活方式的后现代主义》,《北京大学学报》(哲学社会科学版)2006年第3期,第17页。

思潮的自我理解首先必然是历史主义的。笔者开头所说“后现代主义文学”及其相关讨论所传达的“终结”意味，在某种意义上也可以视为詹明信看法的一个自然引申：一个“时期”必然“有始有终”。

对我们的论题有特殊意义的是，在点到詹明信名字的第二条罪状中，王治河对詹明信的批评提到了“文学艺术”。王治河说：“在他那里，‘后现代主义’在很大程度上被简化为某种文学艺术上的后现代主义，认为‘后现代主义’所推崇的恰恰是被斥之为‘低级的’一整套文化现象，如电视连续剧、《读者文摘》文化、广告模特、大众通俗文学以及谋杀故事、科学幻想等等。这样一种所谓的‘后现代主义’自然也不值得人们花大力气进行研究了，它受到一些人的拒斥也就在情理之中了。”①首先，且不论在詹明信那里“后现代主义”到底在多大程度上被简化为文学艺术意义上的后现代主义，王治河的措辞里对于“文学艺术”的“简化理解”是值得注意的。在王治河看来，“文学艺术”的“后现代主义”是“低级版本”的后现代主义——当然，也可能是笔者误会了，因为他指的也可能是文学艺术中那些“低级的文学艺术”，如“电视连续剧、《读者文摘》文化、广告模特、大众通俗文学以及谋杀故事、科学幻想”。不过，即便是这一种理解，也是有问题的，比如，其他暂不谈，我们如今很难说科幻文学是“低级的文学艺术”。事实上，有意识地把后现代主义仅作为“文学思潮”来理解，也就是反对无意识地“诗化”甚至“神化”后现代主义，反对塑造一个“后现代主义形象”，反对将对于这一形象的爱欲视作“生活方式”和“思维方式”——反对艾柯式地把真实的有具体所指的玫瑰变成“玫瑰之名”。不过，王治河肯定看不上也看不进詹明信对“形象”的分析。

其次，如果詹明信确实把后现代主义首先理解成“文学艺术上的后现

① 王治河：《论后现代主义的三种形态》，《国外社会科学》1995年第1期，第46页。笔者稍有改动。

代主义”,并且善于结合文学艺术来讲后现代主义,那对于我们来说倒是一件好事。不过,从《后现代主义与文化理论》来看,詹明信对文学艺术特别是对后现代主义文学作品本身的兴趣很有限,一个带有症状性的例子就是对托马斯·品钦的《万有引力之虹》的处理。

第四节　《万有引力之虹》何以“不可解读”

在引论中,詹明信先预告了自己要讲的文学作品:“我们这门课上主要要讨论的作品有三部:德莱塞的《嘉莉妹妹》,这仍然是一部现实主义的作品,也许是美国文学里最伟大的小说之一;另外就是艾略特的《荒原》和托马斯·品钦(Thomas Pynchon)的《万有引力之虹》(*Gravity's Rainbow*),前者代表的是英美现代主义文学,后者就完全是后现代主义的产物了。”①如果只读到这里,读者会以为这是一门文学欣赏课,会以这三部作品为例来阐明现实主义、现代主义与后现代主义文学作品的不同特点。但詹明信接着说:“但我重点还是介绍各种文化理论,这些作品可以穿插着讲。”②不过细看下来,被预告的这三部作品只有《荒原》出现在小节标题里,同时出现在小节标题里的还有里斯曼的《孤独的人群》、蒲松龄的《鸲鹆》、康拉德的《吉姆爷》、毕加索的《格尔尼卡》、凡·高的《农民鞋》、蒙克的《叫喊》,康拉德的《吉姆爷》甚至出现在两节的标题里。当然,惦记着詹明信承诺的读者的期待也不会完全落空。在第五章“后现代主义文化”中,他确实讲了这三部作品——在该章第六小节“平面感·深度模式·复制”中讲了《万有引力之虹》,在第十小节“《荒原》中的代词·现

---

① 杰姆逊:《后现代主义与文化理论》,唐小兵译,北京大学出版社 1997 年版,第 4—5 页。

② 杰姆逊:《后现代主义与文化理论》,唐小兵译,北京大学出版社 1997 年版,第 5 页。

实主义与德莱赛"中讲了《荒原》和《嘉莉妹妹》。既然这是他本来要重点处理的三部作品,那么他如何讲述这三部作品就值得我们特别关注。

第十小节一开始,詹明信就说:"我讲《荒原》先从一个问题开始,即《荒原》这首诗与后现代主义有什么区别?我说过后现代主义的一个主要特征就是零散化,而艾略特的诗也是分裂的或者零碎化的。但艾略特的诗虽然是通过零散化效果而起作用,这一首诗却仍然要求读者能够超越这首诗,并且将这些碎片重新组合起来。在后现代主义作品中我们却无法做到这一点。"①

不难注意到这段表述因对"现代主义"与"后现代主义"进行强迫症式的区分(中文译者似乎也跟着强迫性地在"零散化"和"零碎化"之间进行区分)而产生的精神分裂体验。正是这种体验使得他没法处理后现代主义作品,而只能在接下来说明"关于后现代主义的零散化效果"时,莫名其妙地举了"一位很有名的美籍朝鲜人做过这样一个试验"这样一个"很有象征意义的例子":"他在一间房子里布置了四五十台电视机,然后在不同的电视机上同时放四盘不同的录像带……"那么这个例子说明了或者能够说明什么呢?很遗憾,我们从詹明信的解释中看到的只是一个在理解与不理解之间打转或者兜圈子的运动:"不理解这种试验的意图的人,也许以为试验的目的就是要人们同时观看、理解这许多的画面,而实际意图则是让人们去体会不同性、体会差异。同时观看不同的运动着的画面,也许本身就是一种乐趣,这中间也包含了一种未来的后现代主义的意识。虽然我们现在还无法同时观看这些电视,但也许未来的人们能达到这一点。总之,在后现代主义的零散化中,一切都变得把握不住了,而且也没有可能将诸种相异的碎片统一并协调起来。"②詹明信要说的是,他理解

① 杰姆逊:《后现代主义与文化理论》,唐小兵译,北京大学出版社 1997 年版,第 236 页。

② 杰姆逊:《后现代主义与文化理论》,唐小兵译,北京大学出版社 1997 年版,第 236—237 页。

这个试验的“意图”，但不能理解这个试验本身。所谓“也许本身就是一种乐趣”就是否定这个乐趣，所谓“未来的人们能”就是判定现在的“人们”并“不能”(从而自己“也不能”也就不是因为“无能”)。读到这里我们就应该明白了：何以在本来授课计划中要作为研读对象的《万有引力之虹》在实际的课堂教学现场萎缩成一个“后现代主义作品恰恰是不可以解释的”这样一个观点的“例证”。

在第六小节的一个段落里詹明信以“反对解释”的方式处理了品钦的这一作品：“后现代主义作品恰恰是不可以解释的，例如品钦的《万有引力之虹》，虽然也是很广阔的画面，也像《尤利西斯》一样有百科全书的性质，但这里并没有什么可以解释的，毋宁说这是一种经验，你并不需要解释它，而应该去体验。这里没有必要去建筑什么意义，因为品钦已将他要表达的全部意义都明确地写进作品中了。例如小说中有关于‘热寂说’的内容，但你不能把它解释成这是一本关于‘热寂说’的书，因为这只是书中一部分内容，而且完全是在表面上的。书的意义就是书的一部分，你没有必要解释这部书，只需要重读一遍。”①

这是詹明信讲演录最诡异之处：一本题名为“后现代主义与文化理论”的书宣称自己“没有必要”解释一部公认为是后现代主义文学的文学文本。那么，我们不妨接着看一看，这本书是如何解释现实主义与现代主义文学文本的，或许在比较中我们能够发现他拒绝解释《万有引力之虹》的真实原因。

詹明信说：“在艾略特的诗中，我们仍有可能将那些零散化的诗句重新组合起来，当然不是按照传统的讲故事的方式，而是通过一个神话或其他因素。”②这是不是说，如果按照詹明信的标准，我们也能够“通过一个

① 杰姆逊：《后现代主义与文化理论》，唐小兵译，北京大学出版社 1997 年版，第 200 页。
② 杰姆逊：《后现代主义与文化理论》，唐小兵译，北京大学出版社 1997 年版，第 237 页。

神话或其他因素”把像《万有引力之虹》这样的文本“重新组合起来”，它就能成为一个非后现代主义的现代主义文本呢？暂且把这一疑问放下，我们接着看到，詹明信示范了“两种理解这首诗的方式”。一种即“通过各种元素”——他谈到的元素有水、火、热、沙漠，通过这些“元素”，詹明信相信这首诗“直接向我们的肉体而不是心灵说话”，“艾略特要表现的，正是我们处在一片沙漠之中，我们都很口渴，都绝望了，但我们并不知道什么是拯救，只盼望解脱，而且是肉体的解脱”①。另一种是“研究一下诗中代词的作用”，他向我们承诺这一方法的效果：“如果稍加注意，就会发现一些意想不到的东西，而且是单纯地对内容进行思考所不能发现的。”②笔者在读这部分内容时总是压抑不住心中的疑惑：为何詹明信不把这些他看来很好用的方法在《万有引力之虹》这类作品中试一试呢？或者反过来，考虑到《荒原》分析到最后，他也只能得出“不能说诗中有任何的感情表达，而是让读者断断续续地感受到这一切”③，那为何不干脆断言《荒原》其实和《万有引力之虹》一样“没有必要去建筑什么意义”，因为艾略特也和品钦一样，“将他要表达的全部意义都明确地写进作品中了”呢？

在他对艾略特的《荒原》“断断续续地感受”的过程中，有一个环节特别引起了笔者的注意，即在提及“现代主义艺术”中“诗人感受到最深刻的一点，就是个人重要性的消失”时，詹明信用了一个假设句引入了浪漫主义思潮：“如果说浪漫主义发现了个人、自我的话”——就在这里他引人注目地使用了一个插入语“对此我是从来不太相信的”，之后才提到“艾略特则是反浪漫主义的，因为在这样一个时代自我已经不存在了”④。这是令人吃惊也给人启发的表述：詹明信感受到的是一个詹明信并不相信的、艾

① 杰姆逊：《后现代主义与文化理论》，唐小兵译，北京大学出版社 1997 年版，第 237 页。
② 杰姆逊：《后现代主义与文化理论》，唐小兵译，北京大学出版社 1997 年版，第 237 页。
③ 杰姆逊：《后现代主义与文化理论》，唐小兵译，北京大学出版社 1997 年版，第 242 页。
④ 杰姆逊：《后现代主义与文化理论》，唐小兵译，北京大学出版社 1997 年版，第 241 页。

略特所反对的、在艾略特那个时代已经不存在了的浪漫主义自我，尽管是“断断续续地感受”到的——似乎詹明信正在示范一种如何由“零散化的自我”执行的文学批评实践行动。几乎可以确定，他在这个过程中就是他所说的那种“后现代自我”。

我们已经大体知道詹明信对浪漫主义、现代主义和后现代主义的理解，那么他又是如何理解现实主义的呢？在这个问题上他有些兜圈子，如果借用他自己的分析方法，我们就可以说，其兜圈子的方式可从他对“代词的使用”见出——先出现的是类似于“抽象集体无意识”的“人们”：“在西方，人们一般认为根本不存在现实主义这回事，现实主义只是一系列视觉幻象。现实主义手法完全是一种技巧。”[①]然后是代表“具体集体无意识”的“后现代社会中的人们”：“由于后现代社会中的人们已经不再相信现实感，不再认为真的存在着什么现实，因此他们认为现实主义也只不过是在制造一个幻象。”[②]最后才是作为詹明信主体之“我”的出场：“我认为确实存在着现实主义这一现象的，但现实主义产生和存在的可能性是由历史条件决定的，而且我们不可能一直或从来就具有这种可能条件。这样的话，必须从历史的角度来思考现实主义。”[③]

参照我们熟悉的文学史，这里的“历史条件”似乎容易理解——很可能就是指19世纪产生“现代现实主义”的那些“大变革时代的西方社会的政治、经济和文化等诸多因素”[④]。不过，必须追问的是，这里“历史的角度”中的“历史”所指之物又是什么呢？与“历史条件”中的“历史”是不是一回事呢？

---

① 杰姆逊：《后现代主义与文化理论》，唐小兵译，北京大学出版社1997年版，第242页。

② 杰姆逊：《后现代主义与文化理论》，唐小兵译，北京大学出版社1997年版，第242—243页。

③ 杰姆逊：《后现代主义与文化理论》，唐小兵译，北京大学出版社1997年版，第243页。

④ 蒋承勇：《19世纪西方文学思潮研究　第二卷　现实主义》，北京大学出版社2022年版，第51页。

在此我们遇到了更复杂的“症候”——在看似要为“从历史的角度来思考现实主义”举例论证的时候，詹明信谈的却是“现实主义”在“现代主义之后”(这样也包括了后现代主义)所面临的“危机”：“作家确实不能再像 19 世纪那样写作现实主义的小说了”，“必须用新的手法和技巧来表现后现代主义的全球性空间意识”——这里的意思更像为作家如何在新的“历史条件”下继续写“现实主义小说”提供建议或提出要求，但这要求指向的不是现实主义所要求的“(全球性空间)现实”，而是“(全球性空间)意识”。那么是要“从历史的角度思考被历史条件所决定的 19 世纪现实主义小说”吗？似乎更不是，因为在他看来，“把现实主义当成对现实的真实描写是错误的”，而我们知道历史上的巴尔扎克式现实主义恰恰就是“把现实主义当成对现实的真实描写”的。① 詹明信实际上否认的是历史上的“现实主义文学”曾真实地或者“正确地”存在过这一事实，这也连带着那种曾决定这种现实主义的“历史条件”变得虚幻不实了。如果说这也是一种“历史的角度”，那么它恰是一种后现代主义的历史角度。

下面这句话把我们带到了离詹明信的“历史观”的切近处：“我们还可以把现实主义看成是一个用来和另一个旧的故事相对立的新故事。”②值得注意的是，这里的“现实主义”显然已经不是那种由“历史条件”限定的“现实主义”了，这后一种意义上的“现实主义”中的“历史”和“现实”实际上都是“故事”。詹明信笔下作为能指的“历史”，其所指的是“故事”以及“故事与故事之间的关系”；理解一部现实主义作品的“现实主义性”，实际上就是要理解这一作品与这一作品中的人物所读的作品之间的关系；在詹明信看来，“在现实主义的小说中，一开始人们(主人公)总是要读书的，

---

① 杰姆逊：《后现代主义与文化理论》，唐小兵译，北京大学出版社 1997 年版，第 243—244 页。

② 杰姆逊：《后现代主义与文化理论》，唐小兵译，北京大学出版社 1997 年版，第 245 页。

我们应该弄清楚他们读的是什么”①。也就是说，读者搞清楚所读书中的读者读什么书，对于理解这本书至关重要。熟悉后现代主义文学写作和阅读策略的读者马上明白：就对书与书之间关系的重视程度来看，岂不就是后现代主义文学的“互文性”吗？

这从詹明信举的例子可以得到佐证：“最明显的例子是塞万提斯的《堂吉诃德》。和包法利夫人一样，主人公吉诃德生活在一个书的世界里，读着各种各样关于骑士和爱情的骑士小说。然后，塞万提斯这位现实主义小说家(我认为《堂吉诃德》是第一部现实主义小说)宣布：我现在要把这些故事放回到现实中去，证明其不可能存在；我要展现现实究竟是什么样子。”②熟悉西方文学史研究的詹明信应该知道，《堂吉诃德》也被认为是西方第一部元小说，而他所说的“第一部现实主义小说”中的“现实”，显然也并不在他所说的那种“历史条件”范围之内。他像17世纪的塞万提斯一样，把巴尔扎克的故事放在后现代的现实中，其目的恰是“证明其不可能存在”。他的论证行动所表明的是，他已身在后现代，而对于他的读者来说，则要明白詹明信所理解的现实主义实为“后现代现实主义”。

甚至，连他无法拒绝或觉得没有必要解释的《万有引力之虹》也可以从这个角度来理解——像《万有引力之虹》这样的后现代主义小说，在他眼里其实也是从“后现代现实主义”视野出发去理解的；正因为在这样的作品中詹明信找不到可以将小说中的书里的故事(比如“热寂说”)放回可以证明书中所讲故事“不可能存在”的现实(所谓现实也差不多被“百科全书化”了)，他才觉得实际上这样的作品没什么可说的。

如果确如蒋承勇教授所说，对“历史是断裂的碎片还是绵延的河流”这

---

① 杰姆逊：《后现代主义与文化理论》，唐小兵译，北京大学出版社1997年版，第245页。
② 杰姆逊：《后现代主义与文化理论》，唐小兵译，北京大学出版社1997年版，第245页。

一问题的回答“直接关涉‘文学史观’乃至一般历史观的科学与否”①,那么如上所述,詹明信对浪漫主义、现实主义、现代主义和后现代主义的双重理解就有了某种启发价值。一方面,詹明信由于执守资本主义历史分析的三阶段说,将现实主义、现代主义和后现代主义区隔在不同的历史区间,虽然还谈不上把历史碎片化,但毕竟以“文化逻辑”之名割裂了不同文学思潮之间的联系(按照他的逻辑,不同的“历史时期”有不同的“文化逻辑”);另一方面,詹明信在对后现代文化进行批判的过程中又不知不觉地进入了后现代主义文化逻辑内部,并在后现代主义现实观和历史观的视野(或曰“文化逻辑”)中扭曲变形地解释了现实主义和现代主义,实际上又以一种曲折的方式沟通了不同文学文化思潮之间的联系。不过,詹明信处理文学思潮的方式留下了一个很大的问题,就是无法解释后现代主义文学作品自身,因为一旦有办法解释,就否定了他对后现代主义文学背后“文化逻辑”的说法。他能够以后现代的方式处理现实主义作品和现代主义作品,但在《万有引力之虹》(值得再次强调,这部作品是《后现代主义与文化理论》中唯一被谈到的后现代主义文学作品)面前一筹莫展,没有比这更后现代、更难以理解的了。

第五节　“迷宫”与“反方向运动”

从文学角度来看,詹明信处理文学思潮之历史性的方式中包含着一个比喻——他用“分期”在不同历史时期之间建了“墙”,而其所力图贯通的不同历史时期的“思潮”自身也已经包含了一个比喻,即“河流”——“思潮”在比喻的意义上即是“思想流”;凭靠“思想流”这种内生性冲击力,詹

① 蒋承勇:《19 世纪西方文学思潮研究　第二卷　现实主义》,北京大学出版社 2022 年版,总序第 17 页。

明信原本可以破除他自设的“分期之墙”之名障而实现真正的贯通。不过,从他面对《万有引力之虹》这类“迷宫式文本”的无力感中,我们不难体会到他此时已把自己封闭在一道他原本已破除其名障的“后现代主义文化逻辑”之墙内——文学文本的迷宫自此开始转变成他的解释活动无法进入其中的“现实迷宫”,他似乎已经“找不到入口的路”。

说起来有些不可思议,西方文学史上最著名的“迷宫叙事”已经描述了詹明信此时面临的处境。在奥维德《变形记》第八卷,也就是整部书最中间一卷的前二百六十行,奥维德罗列了若干有松散联系的故事和场景片段(读起来很像后现代主义文学的“碎片叙事”),“迷宫”的出场就在其中:属于墨伽拉城堡的一段音乐墙——当年阿波罗曾把七弦琴倚在那里;墨伽拉王的女儿斯库拉爱上了正在围攻墨伽拉城堡的克里特王弥诺斯,她因为对弥诺斯的爱情割掉了父亲的一缕红发(据说有神力),但这一背叛父亲的行为遭到了弥诺斯的咒骂;斯库拉因爱生恨,声称弥诺斯的父亲其实不是什么朱庇特或宙斯变成的公牛,而是一头地地道道的野牛;弥诺斯回到克里特后让技艺高超的建筑师代达罗斯造了迷宫,把王后和一头公牛所生的牛首人身怪物弥诺陶洛斯关了进去。

奥维德为说明迷宫之“迷”,使用了一个比喻——这正是我们要找的、可以再度把詹明信从他自造的迷宫中解放出来的比喻:“就像佛律癸亚平原上的麦安德尔河,往返曲折地流着,像戏耍似的,它回过身来就望见自己的另一段从对面流过来;它一会儿向源头方向流,一会儿向大海方向流,永远在改变方向。代达罗斯也是这样在迷宫里造了无数曲曲折折的墙,连他自己也几乎找不到通向入口的路,这建筑可真能把人迷住。”①

几乎不再需要进一步解释,这个比喻已经把作为历史分期的墙、由这样的墙所构筑的迷宫与绵延千载的文学思潮贯通起来了——在这个古老

① 奥维德:《变形记》,杨周翰译,人民文学出版社 1958 年版,第 157 页。

的文学比喻中，甚至已不再需要区分自然之物与自然之物的名字，因为这里的“麦安德尔河”(Maeander)的意思就是“蜿蜒曲折”(meander)，如同玫瑰之名就是真实的玫瑰，看似固定不变的一段历史之墙事实上已经是不断回望自身的绵延河流——笔者不能继续解释了，过度解释或强行解释出来的每一个片段都将成为将解释者困在其中的无数曲曲折折的墙，“连他自己也几乎找不到通向入口的路”。

迷宫自然是后现代主义文学的核心意象，迷宫叙事也是后现代主义文学叙事的核心策略。我国学界在20世纪90年代编辑了一套大型丛书“当代潮流：后现代主义经典丛书”，其中有一册的正标题就是“迷宫里的死亡图案”。该书编者在卷首《迷宫里的旅行》一文中转述了佛克马教授的统计，在后现代主义文本的语义场中，出现得最多的是“迷宫”“镜子”“没有目的的旅行”这几个词①。不难发现，这三个词汇的意思其实也已经包含上述那个奥维德式比喻了：镜子的功能当然就是让人看见自我的某个“片段”，“没有目的的旅行”对应的是“戏耍式的一会儿向源头方向流，一会儿向大海方向流，永远在改变方向”。有意思的是，编者认为品钦的《万有引力之虹》也是一部迷宫小说——该书的题名就出自编者对品钦作品的理解。似乎有意反对詹明信的解释，编者恰恰就从“热寂说”解释了这一作品：“品钦的《万有引力之虹》是由现代物理、火箭工程、高等数学、性心理学、变态性爱等等组成的一座更庞杂、更繁复的迷宫。这是一

① 庄子芳：《迷宫里的旅行》，庄子芳选编：《迷宫里的死亡图案——外国后现代主义小说(一)》，敦煌出版社1996年版，第6页。庄子芳所说的这种“著名的反方向运动模式”，到底出自哪位著名的人物，他没有说。笔者倒是想到了卡夫卡。卡夫卡在一百年前写过一则小寓言，说的就是这种“反方向运动”，值得作为一个有价值的“互文”录在这里：“‘啊哟’，老鼠说：‘这世界一天天地变得更加狭小了。起先，它广阔无垠，简直令我害怕，我不断地往前跑，终于在远方看到左右两堵墙，我为此有说不出的高兴。可是，这两堵长长的墙却迅速地合拢来，以致我只好待在最后的那间小屋里，那儿靠墙角的地方还设有一只捕鼠机，我正好跑了进去。’‘你只需改变跑的方向。’猫说道，同时吃掉老鼠。”(卡夫卡：《小寓言一则》，叶廷芳主编：《卡夫卡全集(第一卷)》，中央编译出版社2015年版，第442页。)

座死亡的迷宫:在'热寂说'的作用下,宇宙的热量耗散尽后会冷寂,趋向死亡;人类的狂热在热量耗散尽后会冷寂,趋向死亡;性行为本身是热量的耗散,之后的冷寂,趋向死亡。品钦没能在他的小说中为我们指出一条走出死之迷宫的出口。"[①]耐人寻味的是,在这一表述中,"现代物理、火箭工程、高等数学、性心理学、变态性爱"以及"热寂说"仍是一段段将彼此隔离开来的"墙",并没有成为不断折回自身的蜿蜒河流。更加耐人寻味的是,解读者实际上也并没有觉得作者不提供"走出死之迷宫"的线索有什么可奇怪的。有些奇怪的倒是,就在同一篇文章中,作者曾匆匆忙忙地路过了作为一种"著名行进模式"的迷宫:"根据一种著名的行进模式,它还代表着反方向运动。"[②]

让我们静下心来,在这一作为"著名行走模式的迷宫"前面稍作停留,看看这里是否就有一条能够走出迷宫的道路。事实上,我们一旦注意到最早建造迷宫的代达罗斯是如何在自己所造的迷宫面前一筹莫展、"连他自己也几乎找不到通向入口的路"时,这条道路就已经出现在我们面前了——身处迷宫找不到"出口"的我们,如果走一条向着"反方向运动"的路,就能够一眼看到代达罗斯找不到的"入口"。

"反方向运动"也可以看作本书试图把"后现代主义文学思潮研究"引向的方向。在接下来的三章中,我们就将以此种"反向—折回"的方式依次进入"后现代主义文学思潮"的历史、文学和诗学空间。

第二章从对后现代主义文学的"直接探讨"折回到后现代主义学术对后现代文学的"间接探讨",即更多依托并经由"后现代主义文学思潮学术史"中的具体"论说"(当然只能是选择性的)来进入"后现代主义文学思

---

① 庄子芳:《迷宫里的旅行》,庄子芳选编:《迷宫里的死亡图案——外国后现代主义小说(一)》,敦煌出版社 1996 年版,第 8 页。

② 庄子芳:《迷宫里的旅行》,庄子芳选编:《迷宫里的死亡图案——外国后现代主义小说(一)》,敦煌出版社 1996 年版,第 7 页。

潮”之“现象”。既然“后现代主义”是“谈论”出来的,那么倾听后现代主义学术史中的学者是如何谈后现代主义的,很可能是进入后现代主义文学的历史进而触摸其真实脉搏的更有效的方式。

第三章折回到尼采、本雅明与博尔赫斯,考察他们为后现代主义开辟的文学空间。这三人堪称西方后现代主义文学中的历史想象与历史哲学“定调”的“历史的天使”。他们的声音以及他们的声音在后现代主义文学文本中的回响,在关于后现代主义文学诸“特征”和“策略”的喧哗中,几乎难以被听见。

第四章折回到刘小枫以西方古典诗学对质后现代诗学的论争现场。这部分集中讨论了尼采与艾柯。借由刘小枫发起的两场对质与贴身缠斗,笔者尝试表明:即便从后现代视野来看,古典诗学的充分在场也应当成为后现代景观中的一景,或许,充分的后现代景观的自我生成,恰恰需要反后现代的古典诗学的反向证成。

| 第二章 |

历史:现象与论说

本章处理后现代主义文学思潮的双重历史,即后现代主义文学作为一种文学现象的历史和对这一现象进行论说的历史。不过,历史地看,由于对“后现代主义文学”的论说不可避免或难以分割地与对“后现代主义”的论说交织在一起,这必然带出“后现代主义理论”与“后现代主义文学”是什么关系的问题。进而,“后现代主义文学”是体现后现代时代精神的“后现代主义理论”的一部分,还是和“后现代主义理论”并没有实质性的关系,而更多只是“文学”自身演进历史(文学史)的一个阶段?如果是前一种情况,那么“后现代主义文学”作为“后现代主义理论”的一部分,其对于后者所具有的重要性程度如何——是只有局部的说明性意义还是总体精神的集中体现?也就是说,这种关系到底是实际上并没有什么关系(关系为 0),还是具有不同程度的关系——从关系为 0 到关系为 1 之间的关系光谱中,“后现代主义文学”与“后现代主义理论”的关系到底是什么取值?

和这个问题相关的也可以说从属于这个问题的另一个问题是:知道或懂得后现代主义理论对于读者阅读那些被称作后现代主义文学文本的作品具有怎样的意义?或者说,后现代主义理论能在多大程度上帮助读者理解所读的作品？笔者提出这样的问题显然不是为了提出这样一种荒谬而真实的可能性，即理论能在“1”（“怎么都行”）或“0”（“怎么都不行”）的意义上提供这样的帮助，因为如果这种可能性成立的话，读者必定会像詹明信这样的后现代主义理论家面对一部典型的后现代主义作品一样无话可说，或像一个天真读者一样手足无措。

可以说，回答上述问题对于后现代主义文学思潮的双重历史具有界定性意义——结合学术史个案尝试厘清“后现代主义理论”与“后现代主义文学”、“文学理论”与“文本解读”的双重关系，是把“后现代主义文学思潮研究”从“无边的后现代主义言说”的万有引力场中切分出来的必要尝试。

第一节 “万有引力”：文本与理论的纠缠

综观后现代主义文学及种种讨论，或可用“矛盾中的言说、悖论中的推进、游戏中的追求、虚构中的探究”来概括其总体意向。这需要我们从其言说中辨识出更深的逻辑，从其推进中看到其真实动力，从其探究中看出其内在的严肃。如果说，仅仅在展示历史碎片的叙述和论述活动中，历史中的后现代主义文学思潮推动者们已经耗尽了全副精力，那么剩下的事情应该由后续研究者和读者来完成。某种意义上来说，和历史上曾“未完成的浪漫主义批评传统工程”一样，由文学现象与批评论说交织而成的后现代主义文学思潮的文学史构建也仍可算是一个“未完成工程”。①

詹明信未能解读或未能令人满意地解读《万有引力之虹》，即是这个

① 前引尼埃尔·露西关于“浪漫主义批评传统仍然是一个未完成的工程”，而后现代主义文学及文学理论只是这一传统的“更新”，在笔者看来，其意思即是说后现代主义文学思潮也只是一个“更新的未完成工程”。

工程“未完成性”的一个富有象征意味的标识。就本章开头提出的问题而言,这一个案的学术史意义还可从与詹明信站在相反方向的另一端进行考察——如果詹明信以自己的理论解释(或不解释)《万有引力之虹》代表着理论与文本的关系为“1”这种荒谬的可能性,那么但汉松教授在对《万有引力之虹》的解释中拒绝后现代主义文学理论对文本的解释则可以看作将二者的关系视作“0”的另一种荒谬的可能性。以下的分析将表明:理论与文本之间似乎存在一种品钦式的“万有引力”所决定的“纠缠”。

显然是针对詹明信的解释,因此也正是为了与第一种已成荒谬现实的可能性拉开距离,但汉松在对《万有引力之虹》的评论中,一方面“有意不提”后现代主义文学理论,另一方面则有意点了詹明信的名。他提醒读者说:“请注意这里的类比!之所以说是‘挂毯’(他用于描述品钦文学策略的比喻——引者),而不提后现代文学评论家津津乐道的‘拼贴’,是因为前者喻示了‘拼贴’所不具备的缜密度、结构性和立体感。詹姆逊尝放言,后现代小说的深度消失了,读者无须像在《尤利西斯》里那样费力地追寻意义。不过,用所谓晚期资本主义的文化逻辑来套品钦的小说,实在是会造成矮化的误读,因为并非每个作家都是时代精神的橡皮泥。如果仅仅是要颠覆叙事旧传统的瓷器店,放进去一只公牛就够了。品钦虽然也热衷于挑战一切文学常规,但他毕竟不是重写《白雪公主》的巴塞尔姆,也不像法国‘新小说’的掌门人罗伯-格里耶。品钦的终极文学目的,并非是要在文本的层面上去实验和创新,而是要在形上的空间进行传谕和布道。”①“在形上的空间进行传谕和布道”的说法背后当然也有“文学理论”的支撑(“文以载道”是“文学功能说”之一种),不过这并不是20世纪西方文学理论意义上的“理论”,但汉松要与后一类理论切割的意图是清楚

① 但汉松:《魔鬼在历史的细节里——读托马斯·品钦〈万有引力之虹〉的爱与怕》,《书城》2009年第3期,第96页。

的——后现代理论显然就属于这种理论。

这里矛头所指的詹姆逊就是詹明信。根据我们此前已经指出的,但汉松的意见自然有其道理。不过认真推究起来,他的看法里仍有两点值得注意。一是他毕竟还是"提了"后现代文学评论家所津津乐道的"拼贴",后者至少从修辞上加强了他的论证效果,甚至可以说构成了其进一步论证的必要前提——没有"拼贴",挂毯只是挂毯,有了"拼贴",挂毯就成了旁边挂了一幅拼贴的挂毯了。二是如果顺着他的思路,那么我们在几乎所有试图"导论"或"概论"后现代主义文学的书中所读到的对后现代主义文学的总体特征的概括都是难以成立的——事实上,每一个被特定读者深爱的后现代主义文学作家,都可能并非浅薄之辈,其作品也并非意在"消解深度",恰恰相反,他们中的每一个,以及他们的每一部作品,几乎都可能被认为"要在形上的空间进行传谕和布道",或至少有此能力。在此只需提及,罗伯-格里耶或巴塞尔姆的研究者,肯定不会同意但汉松对罗伯-格里耶与巴塞尔姆的贬抑性意见①,因为这个意见和詹明信对品钦的意见在性质上是一样的,均来自一种强迫性偏见。

一方面,知道很多后现代主义文学理论,确实能够让许多对作品没感觉的读者在无话可说而一定要说些什么的时候,没话找话地拿一些后现代主义文学理论的陈词滥调来搪塞。但这似乎并不是理论本身的问题,我们并不能说是理论让我们读不出作品的独特性深度。另一方面,对作品的深度感受如果事先没有"理论"垫底,感受自身甚至就无从产生,遑论

① 张唯嘉说:"解读罗伯-格里耶是艰难的。因为他的小说世界是一座巨大的迷宫:千门万户而又机巧重重;千回百转而又云遮雾障;五光十色而又炫人眼目……"(张唯嘉:《罗伯-格里耶新小说研究》,湖南人民出版社 2002 年版,第 35 页。)至于巴塞尔姆,周敏援引西方研究者意见说:"片段可能是某些人物信任的唯一形式;但那难道不是为了一个整体,谁知道呢,甚或是一个意义的需要吗? 那个'只信得过片段'的叙述人是这样讲的:'我希望哪一天这些纪念物能够交融、模糊——可能衔接才是恰当的词——成为美轮美奂的某个玩意儿。'"(周敏:《什么是后现代主义文学》,上海外语教育出版社 2014 年版,第 74 页。)

表达这种感受。因此,在笔者看来,但汉松对品钦的解读倒是无比清晰地证实了詹明信对于后现代主义文化逻辑的正确理解:品钦确实算得上是个妄想症患者;在后现代社会,文化产品确实首先是商品。这两点都可以用但汉松本人的说法做证。关于第一点,但汉松说:“要用一个精神病学上的术语才足以定义品钦对于细节的迷恋:妄想症(paranioa)。”他还在“没人知道品钦的病情离伍尔夫听见小鸟用希腊文唱歌的程度还有多远”的情况下,便敢于“斗胆揣测他几十年来的神秘隐遁绝不仅仅是想当淡泊名利的清流那么简单”。①

关于第二点,但汉松说:“给《万有引力之虹》做逐页注疏的导读就出了四五本,不仅厚达四五百页,有的还修订再版多次,在美国靠研究品钦的这部小说拿到博士学位或终身教职的更是大有人在。唯独遭罪的,是那些把此书买来当小说看的普通读者。对那些习惯了在星巴克、飞机场、地铁站进行阅读活动的人来说,翻开这本被推荐为上世纪最伟大的英文小说之一的作品不啻经历梦魔。”②即便这样的“普通读者”已经如此可怜了,但汉松仍以软硬并用、恩威兼施的方式试图将其中一部分变成该当被诅咒的倒霉蛋,将另一部分册封为愿为品钦式真理献身的圣徒:“如果你不够顽强的神经崩溃了,就会被开除出这个游戏,当然也许你会顺便诅咒这个该死的老汤姆不过是故弄玄虚;可如果你偏执地不放过小说中任何可疑的线索,用侦探式的耐心与之鏖战,品钦会给予读者大大的奖励,让你知道他的把戏固然玄之又玄,可是绝不虚妄。”③奖励之大,确实难以想象,把戏之玄,道听途说恐怕足矣。天真的读者如果还听不出其中的危

① 但汉松:《魔鬼在历史的细节里——读托马斯·品钦〈万有引力之虹〉的爱与怕》,《书城》2009 年第 3 期,第 94 页。

② 但汉松:《魔鬼在历史的细节里——读托马斯·品钦〈万有引力之虹〉的爱与怕》,《书城》2009 年第 3 期,第 96 页。

③ 但汉松:《魔鬼在历史的细节里——读托马斯·品钦〈万有引力之虹〉的爱与怕》,《书城》2009 年第 3 期,第 97 页。

险，不妨最后再听一次夹杂着恐吓和炫耀意味的告诫："如果想读透这部百科全书式小说，首先我们自己就必须修炼成一部百科全书。"①岂不知，用化身为读者的"百科全书"来对冲作为被读对象的"百科全书"，说白了就是后现代式的"互文解读"——看来后现代主义文学理论对于文学的"矮化"是全面的，再怎么小心也还是难逃其无所不在的文化逻辑；不过一个人为了读懂一本书就把自己"修炼"成另一本书（哪怕这本书是一本百科全书），确实也很难说不是另一种意义上的"矮化"和詹明信意义上的"文化工业"对于人的"物化"——尽管在这样修炼成功的读者中，不乏确实拿到了博士学位和终身教职的人，这倒是一种实实在在的奖励。

第二节　理论的"兴起"与文学的"谋杀"

关于后现代主义理论与后现代文学关系的问题，克里斯托弗・巴特勒在其《解读后现代主义》中给出了一个可能最贴近真实情况的处理，可以让我们对其中的复杂性有更直观的认识。

如原书名所示②，他的这本书属于牛津大学"极简导论丛书"，本身篇幅并不长，从篇章结构也就是其形式来看，似乎并没有给"文学"一个特殊的位置，仅仅是在第四章"后现代主义文化"下设的一个题为"后现代主义小说"的小节中处理了"文学"，还不到五页篇幅（中译文不到九页）；并且就在这一章的开头，他似乎已经在努力淡化"理论"与"文学"之间的关系——"文学"甚至没有出现在这段对二者关系进行解释的文字中："有创

---

① 但汉松：《魔鬼在历史的细节里——读托马斯・品钦〈万有引力之虹〉的爱与怕》，《书城》2009 年第 3 期，第 97 页。

② Christopher Butler: *Postmodernism: A Very Short Introduction*, Oxford University Press, 2002.

造力的艺术家不见得需要从哲学或学术角度深入了解这些东西(指后现代主义理论——引者)。他们从谈话和报刊中同样可以获得'新的思想',因为谈话和报刊常常传播这些新思想,但他们有时会搞错,有时只是一知半解,有时又夸大其词。但也正是通过这种途径,重要的思想得以像病毒一样在社会上传播。"①

这里谈到的关系已经够复杂了。不过,如果我们从头读起,对这一问题就会有更复杂的理解——从一开始巴特勒就以一种非常有技巧的方式凸显了这种关系的重要性和复杂性。第一章的标题是"后现代主义的兴起",接下来的第一个小节的标题是"理论的兴起",把两个小标题连起来看,似乎是在强调"后现代主义理论"对"后现代主义的真正兴起"所具有的"定格""定名"的效果或作用。

而在此章的标题和该节的标题之间还有几页文字,先谈的则是作为现象的"典型的后现代作品",在预告该书内容时先提到的也是"后现代艺术家":"我在下文中涉及的后现代艺术家、知识权威、学院派评论家、哲学家以及社会科学家们,就像一个组织松散、喜好争辩的政治党派的成员。"②根据某种习惯上的分类标准,此处除"后现代艺术家"之外的其他"成员",总体上都可视为"后现代主义理论家"。而在提到以"后现代主义之名"得以"正名"的"20 世纪 60 年代"之前,他先提到的也是"1945 年以后盛行于先锋派艺术中的观念",其中就举了罗伯-格里耶的例子("詹姆斯·乔伊斯和阿雷恩·罗布-格里耶的作品完全不同"③)。

从巴特勒的叙述来看,包括罗伯-格里耶在内的"富有创新精神的伟

① 巴特勒:《解读后现代主义》,朱刚、秦海花译,外语教学与研究出版社 2015 年版,第 115 页。

② 巴特勒:《解读后现代主义》,朱刚、秦海花译,外语教学与研究出版社 2015 年版,第 6 页。

③ 巴特勒:《解读后现代主义》,朱刚、秦海花译,外语教学与研究出版社 2015 年版,第 10 页。

大艺术家”与诸如阿尔都塞、巴特、德里达、福柯这样“令人吃惊的新思想体系”的构建者,在形成和推进后现代主义思潮的过程中孰先孰后,或者哪一方所起的作用或产生的影响更大,是根本说不清楚的事情。尽管“在上文提到的艺术家们确立了自己的地位后不久,后现代主义又有了进一步的发展”①,“之后,一些法国知识分子继承(也有许多人认为是补充和解释)了这些艺术家的思想”②之类表述,但此类表述之后的每一个这样的表述都经受着修正和补充,以至于他也只能断言:“到了20世纪70年代中期,人们已经很难说清楚对后现代主义者来说什么最重要:是艺术领域内创造一种特定的(令人不安的)体验呢,还是艺术在哲学或政治方面所提供的新的阐释契机?”③

可见,“后现代主义理论”与“后现代主义文学”的关系本身就是一段历史,只能从过程的角度来理解,而这个过程,正如巴特勒的梳理所示,是很难叙述清楚的。显然,这个问题不可能得到一个有意义的确定回答。但这一问题本身并非没有意义,因为这迫使我们思考一个问题:如果二者之间的关系在后现代已经说不清楚了,那么或许正意味着“理论”已经“文学化”,“文学”也已经“理论化”了。将这一极端可能性置放于我们探讨这一问题的背景中,将迫使我们把问题的结构看得更清楚。我们将看到,在某些时刻,这一可能性也可能从背景跃入前景。

在上述引巴特勒的那段话中,已经包含了这样的一次“跃入”——回头来看,在谈到“什么对后现代主义最重要”时,他给出的两个选项都把“艺术”放在了前面。所谓区别只是“艺术”内部的区别。也就是说,在巴

---

① 巴特勒:《解读后现代主义》,朱刚、秦海花译,外语教学与研究出版社2015年版,第12页。

② 巴特勒:《解读后现代主义》,朱刚、秦海花译,外语教学与研究出版社2015年版,第13页。

③ 巴特勒:《解读后现代主义》,朱刚、秦海花译,外语教学与研究出版社2015年版,第14页。

特勒的表述中，事实上只存在“创造体验的艺术”和“能够提供解释或解释契机的艺术”。这一理解将我们带入了一种对于“后现代主义文学”与“后现代主义理论”之间的关系为“0”的新解释：在这一理解中，二者的关系成了文学内部的“文学”与“理论”的关系。

对我们的问题来说，更重要的是，巴特勒随后在后现代主义诸理论中看出的恰是理论自身的“文学性”：“后现代主义理论家们不喜欢单调乏味、政治上可疑的逻辑，而喜欢带暗示的一语双关的游戏，因而建立的理论更加具有文学性而非哲学性”①，“对于许多后现代主义者来说，用文学修辞方式表述理论、哲学论点，其危险在于文本会有多重阐释可能，但这也正是其意义所在”②。

在《解读后现代主义》集中处理后现代主义核心理论主张的第二章“看待世界的新方式”中，巴特勒便径直插入了一部后现代主义小说的文本片段，用后现代主义文学文本自身的“修辞性”来戏仿后现代主义理论。所引用的小说片段内容即是对后现代主义理论的嘲弄性再现，从而颠覆了用后现代主义理论解读后现代主义文学作品的常规做法，使得后现代主义文学作品与后现代主义理论的等级和先后关系逆转。在这种情况下，后现代主义理论成为文学再现和表现的对象，就像《万有引力之虹》中的“热寂说”，并不能发挥解释作品的功能，而只是扩大了文学题材的范围，沦落为和福楼拜的《布瓦尔与佩居谢》中诸种新潮科学知识一样的东西。

他引用的这部小说是费德曼的《要就要不要拉倒》，其中有言：“是的，我知道你们对于书面文字的看法，对你们这些家伙来说，这是个很重要

① 巴特勒：《解读后现代主义》，朱刚、秦海花译，外语教学与研究出版社 2015 年版，第 19 页。

② 巴特勒：《解读后现代主义》，朱刚、秦海花译，外语教学与研究出版社 2015 年版，第 22 页。

(很关键)的问题,但这些东西我们都已经讨论过了,而对我来说,从某种意义上来说(如果照你们的意思从**逻辑意义**上来说)我才不管什么**事物的秩序**呢,因为我,我才不想为了建立一个秩序而去讲述,去记述,或者去背诵,决不!"①

在原文中被以大写方式标示出来的"LOGIQUE DU SENS"(逻辑意义)、"THE ORDER OF THINGS"(事物的秩序)分别指的是后现代主义理论家德勒兹和福柯的作品。而"这些东西我们都已经讨论过了"在笔者看来则与《解读后现代主义》第一章中的一个重要观点形成互文。在那里,巴特勒指出了后现代主义理论兴起时一个非常诡异的"无知"背景:"在德里达试图批驳索绪尔的理论时,他显然并不知道,在哲学界(包括法国哲学界)看来,许多他所关心的问题以及他自己得出的(让人难以把握的)结论,路德维希·维特根斯坦早就谈到过,而且表达得更加清楚,研究得更加缜密。当然,这种无知对德里达来说未尝不是一件好事。德里达在早期作品中并未提及维特根斯坦。许多研究德里达的文论家也因此对哲学问题的研究历史一无所知,不知道英美哲学传统对这些哲学问题早就提出过一些规范性的解答。"②值得注意的是,巴特勒是以图片而非文字的方式引用费德曼的文本的。以这种方式,他一方面从字面上"图解"了后现代主义理论,另一方面以"图片说明"的方式表达了对自己正在进行"导论"的"后现代主义"这一话题本身的看法:"带有喜剧色彩的后现代主义小说也最能体现对理论的嘲弄。"③

晚近最为彻底地利用文学形式对后现代主义理论本身进行"戏仿性

① 巴特勒:《解读后现代主义》,朱刚、秦海花译,外语教学与研究出版社 2015 年版,第 42 页。引文中的黑体字为原文照录,下同。

② 巴特勒:《解读后现代主义》,朱刚、秦海花译,外语教学与研究出版社 2015 年版,第 17 页。

③ 巴特勒:《解读后现代主义》,朱刚、秦海花译,外语教学与研究出版社 2015 年版,第 43 页。

再现”的实践,当数美国学者、作家阿瑟·A. 伯格的《一个后现代主义者的谋杀》[①]。伯格说写这部作品的契机是阿尔塔米拉出版社的总裁建议他写本“关于后现代主义的喜剧性的书”。这让笔者想到,到了连出版商也意识到“后现代主义”具有喜剧性的时候,后现代主义理论确实已经完成它对于文学的历史使命了——如果它曾自觉地承担了这一使命的话。不过,从另一方面看,如果出版社和伯格仍觉得有必要写这样一种书(实际上,由于伯格的这本书非常成功,他一口气又写了三部同样风格的作品,分别是《哈姆雷特谋杀案:文学批评理论另类读本》《学术会议上的惨案:大众传播理论另类读本》《涂尔干死了:社会学理论另类读本》,也都非常畅销),那就意味着后现代主义理论作为某种“知识”,仍在为数不少的人群中有某种理性启蒙和商品开发的潜在价值。或许以被包装成“学术荒诞小说”的喜剧文学形式进行传播,正是作为“知识”的后现代主义理论完成自己历史使命的最后一步。伯格对这一历史使命显然有着清楚的自觉意识:“《一个后现代主义者的谋杀》遵循后现代主义的最好传统,是一部拼凑起来的大杂烩。我从许多作家——侦探故事作家、哲学家等等的著作中借用一行行的文字,在有些情况下,甚至是整段的文字……我还在每章之前引用了一些重要后现代思想家的话,使这本书显得更逼真。”[②]可以看到,至少从伯格作为一个后现代学者的追求来看,《一个后现代主义者的谋杀》既是对那些被引用的“后现代主义思想”的更逼真模仿,又是对“后现代主义文学传统”的更逼真模仿。这也就是说,即便从亚里士多德意义上的模仿论出发理解,《一个后现代主义者的谋杀》也是可以被置放在西方文学内部这一“对现实的再现”的传统框架中加以考量的——考虑到我们关心的问题,甚至是必须如此考量。

① 本书原著题名为“Postmortem for a Postmodernist”,相关分析详后。

② 伯格:《一个后现代主义者的谋杀》第二版,洪洁译,广西师范大学出版社 2002 年版,鸣谢第 1 页。

严肃地看，作者使用的题名已经包含着这一解释学维度——马汉广看出，“小说题目的翻译似乎有点问题，Postmortem for a Postmodernist 直译的意思应该是‘对一个后现代主义者的尸体解剖’，翻译者大概是根据小说的内容来翻译的”，因而他觉得“这样翻译似乎总让人感觉原题目中的某些味道不见了”，禁不住猜测“对一个后现代主义者的尸体解剖是不是有点象征、暗示的味道”。① 对这一作品的分析是马汉广这本《西方后现代文学与文化研究》的最后一个章节，如此安排当然已经有了一种“象征、暗示的味道”。不过，从他的分析来看，仍只是在谈《一个后现代主义者的谋杀》的“内容”所具有的“象征、暗示的味道”，比如他说：“从某种意义上说，这部作品就是要给我们提供一种新的语境，否则它就不需要那么多的篇幅来讨论后现代问题，并把各种后现代理论都亮出来，虽然彼此有相互矛盾和冲突的地方，但都指向了一种对世界的新的理解。”②这里所谓带来能够用于“新的理解”的东西，指的其实仍是那些被引用的“后现代理论”，而非《一个后现代主义者的谋杀》这本书。笔者认为，要从文学史、文学思潮角度理解这本书，恰需要从“作者如何写”而不是“写了什么”这一意义上来看。因为从“写了什么”来看，“一个后现代主义者的尸体解剖”显然文不对题——作品中并没有什么对于作为“身体”的“尸体”的“解剖”，真正被解剖的是“后现代主义者的精神”；对“身体/肉体”与“精神/灵魂”在现象学层面的区分不敏感，也算是后现代症候的核心症状之一。只看“写了什么”，不看或看不到“怎么写”，相当于只看到了一部作品的“肉体”，没看到或看不到其“灵魂”。甚至，只看到一种文学思潮之下的具体作品“怎么写”，也只相当于看到了这一作品的肉体是如何被组建起来的，是由什么材料制成的，而非真正地看到了其文学精神是如何存在于整个文学史

① 马汉广：《西方后现代文学与文化研究》，黑龙江大学出版社 2007 年版，第 252 页。

② 马汉广：《西方后现代文学与文化研究》，黑龙江大学出版社 2007 年版，第 260 页。

之中的。

事实上,伯格可谓用心良苦的“尸体解剖”题名指向西方现代文学史上的一个经典个案,即福楼拜对“一个浪漫主义者的尸体解剖”。福楼拜作为“浪漫主义者的解剖者”这一文学史形象,有些时候确实会盖过他作为现实主义文学作家的风头。木心在《文学回忆录》中回忆说:“评价说福楼拜秉承医学的冷静,解剖人性。有漫画,画他一副医生打扮,在解剖包法利夫人。”①这一漫画是如此著名,以至于 2014 年我国人民文学出版社在推出五卷本《福楼拜文集》时,不仅把这幅漫画印在了每一卷封面的衬里上,还把它做成了书签夹在每一册书卷中。福楼拜以文学形式对浪漫主义者进行的尸体解剖,与伯格以文学形式对后现代主义者进行的尸体解剖之间的文学史关联,让我们清楚地看到文学内部是如何表现这种文学思潮变迁的。而对从属于不同文学思潮的文学作品和文学家之间关系的不敏感,也说明我们很多时候确实是从割裂而非关联的角度来理解文学思潮的。

当然,把二者的关系内化为文学内部的关系,并不能从根本上化解这种关系的二元性,但毕竟经由这样的转换,我们对问题的处理就有了更多腾挪的空间。根据二者关系取值从较小到较大的差异,或许可以把通常所说的“后现代(主义)文学”区分为“后现代时期的文学”和“后现代主义文学”两种不同的形态。这一区分并非意在为不同的文学作品分类,而是为对后现代主义文学的理解提供一个分析模型——我们由此可以注意到在不同论者笔下,这两种形态的“后现代(主义)文学”是如何被建构起来的。带着上述问题性背景,下面我们进入后现代(主义)文学的时间和空间。

---

① 木心讲述,陈丹青笔录:《文学回忆录(下册)》,广西师范大学出版社 2017 年版,第 570 页。

第三节 “后现代主义文学”与“后现代时期的文学”

我们从一篇题名为“后现代主义与文学”的文献开始说起。这一文献是劳特里奇出版社推出的《后现代主义伴读》中的一章，作者是巴里·刘易斯。在有关后现代主义文学导论性质的文献中，选择以此开始对后现代主义文学历史进行考察，主要是考虑到与其他大多数文献在这个问题上的含糊其词形成了鲜明的对比，它为后现代主义文学分配了一个精确到年的边界清晰的时空区间，这就是被用作副标题的“文字沙拉时期：1960—1990”。

巴里应该是从勃兰兑斯式“主流”的角度来理解“后现代主义与文学”之间的关系的。这显得他所理解的“后现代主义文学”更像是从属于“后现代时期的文学”的一种文学类型，确切地说，“后现代主义文学”在这个意义上只不过是这个时期文学的“主导模式”而非“全部模式”（后文还有一句话说的是“后现代主义当然只是总体景观的一部分”①，这里的总体景观当指“后现代时期的总体状况”）——文章开篇即写道：“1960 年到 1990 年文学的主导模式就是后现代主义写作。”②他为自己给出的这个文学区间提供的依据是一些能够标志“开始与结束”的“历史事件”，这些事件包括：美国总统肯尼迪被刺杀，发布对萨尔曼·拉什迪的追杀令；柏林墙的建立与坍塌；美国作家菲利普·罗斯的文章《伟大的美国小说》和汤姆·沃尔夫的文章《悄悄地走近万足巨兽——新式社会小说的文学宣言》

---

① Barry Lewis: “Postmodernism and Literature (or: Word Salad Days, 1960-90)”, in Stuart Sim, ed.: *The Routledge Companion to Postmodernism*, Routledge, 2001, p. 122.

② Barry Lewis: “Postmodernism and Literature (or: Word Salad Days, 1960-90)”, in Stuart Sim, ed.: *The Routledge Companion to Postmodernism*, Routledge, 2001, p. 121.

的发表。①

可以看到,通过上述这些经过精心挑选的事件,巴里有意混合了文学的历史与文学身在其中更大的历史背景——其中既有纯粹政治事件(美国总统肯尼迪被刺杀,柏林墙的建立与坍塌),又有针对作家的政治事件(发布对萨尔曼·拉什迪的追杀令);在所列举的两个看似纯粹的文学事件(罗斯和沃尔夫的文学宣言)中,一个关心的是文学自身的发展和前途命运,另一个关心的则是文学如何对现实历史做出反应,以及文学如何反映真实历史。不过总的来看,这段单纯的列举还是历史框架(如果不说是"背景"的话)对文学史的限定,即便关于作家罗斯的那个看似最像纯粹文学的事件,其最终关心的也仍是文学作为映照现实历史的一种方式,在面对映照现实历史的另一种方式(即下文所说"日常新闻")的历史性挑战时所应采取的措施。

在他对自己所列举的事件进行解释时,巴里的主导性意图因一个高度文学化的"书档"(book-end)比喻被复杂化了:肯尼迪被杀,以及拉什迪因写作《撒旦诗篇》(1989)而受到死亡威胁为一段充斥着恐怖主义和怀疑的历史提供了两个不祥的"书档"。② 考虑到"book-end"字面上还有"一本书的结尾"的意思,从肯尼迪被杀到拉什迪被追杀这两件事所在的这段历史,实际上又被比喻成了一本有开头有结尾的历史书。肯尼迪被杀是这本书的开头,拉什迪被追杀是这本书的结尾。考虑到此文谈的正是后现代主义,这一比喻无异于是说,即便是客观的历史事件,一旦被叙述其意义也必然是文学性的和视角性的。

从其为这段历史设置的开头和结尾来看,巴里的叙述已经预先包含

---

① Barry Lewis:"Postmodernism and Literature (or: Word Salad Days, 1960-90)", in Stuart Sim, ed.: *The Routledge Companion to Postmodernism*, Routledge, 2001, p. 121.

② Barry Lewis:"Postmodernism and Literature (or: Word Salad Days, 1960-90)", in Stuart Sim, ed.: *The Routledge Companion to Postmodernism*, Routledge, 2001, p. 121.

了一种对这段历史的“不祥”之感。作为该时期“主导模式”的后现代主义文学对历史进行反映的方式在他的表述中被复杂化了，显然这样的阐述比一般后现代主义读物单纯地把历史作为“背景”要更切合实际得多，也更有“后现代意味”：“柏林墙是冷战及其伴随而来的猜疑的最有力象征。这是一个因技术快速变化和意识形态不确定性而令人不安的世界。罗斯和沃尔夫的文章表明了文学如何应对这种时代氛围。罗斯的文章宣称，每日新闻比小说所能呈现的任何东西都更荒谬，这刺激小说家进一步把幻想和自我意识作为进行文学实验的方式。另一方面，沃尔夫的宣言是回归现实主义的口号。他声称后现代主义小说家忽视了表现城市复杂生活的任务。他自己的作品《名利场大火》(1988)试图将巴尔扎克和萨克雷的新闻方法应用于纽约城市丛林以应对这种复杂性。”①无论是在“柏林墙”身上被找到的文学性“象征”，还是在巴尔扎克或萨克雷身上找到的“新闻方法”，都显示出这段对于后现代时期的历史和后现代主义文学的历史的叙述，已经被后现代式地文学化和文本化了。

使用“文字沙拉”(word salad)来描述后现代主义文学，也包含了作者的情感和价值态度，因为这个表达的所指是“看似随机的单词和短语所造成的混乱状态，或径直指一种难以理解的混合物”，常用于描述神经或精神障碍的症状。这些词在语法上可能正确也可能不正确，但在语义上容易混淆，以至于接受者无法从中提取任何含义。② 至于“文字沙拉”用于从总体上描述后现代主义文学的合理性，巴里没有正面说明，但从这个词在英语语境中的应用效果来看，倒是可以发现一些端倪。据说，“文字沙拉意指故意令人困惑的自恋语言模式”，甚至“是有毒的人常用的语言模式”，其模式主要有循环式对话、无意义的重复、模棱两可的回答、拐弯抹

---

① Barry Lewis: “Postmodernism and Literature (or: Word Salad Days, 1960-90)”, in Stuart Sim, ed.: *The Routledge Companion to Postmodernism*, Routledge, 2001, p.121.

② 参考《欧陆词典》之“英语百科”中的“word salad”词条释义。

角、断章取义、颠倒黑白、和语境无关的内容、自相矛盾、撒谎等。这类文字或话语当然有其意图,也会在部分倒霉的接受者那里产生相应的效果:自恋者灵活地使用“文字沙拉”来操纵你,这就会使你非常迷惑以及产生一种你很想要沟通却被扼杀沟通可能性的感觉。这类文字的目的是洗脑,长此以往就可以对你进行系统性的贬低和打压,到最后甚至你连最基本的日常判断都无法做出。[①] 难以确定巴里是否采用了这种理解,也难以确定这里的描述是否符合后现代主义作家的本来意图,不过根据笔者阅读那些试图导读后现代主义文学作品的论著的经验来推断,这种效果是很有可能发生在部分读者身上的。

第四节 《裸体午餐》与后现代文学的“命运弧线”

巴里为自己的后现代主义文学分期找到的另一个佐证性个案可谓惊艳。或许是因为这个个案的时间起止点与他标题中的起止点并不能完全重合(整体后移了两年,而他在第一段中才刚夸口说,只允许自己上下加减一年),他才有些心虚得没有将其放在最前面。但从他为这个个案单独安排了一个段落来看,他对这一个例子实际上是非常得意的。他说:“为这一后现代主义文学分期(指他所说的 1960—1990 年——引者)提供了另一参照的,涉及威廉·巴勒斯的《裸体午餐》,这部小说在 1959 年首次在法国出版时,挑战了关乎叙事统一性和是否正派的所有规范。波士顿高等法院当年判定该书对吸毒者幻觉的描绘是下流和粗野的(而且篇幅并不短),曾引起了轰动。然而,在 1992 年的故事片《裸体午餐》(由大

---

① 参看知乎文章《有毒的人的语言模式——文字沙拉(word salad)》,2021 年 11 月 21 日,https://zhuanlan.zhihu.com/p/435962140,2024 年 5 月 9 日。

卫·柯南伯格执导)上映时,很少有人会觉得辣眼睛。尽管它对会说话的肛门和有毒的蟑螂进行了耸人听闻的描绘,但这部电影上映后受众的反应是冷漠而非兴奋的,是鄙夷而非厌恶的。这不仅表明了受众对冲击耐受性的提高,而且表明了他们对于越轨倾向的小说形式的态度发生了变化。"①

以《裸体午餐》从文学文本到影视文本在社会层面所引发的受众反应之历史变迁,来划分后现代主义文学的分期,这一处理方式对于文学思潮与文学史研究的启发性价值首先在于,这一自身就携带了时间跨度的文学个案由此成为考察文学与历史关系的一个新入口和新平台,为我们提供了一眼就能够纵览更大图景的契机。如果说在文学史研究领域,对具体作品的细读式考察可称为文学史研究的"微观",对文学思潮和主义运动的梳理与辨析可称为文学史研究的"宏观",那么对像《裸体午餐》这样自身携带时间跨度的文学个案进行考察,或可称为"中观"。借由这样的个案,文学思潮中的某些隐蔽线索将得以勾连起来。事实上,一旦被揭示出来,此类线索就不再是隐蔽的,而是立即呈现出其对文学思潮内部运行机制的"显现"效果。对后现代主义文学思潮研究来说,这一效果单纯靠罗列存在主义文学、荒诞派戏剧、新小说、魔幻现实主义文学等流派或按照美国、英国、加拿大、法国等国家的"后现代主义文学"是无法达到的。即便重复这一叙述模式也无法融通不同次级、不同流派、不同国别地区文学思潮之间的隔阂。所谓后现代主义文学的"碎片式叙事策略",有很大可能是后现代主义文学研究者和后现代文学史家的虚构——"碎片化"更像此类文学史习惯采用的叙事策略。

所以我们不妨借此追问:文学的后现代或后现代主义文学对社会心

---

① Barry Lewis: "Postmodernism and Literature (or: Word Salad Days, 1960-90)", in Stuart Sim, ed.: *The Routledge Companion to Postmodernism*, Routledge, 2001, p. 122.

理的“历史性冲击”所造成的“冲击耐受性的提高”的后果,到底意味着什么?或者我们也可以追问:《裸体午餐》与后现代主义文学的关系到底是什么?我们是否可以由此辨析出两种看起来非常不同的“后现代主义文学”?毕竟,巴里对《裸体午餐》的处理令人疑惑:对这一在他看来能够划分后现代主义历史分期的作品所具有的“形式实验”意义(他这篇文章的后半部分所集中探讨的正是诸如“弄乱时间”“拼贴”“碎片化”“联想的松散化”等后现代小说技术),他丝毫没有谈及(只在此处提及“叙事统一性”)——这显然不是因为《裸体午餐》没有“形式实验”的意义。这意味着在他看来,《裸体午餐》这一作品的“后现代性”更多体现在其“写了什么”(而不是“怎么写”)的内容层面上,而正是这一点引起了现实法庭的注意。从这个角度看,“内容”又可以说更具实质性意义。在我们谈到后现代主义文学作品的“艺术特征”时,甚至在考虑其“思想特征”时,“引起法庭注意的后现代主义作品”与“没有引起法庭注意的后现代主义作品”之间的区分,或许是值得严肃考量的一个角度。

当然,惊动法院的后现代主义文学的作品毕竟是少数。笔者还能想到的一个例子也只有罗伯-格里耶了。和巴勒斯的个案相似,罗伯-格里耶的情况也和电影纠缠在了一起。罗伯-格里耶在其新自传中回忆说:“从我开始作家的生涯起,法兰西学院的善良的埃米尔·昂里奥就表示,我的《窥视者》不属于文学奖评选委员会,而‘更多地属于轻罪法庭,或圣安娜’。二十年后,我是作为电影工作者(由于《欲念浮动》),被假正经的意大利两次传到法庭受审。”①受审事件发生在 1974 年,最后结果则是“为了了结这个案子,《欲念浮动》被判送柴堆焚毁:该片的全部拷贝,以及

① 陈侗、杨令飞编:《罗伯-格里耶作品选集(第三卷)》,杜莉等译,湖南美术出版社 1998 年版,第 414 页。其中,“圣安娜”指巴黎第 14 区一个精神病院。

意大利语版的负片全都在广场上当众焚毁”①。

和巴里的视角相似，罗伯-格里耶在叙述《欲念浮动》受审事件之际，有意关联起《窥视者》，他似乎也有意以个人身份见证一段“文学思潮”所经历的戏剧性进程。《窥视者》没有现实地在法庭受审（尽管同时代文学批评家有此打算），反而在文学领域获得了极大成功，先是被视作新小说代表作，在后现代主义概念流行之后又被视作后现代主义经典作品。实际上，巴里所看出的《裸体午餐》线索和罗伯-格里耶自述从《窥视者》到《欲念浮动》的线索，可以合并为一条线索：从《窥视者》的发表时间 1956 年，到《欲念浮动》受审、遭焚的 1974 年，再到电影《裸体午餐》上演的 1992 年，几乎就是后现代主义文学运动的一条简洁的命运弧线。②

值得思考的是，有着受审特殊经历的巴勒斯和罗伯-格里耶的文学，作为后现代主义文学，有何共同之处。或者换一个角度问，他们的文学和其他并未受审的后现代主义文学，有何不同之处。对这个由巴里举例引申出来的问题，笔者从刘小枫谈论后现代文学的文章中找到了一个答案：巴勒斯和罗伯-格里耶式的后现代主义文学，就是“萨德主义的后现代文学”或“萨德式后现代主义文学”。

---

① 陈侗、杨令飞编：《罗伯-格里耶作品选集（第三卷）》，杜莉等译，湖南美术出版社 1998 年版，第 419 页。

② 此处及本节题名中“命运弧线”的说法，借用了刘小枫谈论后现代文学的表述：“若将阿波利奈尔的这段未来文学宣言与他预言萨德‘很可能会统治 20 世纪’联系起来看，一条别样的欧洲人文主义心灵史弧线便清晰地呈现出来。”（刘小枫：《巴塔耶与萨德主义文学的后现代》，《文艺研究》2022 年第 12 期，第 6 页。）

第五节 萨德主义、存在主义与后现代文学谱系

“萨德主义”的表述,来自刘小枫一篇正面论述后现代主义文学的论文,其题名是“巴塔耶与萨德主义文学的后现代”。不过,无论是在篇名还是在正文中,刘小枫都没有用“后现代主义”或“后现代主义文学”一词。显然不能认为他不知道我们所谈的“后现代主义”及“后现代主义文学”为何物。早在1986年,他就在《诗化哲学》中谈到了“当今解构现代的后现代主义”,在为《诗化哲学》所写的“再版记”中他表示,“后现代”之后已经没了“主义”:“最出乎我意料的是浪漫派哲学与后现代的关系:本书初版时,后现代哲学在西方挥洒自如地形塑着自己……”[①]他有意不说“后现代主义”与“后现代主义文学”,很可能是不愿卷入关于“后现代主义”种种论说的迷幻修辞中,而身后并没有跟随“主义”之后缀的“后现代”确实令人感到清爽。

但其题名中“萨德主义”与“文学的后现代”并举,显得“萨德式文学”便是他所理解的“后现代主义文学”,或至少某种更能够清晰界定的“后现代主义文学”——在此意义上他似乎并没有否定或许也有其他类型的“非萨德式后现代主义文学”。考虑到学界考察后现代主义文学时所关注的重心反而是后一种“非萨德式后现代主义文学”,他对此的忽略也是可以理解的。而对于我们眼下的考察来说,则是多了一条在更大范围内的历史思想语境中互文式地考察后现代主义文学的道路——如果刘小枫所说的“萨德主义文学”即是我们所说的“后现代主义文学”之一种,那么他如下的判断便可以说是对后现代主义文学历史分期的重新考量:“萨德主义

① 刘小枫:《诗化哲学》第二版,华东师范大学出版社2011年版,再版记第6页。

的形成和发展经历了三个阶段：'二战'前以及战争期间是萌生期，战后开始迅猛生长，并在1968年革命时期达到顶点。"[①]在笔者看来，这一新的分期实际上提供了一个解决长期以来关于后现代主义文学之起点争论的方案，其学术史意义值得重视。

从目前通行的文学史教材和一般导读性文献来看，关于后现代主义及其文学之起点，大体有如下若干说法，而这些说法又是模糊不清地交织在一起的。其一是后现代主义文学始于第二次世界大战，后现代主义是第二次世界大战后西方社会中出现的范围广泛的文化倾向，它在20世纪70至80年代达到了高潮[②]；第二次世界大战后兴起的后现代主义文学是对现代主义文学的延续和超越。后现代主义文学在经过了二十年左右时间的发展之后，于20世纪70年代达到高潮[③]。其二是后现代主义文学始于20世纪50年代、60年代甚至70年代，后现代主义是20世纪50年代以后在欧美各国出现的各种文化潮流的总称[④]；只有后现代主义才是在当代西方兴起的文学主潮，它是当代西方文学思潮的时代性的集中体现，因此可以把20世纪60年代后期作为界定当代西方后现代主义文学的一个重要时间节点，从20世纪60年代后期开始，西方后现代主义文学以前所未有的声势迅猛发展，形成滔滔浪潮[⑤]；第二次世界大战后的头二十年里欧美文学延续着现代主义文学的发展势头，但在20世纪70年代以后，现代主义文学思潮便逐渐被后现代主义所取代[⑥]。其三是把后现代主义文学的起点向前追溯至第二次世界大战前的某个时间，代表人物

---

① 刘小枫：《巴塔耶与萨德主义文学的后现代》，《文艺研究》2022年第12期，第5页。

② 郑克鲁、蒋承勇主编：《外国文学史(下)》第三版，高等教育出版社2015年版，第185页。

③ 《外国文学史》编写组编：《外国文学史(下)》，高等教育出版社2015年版，第205页。

④ 蒋承勇主编：《世界文学史纲》第四版，复旦大学出版社2019年版，第328页。

⑤ 《当代西方文学思潮评析》编写组编：《当代西方文学思潮评析》第二版，高等教育出版社2018年版，第4,7页。

⑥ 杨莉馨、汪介之主编：《20世纪欧美文学》，南京师范大学出版社2018年版，第209—210页。

是哈桑,我国持这种看法的两位学者都援引了哈桑的看法:马汉广说“追溯后现代文学的起源,按照伊哈布・哈桑的考察,把乔伊斯的《芬内根守灵夜》作为后现代的开始。哈桑把这部小说称作‘死亡之书’,同时也称‘再生之书’,这预示着后现代的开始”①;周敏说“伊哈布・哈桑在《后现代的转向》(*The Postmodern Turn*,1987)中将乔伊斯的《芬尼根守灵夜》(*Finnegans Wake*,1939)作为后现代主义文学的开端”②。

起点之“内在的不确定性”是可以理解的,因为研究者对后现代文学史和文学思潮的认识受到作为研究对象的后现代主义文学核心理念的深度影响,这件事本身就说明我们的文学史研究活动已经处在后现代状态之中。但这并不意味着不需要重视这一不确定性导致的认识上和进一步论述上的混乱。这种混乱不但体现在上述不同教材和导读文献中的不同说法上,而且有时就在同一部文献中其说法也往往因前后不一而显得左支右绌、捉襟见肘。上述将后现代主义文学起点定在 20 世纪 70 年代的教材因其分期所限,把“存在主义文学”“荒诞派戏剧”“新小说”“黑色幽默”放在了“现代主义文学”板块之中,把“魔幻现实主义文学”放到了“现实主义文学”板块之中,却无法合理地介绍美国的“后现代主义文学”——在“后现代主义文学”板块中,“美国于 20 世纪 60 年代开始兴起后现代主义文学”,所介绍的代表作品也都是 60 年代的。③

最令人困惑,恐怕也最令教材与导读性文献的作者烦恼的 20 世纪文学现象要算存在主义文学了——存在主义算什么“主义”的文学呢?它显然还算不上《当代西方文学思潮评析》编写组所认为的“主潮层次”的“文学思潮”,因为据说“国内外学者普遍认为,浪漫主义、现实主义、现代主义和后现代主义是西方近代以来主潮层次的文学思潮,分别代表西方文学

---

① 马汉广:《西方后现代文学与文化研究》,黑龙江大学出版社 2007 年版,第 68 页。

② 周敏:《什么是后现代主义文学》,上海外语教育出版社 2014 年版,第 26 页。

③ 杨莉馨、汪介之主编:《20 世纪欧美文学》,南京师范大学出版社 2018 年版,第 210—226 页。

从18世纪以来不同社会历史阶段的主要文学倾向”[①]。“存在主义文学”不在其中。那么存在主义文学思潮属于“次级层次的文学思潮”吗？参照教材中对“19世纪末期至20世纪前期作为主潮层次文学思潮的现代主义”进行的分解——在其中“有唯美主义、象征主义、意识流等以强势流派为主的次级层次文学思潮”[②]，似乎“存在主义”应属于某种“主义”的次级思潮。或许，在编写组看来，作为次级文学思潮的“存在主义文学思潮”所属的“主潮层次的文学思潮”应是“现代主义”——这一点在后文中虽显艰难但终究也算得到了更清楚的表述：“现代主义在当代西方也并未销声匿迹，具有现代主义精神的存在主义文学思潮翻开了当代西方文学思潮的第一页。”[③]在这一表述中，“现代主义思潮”虽然蜕化为某种虚头巴脑的“精神”，但毕竟“存在主义”因开风气之先而获得了某种英雄气概。

的确，从该教材的具体处理来看，“存在主义”似乎又是一种“主潮层次”的“文学思潮”。“当代西方存在主义文学思潮”作为第二次世界大战后“最早兴起的西方文学思潮”[④]，该教材将其置于第一章加以评析，实属正常之举。不过，从其开篇表述“存在主义文学思潮是20世纪西方主要文学思潮之一”[⑤]仍可感到编写者对于这一思潮在文学史之定位的暧昧——“主要思潮”不就是“主潮”吗？“主潮”不就是“主潮层次的文学思潮”吗？如此小心翼翼地不让存在主义从字面上上升到某个“层次”，这里

---

① 《当代西方文学思潮评析》编写组编：《当代西方文学思潮评析》第二版，高等教育出版社2018年版，第2—3页。

② 《当代西方文学思潮评析》编写组编：《当代西方文学思潮评析》第二版，高等教育出版社2018年版，第3页。

③ 《当代西方文学思潮评析》编写组编：《当代西方文学思潮评析》第二版，高等教育出版社2018年版，第9页。

④ 《当代西方文学思潮评析》编写组编：《当代西方文学思潮评析》第二版，高等教育出版社2018年版，第6页。

⑤ 《当代西方文学思潮评析》编写组编：《当代西方文学思潮评析》第二版，高等教育出版社2018年版，第34页。

反倒显得有些蹊跷。

有些蹊跷的还有,“存在主义”还出现在第一章第一节的标题里。“存在主义及其文学思潮”“荒诞派戏剧”“美国黑色幽默小说”是构成“当代西方存在主义文学思潮”之整体的三个部分,表示的是“次级层次的文学思潮”。它们实际上把“存在主义文学思潮”推至“主潮层次的文学思潮”地位,除非认为还存在着作为“三级层次文学思潮”的“存在主义文学”“荒诞派戏剧”“黑色幽默小说”。当然还有第四种可能性,那就是“存在主义文学”实际上代表的是一种超越所有思潮的“元思潮”,这种意义上的思潮比所谓具体历史分期意义上的“主潮层次的文学思潮”还要高一个层次。

显然,在对后现代主义文学思潮进行文学史叙事时,“存在主义文学思潮”是一个症状性现象——它是不是或者属不属于后现代主义文学,以及如果是或者属于,在多大程度上及在什么道理上是或者属于,是一个被以模棱两可、含糊其词的方式加以搪塞的问题。就我国学界而言,《当代西方文学思潮评析》编写组所面临的问题也在不同程度上以相似的方式体现在其他教材和导读文献之中。《世界文学史纲》对“20 世纪后现代主义文学”所做的“概述”中,“以海德格尔、萨特为代表的存在主义”是作为后现代主义文学的“非理性主义哲学基础”被引入的①,但“后现代主义文学主要流派和作家”一小节中并没有提到存在主义文学——其所列举的流派有荒诞派戏剧、新小说派、垮掉的一代、黑色幽默、魔幻现实主义,但存在主义代表作家萨特则赫然占据了“20 世纪后现代主义文学”板块第一个专节的位置。南开文学教材系列丛书之《外国文学史(欧美卷)》的处理方式与之相似,该丛书也认为存在主义文学不算后现代主义文学的流派,而萨特是“20 世纪后期文学”板块中以专节篇幅重点提及的重要作家。马克思主义理论研究和建设工程重点教材《外国文学史》则以“通常”

① 蒋承勇主编:《世界文学史纲》第四版,复旦大学出版社 2019 年版,第 328—329 页。

之名径直宣称："作为战后重要的文学思潮，后现代主义文学范围广泛，存在主义文学、荒诞派戏剧、新小说、黑色幽默等文学流派通常被归入后现代主义文学范畴。"①同样径直宣称的还有面向 21 世纪课程教材《外国文学史》。其出于谨慎加了一个括号进行了限定性说明，这反而显得在编者心目中存在主义文学其实算不上后现代主义文学："存在主义文学的题材可能是现实的，也可能是神话的、虚构的，但不管怎样，它总表现出对人的生存状态的深切关注（这一点和许多后现代主义文学作品不同）。"②

当然我国也有学者觉得把存在主义文学归为后现代主义文学这个做法需要解释。马汉广和周敏的意见可作为代表，他们的看法大致可以概括为"过渡说"。马汉广说："法国及影响世界各国的存在主义文学也可以说是从现代主义向后现代主义过渡的文学。萨特的《恶心》、《间隔》，加缪的《局外人》虽然在写法上还保留有现代主义的痕迹，甚至有些地方就是现实主义的，但这些小说所表达的思想观念却是后现代的。在他们的作品中，现代作家那种要重构传统世界秩序的做法和企图已经消逝了，他们已经认识到这个世界的荒诞和无法把握，并接受了这一事实，以一种荒诞的智慧去应对这个荒诞的世界。"③周敏说："20 世纪 30 年代发源自法国并影响整个世界的存在主义文学也可视为从现代主义到后现代主义的过渡。这些作品中，比如萨特（Jean-Paul Sartre）的《恶心》（*Nausea*，1938）、加缪（Albert Camus）的《局外人》（*The Stranger*，1942）等中已经没有了现代主义作家重构传统世界秩序的做法和努力了。"④且不论这里的说法是否合乎事实，但至少这种将文学思潮之间关系加以学理化与合理化的努力是值得肯定的。

---

① 《外国文学史》编写组编：《外国文学史（下）》，高等教育出版社 2015 年版，第 206 页。
② 郑克鲁、蒋承勇主编：《外国文学史（下）》第三版，高等教育出版社 2015 年版，第 189 页。
③ 马汉广：《西方后现代文学与文化研究》，黑龙江大学出版社 2007 年版，第 68 页。
④ 周敏：《什么是后现代主义文学》，上海外语教育出版社 2014 年版，第 26 页。

实际上,厘清存在主义与后现代主义文学之间的关系,从一开始就是西方学界对后现代主义文学的讨论中所面临的一个难题。在一篇很早就被翻译成中文的导论性文献《后现代世界观及其与现代主义的关系》中,作者汉斯·伯顿斯在其第三小节"作为现代主义的智性反叛的后现代主义"与第四小节"存在主义的后现代主义"中较为集中地处理了这一问题。伯顿斯在这两小节中引入了两个似乎有着张力的观点,从中可见这一问题的复杂性。不过,由于他的评述是围绕具体个案展开的,我们可以借此对其复杂性有一种更具体的把握。

我们先看第一个似乎是将萨特(及加缪)的存在主义文学与后现代主义文学切割开来的观点。伯顿斯在第三小节评述了沃森的观点,其中值得我们注意的是对罗伯-格里耶与萨特(及加缪)关系的分析:"沃森的文章引出牢牢限制在一个哲学语境中的后现代主义问题。他认为,后现代有着强烈的本体论怀疑特征,其激进程度如此强烈,连萨特的存在主义也遭到拒斥。例如,罗伯-格里耶就在萨特那里感悟出一种存在于主客体之间的隐约的关系,因为在萨特和加缪的小说中,外部世界都'总是适应主人公和作者的主观性'。"①如果伯顿斯对沃森的观点的概括和评述是准确的话,那么我们大概能够从中辨识出某种"牢牢将自身限制在哲学语境中的后现代主义"对于"萨特的存在主义"的某种"拒斥情绪"。不过,正如所有初看起来似乎如此的东西一旦被细察就会变得异样一样,用于举证这种"拒斥"的例子暴露了深层的矛盾和症结——罗伯-格里耶虽然通常被归为后现代主义阵营,但持有一种"本体论怀疑";罗伯-格里耶在萨特那里感悟到的"存在于主客体之间的隐约的关系",恐怕也适用于他和萨特的关系——在他与萨特之间也隐约存在着一种关系,而这种关系既然

① 伯顿斯:《后现代世界观及其与现代主义的关系》,佛克马、伯顿斯编:《走向后现代主义》,王宁等译,北京大学出版社1991年版,第24页。该书译者将"罗伯-格里耶"译成"罗伯-格利耶"。为表述一致、方便阅读,笔者将该书中的译文统一成"罗伯-格里耶",后文不另做说明。

是“隐约”的，就很难说同时是“激进强烈”的；且不说在萨特的小说里，外部世界是否总是适应作者和叙述者的主观性，但是把萨特和加缪等量齐观，已经足以引发罗伯-格里耶的抗议——罗伯-格里耶在自传《重现的镜子》中恰好谈论过这个问题。

在自传中，罗伯-格里耶回忆了在“文学生涯的初期”①自己与现象学方法相遇的过程。他的反思成果是：现象学方法在开始阶段似乎是有用的，现象学意义上的“中立”的写作方法似乎能够有效对抗“系统地借助于隐喻所具有的浮夸魅力的方法”②——但时间长了就失去效果了。他很快便谈到“久经考验的现象学方法的隐蔽的战斗力逐渐消失”③。最后他甚至发现，“中立”或零度写作最终和“隐喻写作”将是一回事，二者的对立是虚假的：“这类隐喻最终会在长时间的犯罪场景中淹没那种故意渲染的风格的最后水坝，尽管这种风格可以说是自然的，其应用就像一个痛苦而美好的心灵戴着面罩，而且伪装成——毫无疑问是出于一些难以理解的道德原因——一种纯粹的胡塞尔式的意识而非别的形式出现。”④这种对抗的“失败”在他看来，即便在他所推崇的加缪的《局外人》那里也并非例外；这失败当然也有意义，但并非其最初追求的意义：“《局外人》的主人公其实不也在同世上的形容词癖进行着殊死的搏斗吗？而这种斗争（可能预先就失败了）不也构成着作品的历史重要性吗？”⑤

---

① 陈侗、杨令飞编：《罗伯-格里耶作品选集（第三卷）》，杜莉等译，湖南美术出版社 1998 年版，第 157 页。

② 陈侗、杨令飞编：《罗伯-格里耶作品选集（第三卷）》，杜莉等译，湖南美术出版社 1998 年版，第 158 页。

③ 陈侗、杨令飞编：《罗伯-格里耶作品选集（第三卷）》，杜莉等译，湖南美术出版社 1998 年版，第 158 页。

④ 陈侗、杨令飞编：《罗伯-格里耶作品选集（第三卷）》，杜莉等译，湖南美术出版社 1998 年版，第 158 页。

⑤ 陈侗、杨令飞编：《罗伯-格里耶作品选集（第三卷）》，杜莉等译，湖南美术出版社 1998 年版，第 158 页。

考虑到现象学哲学是存在主义得以在哲学背景中牢牢占据一个位置的方法论根基,罗伯-格里耶对自己现象学经验的反思其实也是对存在主义文学的反思,而从这种反思中,我们只能得到一种对经验过程的叙述,很难从学术上澄清这一关系。也就是说,除非我们预先对存在主义和后现代主义加以定义,否则我们从罗伯-格里耶对自己与现象学、萨特及加缪作品相遇的经验叙述中,很难看出什么是存在主义,也很难看出什么是后现代主义,遑论说清二者之间的关系。

在对萨特批评加缪的意见进行反批评中,罗伯-格里耶清楚地展示出所谓外部世界之于意识体验是如何在熟悉与陌生之间戏剧性地进行切换的。说起来,这一从长时段来看显得有些机械的切换既有趣又无聊:"靠着一种惊人的侥幸(或者说是才华),加缪将会把这种他极为'熟识'的故乡景致变成对于'奇异'的隐喻本身,或更为确切地说,变成与他所要表述的概念有关的'自然'事物。书中的力量首先来源于一个缺乏自我的叙述者所描述的'令人惊愕'的世界,这是一个感性的世界,总的来说,人们毫无保留地相信这个世界,'仿佛就处于这个世界之中',或进一步说,人们可以在某种程度上忘却它留下的教训:在一种虚无意识的注视之下,事物陡然地显现出来,这给了处于这个世界上的我们猛烈的一击,力量之大,于是我们才隐隐约约地发现它完美地、几乎是辩证地体现着胡塞尔所说的那种现象学的经验。"①

我们再来看伯顿斯引述的另一个说明存在主义与后现代主义关系的例子。这次他举证的学者是斯邦诺斯。从伯顿斯的评述来看,这个例子其实更加令人困惑,因为一方面,斯邦诺斯强调了存在主义之于国际后现代主义的建构性意义——伯顿斯说:"在斯邦诺斯看来(显然效法了沃森

---

① 陈侗、杨令飞编:《罗伯-格里耶作品选集(第三卷)》,杜莉等译,湖南美术出版社1998年版,第162页。

和哈桑,而且后来更接近哈桑的看法),后现代主义并不是一个仅限于英美两国的事业,而是一场真正的国际性运动。它的主要形成性影响是欧洲的存在主义,主要是海德格尔的存在主义,它的许多主要实践者都是欧洲人:萨特、贝克特、尤奈斯库、热奈特、弗里希、萨洛特等。”①而另一方面,斯邦诺斯版本的后现代主义却坚定地将通常被视为后现代主义者的罗伯-格里耶排除在外。因为斯邦诺斯版本的后现代主义按照其定义必须有一种“使文学代表现代人真正的历史意识之恢复介入与世界的本体论对话”的冲动,而“罗伯-格里耶所信仰的语言的自我指涉性在他面前必定呈现为一种从具体存在世界中的故意退却”。②

更值得我们注意的,倒还不是伯顿斯或斯邦诺斯的意见是不是符合实情(这类事情确实也很难有什么“实情”),而是从中我们可以更清楚地看到,在如今认为后现代主义运动已达到高潮阶段的 20 世纪 70 年代,彼时关于后现代主义的许多关键性议题(包括什么东西才算得上是“后现代主义现象”这种级别的议题)仍处在起步阶段,甚至迄今也难说有何定论。伯顿斯说,斯邦诺斯“所定义的后现代文学并不是游戏性或者表演性的,既不是一种爱欲释放,也未提供任何新的神话;倒是与其相反,它致力于真实性,致力于揭示人类的历史性和历史的偶然性”③。不难辨识出,在斯邦诺斯所定义的东西中,那些被否定的性质在今天反而更多地被认为属于后现代主义或具有后现代性;詹明信所概括的“历史感和深度感的丧失”显然与斯邦诺斯的后现代主义是截然相反的。

经由这一番学术考古,我们对中文学界也难以说清楚存在主义与后

---

① 伯顿斯:《后现代世界观及其与现代主义的关系》,佛克马、伯顿斯编:《走向后现代主义》,王宁等译,北京大学出版社 1991 年版,第 26 页。

② 伯顿斯:《后现代世界观及其与现代主义的关系》,佛克马、伯顿斯编:《走向后现代主义》,王宁等译,北京大学出版社 1991 年版,第 26—27 页。

③ 伯顿斯:《后现代世界观及其与现代主义的关系》,佛克马、伯顿斯编:《走向后现代主义》,王宁等译,北京大学出版社 1991 年版,第 26 页。

现代主义之间关系的这一现象，多了一份理解。至少，我们在某种程度上知道了存在主义文学何以既可以被算作后现代主义，又可以不被算作后现代主义。不但哈桑的后现代主义不同于詹明信的后现代主义，詹明信的后现代主义也不同于斯邦诺斯的后现代主义。但是，我们又不能说这些不同版本的后现代主义之间没有关系，也不能说其中的某一个后现代主义不是真正的后现代主义。这就是后现代主义文学观念自我塑型过程中出现的历史性多元理解，包含着重启讨论、建立联系的契机。

现在已经知道，一方面，后现代主义论者所说的现代主义实际上也包括了现实主义。现代主义文学是比现代派文学更大的现代主义概念，在这个现代主义概念中，现实主义属于现代主义(蒋承勇教授所区分出来的"现代现实主义"也包含了这一理解①)——后现代之前的所有历史思潮包括现实主义思潮都属于现代主义。这是一个"与时俱进式"而非"刻舟求剑式"的对历史与现实关系的理解，这种理解包含着对历史性(本质上是时间性)的洞察。根据时间性来理解历史，成为过去的历史和当下现实对过去历史的理解，这二者都是历史的构成部分——过去的历史和当下现实对历史的理解成为时间性视野中的历史之不确定之二。而另一方面，存在写后现代主义文学史的事实，以及对这一思潮所涉的现实背景进行叙述的可能性，已经标示了在后现代主义文学视角之外的现实主义视角。也就是说，只要我们开始谈论后现代主义文学在一个更大的现实世界之中所处的位置——时间和空间的位置，我们其实就已经引入了一个现实主义的叙述、评价和考量框架。现实主义文学所理解的文学与现实世界之间的结构性关系，是任何叙述和论述活动得以展开的底层逻辑或背景性逻辑——无论后现代主义文学作品内部如何想象和解构甚至拆解

① 蒋承勇：《19 世纪西方文学思潮研究　第二卷　现实主义》，北京大学出版社 2022 年版，第 44—100 页。

这种结构，文学史的叙述终究要在这个结构之内完成。

对大多数文学史家或文学史教材编撰者来说，用“后现代主义文学”来命名 20 世纪 50 年代以来的西方文学是一个基于现实主义文学原则的选择和决断。一旦这一点被确定下来之后，余下的事情便不再是是否有后现代主义文学，或什么是后现代主义文学，而是不同时期、不同国家的后现代主义文学是什么样子，具有怎样的特征，包括哪些作品，有哪些作家作品可以被经典化等。也就是说，从总体上看，历史上并没有一把作为标准定义的后现代主义概念的尺子，按照这把尺子去测量具体文学现象的“后现代性”含量和确定其是否属于后现代主义文学，反而是在文学史的叙述行动不得不展开的若干具体时刻，不由分说地先把它看成后现代主义文学，再来谈其他细枝末节的问题。有时候即便只能抓到某个“细枝末节”也能做出重要结论。比如在论证纳博科夫的《洛丽塔》也属于后现代主义文学时，后现代学者仅凭纳博科夫或许只是开玩笑的一个说法就能判断，“仅此一点——对语言的关注，即所谓的自我意识或自反性——《洛丽塔》就有后现代主义小说因子了”；甚至，这个说法本身也是被“暗示”出来的：“《洛丽塔》说的是老夫少妻的故事，但纳博科夫本人也曾‘暗示它说的也是作者与英语的恋情’。”①

因此，只要批评家有意愿使后现代主义文学继续成为“现代的文学”，甚至有意愿用“后现代主义文学”描述在这一概念流行之前的文学现象，就总能找到某些理由和联系。比如说，英国的“愤怒文学”虽然被视作“现实主义”的，却能通过与被视作后现代主义文学的美国的“垮掉一代文学”进行比较而攀上与后现代主义文学的关系：“尽管写作技巧上，英国的‘愤怒的青年’不如美国的‘垮掉的一代’实验性那么强，但其对当时社会的批

① 王守仁等著，胡全生、印芝虹主编：《战后世界进程与外国文学进程研究　第二卷　后现代主义文学研究》，译林出版社 2019 年版，第 248 页。

评,却难说逊色于‘垮掉的一代’。”[①]再如我们还有这样的说法,“早些时候,‘垮掉的一代’的确多被批评家读成现代派,可如今却被不少批评家视为后现代派”[②];“从美国 50—70 年代的文学史中我们也能发现,批评家对实验性小说的认识,也是随着时间的推移而变化的。批评家对上述这些作家并非一开始就称他们为后现代主义作家,而是存在主义作家、荒诞派作家、黑色幽默作家”[③]。这也解释了,为何在“后现代主义文学”成为一级文学思潮并获得命名之后,诸如存在主义、荒诞派、黑色幽默等只能被视为次级流派了。

当然事情也不一定非得如此,不过一定要假定确实有可能如此,也未尝不可,于是我们会看到一系列假定性评述——这算是后现代学术的一大特征:“如果真如莫拉马科所说,‘事实上可以主张将后现代时期追溯到艾伦·金斯堡发表《嚎叫》的 1956 年,或者追溯到凯鲁亚克发表《在路上》的 1957 年’,那么我们可以说美国的后现代主义文学是在‘敲打’中孕育的。”[④]如今被视为经典后现代主义作家的巴斯带着几分调侃回忆说:“我的第一部小说 50 年代中期出版时,批评家莱斯特·菲德勒说它是‘朴素的美国式存在主义’的典范。……几年后发表的第二部小说,普遍视它属一新种类,叫黑色幽默。……第三、第四、第五部小说发表于 60 年代,此时不再被称为存在主义小说或黑色幽默小说,而叫寓言式小说。……到 70 年代,就在我刚清楚什么叫寓言派(Fabulism)的时候,这东西又开始

① 王守仁等著,胡全生、印芝虹主编:《战后世界进程与外国文学进程研究　第二卷　后现代主义文学研究》,译林出版社 2019 年版,第 269 页。

② 王守仁等著,胡全生、印芝虹主编:《战后世界进程与外国文学进程研究　第二卷　后现代主义文学研究》,译林出版社 2019 年版,第 234 页。

③ 王守仁等著,胡全生、印芝虹主编:《战后世界进程与外国文学进程研究　第二卷　后现代主义文学研究》,译林出版社 2019 年版,第 244—245 页。

④ 王守仁等著,胡全生、印芝虹主编:《战后世界进程与外国文学进程研究　第二卷　后现代主义文学研究》,译林出版社 2019 年版,第 238 页。

被称为后现代主义的。"[①]这种情形或许就是文学史写作意义上的"零度写作"。它要说的是:通过写作,一切写作都可以"从零开始"被进行重构和命名,写作行为甚至能够重构一种生物学上的存在幻觉。

有了上述后现代学术背景作铺垫,回过头来再看刘小枫对萨德主义版本的"文学后现代"线索的梳理,其意义将会更自然也更清晰地呈现出来。或许并非巧合,刘小枫用以参照定位"萨德主义文学"的文学史坐标也是"存在主义文学"。他说:"萨德主义与存在主义差不多同时兴起,两者有某些相似性,因此不容易区分。不过,存在主义文学似乎没有能够活过 1968 年那场席卷整个欧美的后现代革命,人们在'二战'刚刚结束的日子里阅读萨特时,'最初的那种激动,已经越来越难以再现'。"[②]

笔者没有核查这里引文中出现的"人们"是否有确切的所指,但上文讨论过的罗伯-格里耶显然在列。关于这一点,也有罗伯-格里耶的回忆为证。他在对 20 世纪 50 年代阅读加缪的《局外人》的回忆中也带出了彼时对萨特的《恶心》的感觉:"如果说我在将近 50 年代中期的时候曾同这部作品作过一番轻快的较量的话——就像对《恶心》那样——一方面是为了表明这两部作品对我产生的影响,另一方面是为了在摆脱这种影响的同时确定自己的创作方向。此外,每当我重读这两部作品的时候(主要是读《局外人》,因为我觉得《恶心》的文体从结构上看表现力要弱得多),其无可指摘的力量都会重新起作用。"[③]

在此,罗伯-格里耶对存在主义文学的评述就有了文学思潮研究的价值和意义,他与存在主义文学之间的自传性联系将转化为后现代主义与

① 王守仁等著,胡全生、印芝虹主编:《战后世界进程与外国文学进程研究　第二卷　后现代主义文学研究》,译林出版社 2019 年版,第 245 页。

② 刘小枫:《巴塔耶与萨德主义文学的后现代》,《文艺研究》2022 年第 12 期,第 5 页。

③ 陈侗、杨令飞编:《罗伯-格里耶作品选集(第三卷)》,杜莉等译,湖南美术出版社 1998 年版,第 160—161 页。

存在主义文学之间的文学史联系。包括罗伯-格里耶在内的"人们"对萨特式的存在主义文学已经没有了"激动",从文学思潮演进的角度来看,这恰好意味着,接受了萨特式与加缪式存在主义文学影响的罗伯-格里耶自觉地担当了使"人们"再度对文学产生"激动"的文学史重任。实际上,从文学史来说,以罗伯-格里耶为代表的后现代主义文学作家确实做到了这一点。那么,他是靠着什么"新资源"做到了这一点呢?除去文学技法层面的因素,我们从刘小枫的梳理得到的启发是,罗伯-格里耶正是通过将存在主义—现象学与萨德主义文学结合在一起而获得了在新的时代"使人们产生激动"的力量。

刘小枫说到了萨德主义文学与存在主义文学之间"不容易区分"的"相似性",但语焉不详,而借助于罗伯-格里耶的例子,可对这个问题有更具体的认识,虽然他在梳理萨德主义文学谱系时并没有点到罗伯-格里耶的名字。阅读罗伯-格里耶的自传可以发现,他谈论萨德的篇幅和谈萨德时所表露的情感深度,都远超过对萨特的谈论。在罗伯-格里耶这里,萨德实际上压倒了萨特,也可以说,正是借助萨德的萨德主义,罗伯-格里耶克服了萨特的存在主义,完成了从现代主义到后现代主义的过渡而成为真正的后现代主义者。罗伯-格里耶说"我似乎是在编造出一些故事来支配我那些变得极其狂妄的犯罪幻想"——他紧接着在括号里补充说这指的是"到我床上来扯住我双脚的那个萨德侯爵的幽灵"。① 他对萨德侯爵的一件逸事情有独钟,似乎这件事包含了某个很深的道理:"大家都记得萨德侯爵的奇事吧:他被叫去出席通常是草菅人命的革命法庭的审讯,他本来可以在那里任意施展他的杀人本领,可他却显得那样宽大,致使他很

---

① 陈侗、杨令飞编:《罗伯-格里耶作品选集(第三卷)》,杜莉等译,湖南美术出版社 1998 年版,第 177 页。

快被免去了职务，被打发回去写充满暴行的书。”①罗伯-格里耶的意思是说一个善写罪行的作家实际上也可能是一个很善良也富有人性的人吗？正是在萨德作品的启发下，罗伯-格里耶觉得：“性幻觉应全部走到光天化日之下，它们应充分发展，它们也应相互碰撞。有朝一日将会存在的某对自由伴侣之间(不管他们是同性恋还是异性恋)或者三人之间性爱——为什么不呢？——可能性只可能偶然发生在激烈的对立斗争之中，这至少含有奴役和控制的手法。”②

在自传中，萨德被罗伯-格里耶称作值得学习和信任的“老同志”，罗伯-格里耶忍不住“就经常袭击我的那种污蔑之词为他辩白”，而我们从其“辩白”中不难看出萨德的作品是如何从内容到叙述技术全面启发了罗伯-格里耶的文学想象力的：“他不但创造了暴戾、容光焕发、博学的女性人物朱丽埃特，她以牺牲许多男孩和女孩来获取他从男性那儿学来的欢乐，而且，他还把自己最丰富多情的故事献给她。”③而朱丽埃特的姐妹朱斯蒂娜则是“自己所遭受的痛苦的有觉悟的证人”，在罗伯-格里耶笔下简直就已经是一个技艺高超的作家，因为她“以她自己的出场，同样也以她按规定的良好形式所作的叙述，更好地组织了事件和评论”。④ 罗伯-格里耶最终以福楼拜赞美自己的方式赞美了萨德的文学技艺：“人们把‘朱斯蒂娜小姐，就是我’当作是他的讲话，依我看，这远远不是一句玩笑。”⑤

---

① 陈侗、杨令飞编：《罗伯-格里耶作品选集(第三卷)》，杜莉等译，湖南美术出版社1998年版，第412页。

② 陈侗、杨令飞编：《罗伯-格里耶作品选集(第三卷)》，杜莉等译，湖南美术出版社1998年版，第426页。

③ 陈侗、杨令飞编：《罗伯-格里耶作品选集(第三卷)》，杜莉等译，湖南美术出版社1998年版，第427页。

④ 陈侗、杨令飞编：《罗伯-格里耶作品选集(第三卷)》，杜莉等译，湖南美术出版社1998年版，第427—428页。

⑤ 陈侗、杨令飞编：《罗伯-格里耶作品选集(第三卷)》，杜莉等译，湖南美术出版社1998年版，第428页。

当然,依罗伯-格里耶的方式看,他对自己编剧并执导的像《欲念浮动》一样的电影之成功经验的总结性思考也“远远不是玩笑”:“我的成功无疑地在很大程度上有让-路易·特兰蒂尼昂过分、出人意料和巧妙演出的功劳。但是,那群被铁链锁着献身的俏丽姑娘(她们或多或少地裸露着)、供男性恣意野蛮玩弄的性奴隶的古老神话、强奸和色情虐待的视觉,这一切可能更加替我吸引了那些喜爱窥伺女人的好色之徒。我该感到羞愧吗?我承认丝毫也不会:因为,我可以和善良的人们一起分享我个人的爱好!”①

不应该怀疑的是,这里的“善良的人们”首先指的就是像萨德那样善良的人们。在抛却福楼拜式的羞愧之后,罗伯-格里耶似乎觉得也没必要控制分享自己写作经验的欲望了:“就像所有的思想意识一样,不管它是否有罪,幻觉都需要影子:太直接的光照会削弱它的王国。它喜欢隐姓埋名、乔装打扮,而且它自愿地——在特定的场合——以自然主义为借口充分发展:没有什么比偷偷地、但是尊重规则地把所谓资料写成小说更好的了,最好写种种乱伦和性虐待;或者写为狂人而建的妓院,写对不顺从的婊子施以的严厉惩罚,写拐骗妇女为娼或者纳粹的野蛮行为;写利用天真的女性明星吸引老风流鬼,剥夺她们的日常生活,把她们关在中世纪的堡垒里,用鞭子抽她们最柔嫩的魅力部位,直至出血,让狼狗把她们吞食掉……这一切把我限制在最最传统的场面中,就像限制在火车站图书馆最隐蔽角落里摆放着的彩色封面上最常出现的那种插图中一样。”②当年对品钦式后现代主义文学作品感到失望的读者,如果在机场或火车站图书馆遇到罗伯-格里耶式后现代主义文学作品,或许并不会失望。

---

① 陈侗、杨令飞编:《罗伯-格里耶作品选集(第三卷)》,杜莉等译,湖南美术出版社 1998 年版,第 404 页。

② 陈侗、杨令飞编:《罗伯-格里耶作品选集(第三卷)》,杜莉等译,湖南美术出版社 1998 年版,第 406 页。

看上去恰似是为罗伯-格里耶上述坦白作注脚，刘小枫才说："萨德主义不仅是贯穿20世纪法国文学和思想的一个历史侧影，它如此极端、如此自由的思想的确成了诸多后现代文人的'新精神'——大西洋革命理念的历史后果由此可见一斑。"[①]作为启蒙运动及法国大革命历史结果的"新精神"，也可以说是法国"新小说"及萨德式后现代文学的历史注脚。

值得一提的是，将萨德作为后现代主义文学起点之一，刘小枫并非孤例。哈桑最早以"后现代文学"命名的著作《俄耳甫斯的解体：走向一种后现代文学》的第一章就献给了萨德[②]，标题是"萨德：意识的监狱"。在这一本书中，卡夫卡被安排在第四章，海明威、热内与贝克特也占据了此书专章位置。实际上，被视作后现代文学先驱的卡夫卡不仅熟读同样被视为后现代思想先驱的尼采，还熟悉萨德——他甚至称后者为"我们时代的真正庇护人"[③]。如果卡夫卡也算半个萨德主义者，那么哈桑这部在世界范围内第一部论述后现代文学的著作中，萨德式后现代主义者和非萨德式后现代主义者就各占一半，这个比例很有象征性意义。

或许可以尝试这样说，罗伯-格里耶与威廉·巴勒斯分别代表了欧洲和北美后现代主义文学中的"萨德主义"一脉——另一脉或许可称为"形式实验主义"或类似表述。这样说并不意味着真的可以据此将后现代主义文学一分为二，而是要尝试理解其内部各自不同的传统——事实上，我们将很快认识到，其内部各自不同的传统之间也是交叉融合在一起的。重要的是，经历这个过程，我们才能进一步辨识评论者在选择将其分离开来或交叉起来，判断何为后现代主义文学主流时是否有价值立场以及持

① 刘小枫：《巴塔耶与萨德主义文学的后现代》，《文艺研究》2022年第12期，第16页。

② Ihab Hassan: *The Dismemberment of Orpheus: Towards a Postmodern Literature*, The University of Wisconsin Press, 1971, pp. 24-47.

③ Gustav Janouch: *Gespräche mit Kafka: Aufzeichnungen und Erinnerungen*, S. Fischer, 1961, p. 37.

有何种价值立场。

佛克马对后现代主义文学不同源头的富有洞见的梳理为我们深入这一问题提供了一个值得珍惜的契机。在收录于1997年出版的《国际后现代主义:理论与文学实践》论文集中的一篇题为《后现代主义文学符号学》的文章中,佛克马提供了一份十七个美国作家的二十五部在他看来代表了美国后现代主义文学成就的清单之后,随即以国际眼光扫描了在美国之外但又与美国“几乎同时”且“独立地”出现在“其他文学传统”中的“后现代主义文学作品集群”①。

他先一笔带过地谈了“我们现在认为是后现代主义文学”的“拉美文学”,认为它并非美国文学的衍生,即便有影响也无法追溯——似乎这里的情形较为简单。他接着提到“法国新小说的兴起”,将其称为“一个使得情况复杂起来的重要因素”——这里他也没谈二者是否有影响关系,以及如果有影响关系又是怎样影响这一意义上的“复杂”的,而是径直或“平行地”谈了二者的异同:“它与北美的后现代主义小说一样,是对存在主义的回应,但与北美后现代主义不同,它避免了虚构(fabulation)的倾向。”②此处佛克马似乎在指出后现代主义三个相对独立的源头的同时,也在进行类型学意义上的辨别。转换成我们更为熟悉的表述大体就是:经典形态的后现代主义文学有美国式的形式实验主义的后现代主义文学、拉美魔幻现实主义的后现代主义文学和法国新小说式的后现代主义文学。不管这一看法是否符合实际情况,这一在溯源的同时进行分类的做法本身对学术是有启发的。

① Douwe Fokkema: “The Semiotics of Literary Postmodernism”, in Hans Bertens, Douwe Fokkema, eds.: *International Postmodernism: Theory and Literary Practice*, John Benjamins, 1997, p. 27.

② Douwe Fokkema: “The Semiotics of Literary Postmodernism”, in Hans Bertens, Douwe Fokkema, eds.: *International Postmodernism: Theory and Literary Practice*, John Benjamins, 1997, p. 27.

不过这里包含一个值得注意的细节：佛克马在对法国新小说所回避的“倾向”进行描述时使用了“fabulation”。这个词又可被译作“虚构症”，在西方文学批评实践中包含一段从指涉拉美魔幻现实主义的后现代主义文学到美国式后现代主义文学“倾向”的历史。据《欧陆词典》中“英语百科参考”的说法，“在文学批评中，罗伯特·斯科尔斯在他的著作《虚构者》(*The Fabulators*)中使得‘虚构’(fabulation)一词流行起来，该术语并不适用于传统现实主义或浪漫主义小说，而是用以描述20世纪小说中规模庞大且不断增长的类型，这些小说的风格类似于魔幻现实主义，它们以各种方式违反了标准的小说模式，对主题、形式、风格、时间顺序以及日常、奇幻、神话和噩梦的融合进行了激进的——有时是非常成功的——实验，模糊了严肃或琐碎、可怕或荒谬、悲剧或喜剧之间的传统区别。在很大程度上，‘虚构主义’和‘后现代主义’是重合的；例如，巴斯被贴上了‘虚构主义者’的标签，直到‘后现代主义’一词被创造出来”。也就是说，佛克马使用“虚构”一词以区分法国新小说式的和美国式的后现代文学，但这个词把他刚刚在拉美魔幻现实主义与美国后现代主义之间做出的区分模糊掉了。

我们从中倒是可以看出，佛克马似乎就是从“形式实验主义”与“非形式实验主义”这二元区分的角度来理解法国新小说式后现代主义文学与另外两种后现代主义文学之间的差异的。但佛克马并没有正面说法国新小说如何回避“虚构”倾向，也就是说，他似乎在有意无意地回避罗伯-格里耶式的后现代主义文学中的“萨德主义倾向”，甚至很有可能是有意视而不见的，因为在他接下来提供的罗伯-格里耶作品中可算作“后现代主义文学作品”的清单里，恰恰排除了通常被视作“代表作”的《窥视者》。他给出的清单是：《嫉妒》《在迷宫里》《去年在马里安巴》《约会的房子》(著名的《橡皮》也不在其中)。这个清单令人疑惑的是，难道《去年在马里安巴》不是不折不扣的“虚构”吗？

与此方向相反但实质上是同一个问题的另一个问题是,佛克马难道也看不到美国后现代主义文学中的“萨德主义”吗?巴勒斯根本不在他所列的美国后现代主义作家名单上。那么,是《裸体午餐》里没有“对主题、形式、风格、时间顺序以及日常、奇幻、神话和噩梦的融合进行了激进的——有时是非常成功的——实验”吗?显然并非如此。

可以说,无论从何种角度、以何种标准来衡量,对后现代主义文学谱系的书写都不应遗漏《裸体午餐》。事实上,另一位批评家费德曼甚至认为这一作品“标志着后现代的开端”①(而非仅仅是后现代主义文学的开端)。一方面,《裸体午餐》的每一页都散发着萨德式文学“自由放荡”的气息和可疑的精神追求;另一方面,后现代主义的每一种文学技术都能在其中找到精准对应的例证。有时,文学技术本身就已经成为作品以戏仿风格加以表现的对象和内容。

此外,在若干具有“元小说”式特点的片段里,巴勒斯更加直白地揭示出这一作品博尔赫斯式的意图,从而使这些段落变成指导读者如何阅读本书的说明书:“你可以在任意一个交叉点切入《裸体午餐》……我写了许多篇序言”;“《裸体午餐》是一个蓝图,一本指南书”;“指南通过打开长长走廊顶头的那扇门,拓展了体验的层面……那些门只在**沉默**中打开……”②

而下面这个段落读起来则像对文学评论家津津乐道的后现代文学喜欢使用碎片化叙事手法这一事实的反讽,以至于读起来既像出自某部导读文献对某部后现代主义文学作品艺术特征的分析,也像后现代主义文学作品的自我绘像:“这个词被分成许多单位,本应合成一体来理解,但那些片段可以随意排列组合,挪前挪后,挪出挪进,就像花样繁复的性的排

---

① Raymond Federman: “Fiction in America Today, or The Unreality of Reality”, *Indian Journal of American Studies*, Vol. 14, No. 1, 1984, p. 5.

② 巴勒斯:《裸体午餐》,马爱农译,作家出版社 2013 年版,第 200 页。

列方式。本书内容向四面八方铺陈,如同万花筒,混杂着各种旋律、各种噪音,放屁声,惊惧的叫声,金属百叶窗的撞击声,痛苦、凄楚的喊叫,受虐的惨叫,交配的猫、远离家乡的金斑鸟的鸣叫,因肉豆蔻而沉醉的**昆虫**的先知般的呢喃……”①巴特勒最终忍不住宣称:“这就是神启和预言书……”②

如果读者能够充分考虑到有多少谈论后现代主义文学的学者被困于那些随着后现代地平线的不断后移而不断滋生的关于后现代的言说陷阱无法自拔,就会对刘小枫果断地从中抽身直面历史的巨大勇气油然而生出敬意。他说:“单纯的文本分析很难完全摆脱巴塔耶的迷幻修辞陷阱,借助传记和历史背景材料,我们才能清楚看到,巴塔耶可以被称为‘萨德主义’的文学代表,这种类型的文学是18世纪欧洲启蒙时代‘自由放荡者’(Libertine)的文学在20世纪的延续。”③应当说,这正是一种力图贯通不同历史分期,并将文学史的片段连缀起来的文学思潮研究的路径,其具体方式是“借助传记和历史背景材料”。

我们仍难免疑惑:所谓“借助传记和历史背景材料”,难道不是我们文学史教材中通常所见的?对某一文学思潮之“历史背景”的概述不也是一种“历史背景”吗?对处在某思潮之中的某个作家之“生平与创作”的叙述不也是一种“传记”吗?与这里所说的“传记与历史背景”在性质上有何差异呢?举例来说,我们在通行的外国文学史教材中都会读到大同小异的关于后现代主义文学兴起的包括政治、社会、科技、哲学等在内的“历史背景”,也会在各个被视为后现代主义文学代表作家专节下读到其“生平与创作”及代表性作品的“文本分析”。难道说那么多种的教材也无法让我们“清楚看到”?具体看一看《巴塔耶与萨德主义文学的后现代》一文所涉

① 巴勒斯:《裸体午餐》,马爱农译,作家出版社2013年版,第204页。
② 巴勒斯:《裸体午餐》,马爱农译,作家出版社2013年版,第205页。
③ 刘小枫:《巴塔耶与萨德主义文学的后现代》,《文艺研究》2022年第12期,第5页。

及的“传记与历史背景”或许会有启发。

最明显的是,《巴塔耶与萨德主义文学的后现代》一文对“文学后现代”的文学思潮研究并非通常意义上的就“后现代主义文学思潮”本身而进行的“后现代主义文学思潮”研究,而是一种在不同文学历史分期意义上的诸文学思潮之间跳荡,并借助具体的人和事(传记文献)将不同思潮贯通起来的比较性研究。也就是说,在这一研究中,“后现代主义文学思潮”首先并非已经摆在我们面前有待分析其历史背景及思想艺术特征的现成事物,而是若干具体人物对既往文学思潮进行“搅动”而被体现出来的某种精神。“后现代主义文学”在这一意义上乃是“文学后现代精神”的实现。可以看到,在对既往文学思潮如何被“搅动”而产生新的思潮的叙述中,所模仿的正是发生中的文学史进程本身——我们由此意识到,文学史进程本身即是比较性的,既往文学思潮被搅动,也就是被有意识地加以比较,现代意义上的文学史叙事即是这种被不断搅动和比较的结果。

第六节　“现代欧洲文学历史路线图”中的《堂吉诃德》

某种意义上,《巴塔耶与萨德主义文学的后现代》一文是从特定角度处理(也可以说是“搅动”)整个西方文学史(提到的著名的文学思潮就有启蒙主义、浪漫主义、未来主义、超现实主义、存在主义等)的,或更确切地说,是对“萨德主义文学的后现代”代表人物们如何“搅动”整个西方文学史的闪光灯式聚焦。作为一个最有代表性的例子,在该文题名为“‘色欲僭越’与‘诗歌之恨’”的第三部分,作者大手笔地勾画了这一历史性“搅动”,让我们通过一个广角历史镜头看清萨德如何“搅动”了巴塔耶,如何“搅动”了布朗肖,如何“搅动”了福柯对于整个西方文学史的最终“搅动”:“布朗肖的‘文学空间—死亡空间’论的底蕴仍然是巴塔耶的萨德主义:它凭靠'内在体验'重新解释欧洲诗人,从而试图让欧洲文学的传统语言'终止意义'。福柯承接了布朗肖的观点:至少自萨德以来,欧洲诗人尤其是法语诗人不再遵循源远流长的荷马式'回返曲线结构'或有头有尾的罗马式先知预言模式,文学写作的目的仅仅在于'释放一种距离',或'打开一种域外(dehors)'空间——所谓'虚空(vide)的空间'或'想象域的空间'。正是在这一意义上,福柯的布鲁塞尔讲演呼吁欧洲年轻人把文学理解为萨德主义意义上的'僭越语言'。福柯在这里画出了他心目中的现代欧洲文学的历史路线图,或者说欧洲现代诗人心灵成长的历史路线图:从塞万提斯经狄德罗到萨德。不仅如此,在福柯看来,狄德罗《泄密的珠宝》是萨德《索多玛的 120 天》的前身。"①

在上述福柯试图后现代式地"终止"欧洲文学传统的"历史路线图"中,塞万提斯占据了一个值得注意的含混位置。因为清楚的是,在这段话中,"萨德以来"的欧洲诗人已经"终止"了荷马和罗马的传统,而狄德罗和萨德是同时代的人,此文提到狄德罗的地方共三处,除了此处的两处外,另外一处也是二者并举的("一个世纪之前,在《百科全书》主编狄德罗和萨德的'自由放荡'小说的推动下,'恶从启蒙运动哲学家所设想的那种邪恶变成了浪漫主义哲学家所理解的邪恶'"②),显得二者其实可以等量齐观,因此说"萨德以来"也无异于说"狄德罗以来"。于是,对萨德式后现代主义文学或者"萨德主义文学的后现代"的历史发展来说,问题就成了:自塞万提斯至萨德或狄德罗以来的西方文学,到底发生了什么以至于这发生在其中的"什么"构成了"欧洲现代诗人心灵成长"的关键?或者问题可以提得更集中和尖锐些:在塞万提斯的《堂吉诃德》里到底发生了什么重要的事情,使得塞万提斯这个作家占据了"荷马—罗马—塞万提斯—狄德

---

① 刘小枫:《巴塔耶与萨德主义文学的后现代》,《文艺研究》2022 年第 12 期,第 13 页。笔者稍有改动。

② 刘小枫:《巴塔耶与萨德主义文学的后现代》,《文艺研究》2022 年第 12 期,第 6 页。

罗—萨德”这一“现代欧洲文学历史路线图”的中心位置？可以说,这个问题一旦被提出来,我们刚刚辨识出来的两种“后现代主义文学”就已经在塞万提斯身上交会了。虽然《堂吉诃德》中也有不少爱欲故事,但显然并非萨德式的爱欲故事,不能说《堂吉诃德》是“萨德式的后现代主义文学”;后世的后现代主义文学从《堂吉诃德》中为自己“寻根”,其实更多的是看中了其文学技术层面上的特点。我们暂且记住这个问题。

相对于还只是在正统的西方文学史内部进行“搅动”,刘小枫对福柯“搅动”文学史的另一次聚焦显得更加意义非凡,虽然这次“搅动”并非直接意义上的,而是借助了后现代批评家的进一步阐发。不无巧合的是,他对这一次“搅动”的叙述又一次和电影扯上了说不清的关系:“次年(1976),法国导演勒内·阿里奥(René Allio)的电影作品《我,皮埃尔·里维耶,杀了我的母亲、妹妹和弟弟》公映,福柯随即接受了《电影评论》的访谈。皮埃尔·里维耶是后萨德时代法国诺曼底地区的一个农民,1835 年6 月,他用柴刀砍死已有六个半月身孕的母亲以及年幼的妹妹和弟弟,案件震惊法国。据说杀死母亲和妹妹是为了保护父亲,而杀死弟弟则是因为父亲喜欢弟弟。里维耶在狱中写了长篇忏悔书,讲述了布朗肖意义上的‘界外体验’,算得上是热内所说的那种在狱中坚持写作的人。福柯在查阅欧洲监狱史档案时发现了这篇忏悔书,随即整理出来交付出版,还在法兰西学院课堂上做了萨德主义式的分析(1973)。用一位福柯专家的说法,福柯让一个‘疯狂’杀手发出自己的声音,将他的文本‘放在一种特殊的文学史中——萨德是这种文学中的荷马,而其主题是对极限体验的想象和探究’。”①

在被引用的福柯专家的话中,萨德与荷马引人注目地出现在了同一个句子中。借助于荷马的地位,萨德还被这一个冒充文学史家的福柯专

---

① 刘小枫:《巴塔耶与萨德主义文学的后现代》,《文艺研究》2022 年第 12 期,第 16 页。

家在一部替代性的西方文学史开端处安排了一个荣耀位置——对这件事该如何理解呢？这件事恐怕不只对于理解萨德式后现代主义文学，而且对于一般性的后现代文学史叙事具有典范意义。看来，在文学的后现代时代，不但每一部过去时代的经典文本在经历着被重写的命运，从而成为巴特意义上的“可写文本”，而且连经典文学史和文学史经典也无法避免这类命运。可以想见的是，在能载入这一另类文学史册的作家以及此类文学中的主人公中，身为罪犯或潜在罪犯的应当不在少数(《裸体午餐》的作者巴勒斯是一个杀人犯)。对此，我们似乎除了感叹世风日下和诗风日下外，恐怕也很难再说些什么了。

值得再说一说的反倒是刘小枫指望我们多少会有所启发的另一件事。这件事也和福柯有关：“福柯在乌普萨拉大学任教期间完成的博士论文《疯癫与文明》(1961)如今已成为后现代学术的经典，让不少学人深受启发。如果人们得知，为此书的中心论点提供说明的史料是萨德的‘自由放荡’小说，那么，人们会更受启发。”[①]不妨想一想，现在已经知道了此事的我们由此还会得到什么启发呢？

笔者首先想到的是，其实早在福柯完成《疯癫与文明》之前，利奥·施特劳斯在1959年6月6日芝加哥大学“成人自由教育基本项目”第十届毕业典礼上发表的对毕业生的著名讲演《什么是自由教育》中，已经对彼时方兴未艾的后现代学术状况进行了批评，其中就准确预言了福柯式对“疯人院文化”的学术研究。如今这段话读起来就好像福柯受到了施特劳斯的“启发”：“正如人们所说，文化现在不再是一种绝对之物，而是变成了一种相对之物。人们不容易说清楚，可以用作复数的文化意味着什么。正因有此含混，人们直接或间接地表示，文化就是任何一群人共有的任何行为模式。所以，我们毫不犹豫便谈论郊区文化，或者少年帮派文化，包

① 刘小枫：《巴塔耶与萨德主义文学的后现代》，《文艺研究》2022年第12期，第14页。

括不违法的和违法的。换言之,精神病院之外的每个人都是文化人,因为他参与了一种文化。前沿研究已经开始追问:精神病院里的病友们就没有各种文化吗?”[①]显然在这点上,我们不可能再受更进一步的启发,除非我们愿意反过来受施特劳斯的“启发”。

那么还能给我们启发的是,福柯在这部“后现代学术经典”中混淆了“史料”与“小说/文学”吗?我们还能在这一点上更进一步受到“启发”吗?遗憾的是,也不能了。因为甚至在,或者说恰恰是在当代的后现代主义文学研究者那里,也根本不存在这么一种区分了。只要看看晚近一部专门研究后现代小说的著作题名——“文化洗牌与文学重建:英国当代先锋小说的后现代性”,读者就应该懂得了后现代学者所追求的是什么:后现代文学及其学术要的就是将“小说”作为“史料”来对历史进行“洗牌”和“重建”。也正是在这部作为国家社会科学基金项目“英国后现代小说形式变革研究”结题成果的著作中,肖锦龙引人注目地在“文化洗牌”和“文学重建”两个板块中分别用了一章的篇幅处理了琼·里斯的《茫茫藻海》(1966)。

关于被如此重视的这部作品的文学史意义,肖锦龙引入了一个值得和福柯专家将萨德视为“萨德主义的文学史中的荷马”对勘的说法:“里斯的作品所引发的广泛解释使巴贝多诗人和批评家卡毛·布莱斯维特将她形容为‘我们的战争的海伦’,她的作品为英国和加勒比海学者之间的意识形态斗争提供了战场。”[②]引发荷马史诗中特洛伊战争的海伦能够轻易化身为当代文化战争中的女战神,以及一个中国学者能如此深入地介入英国与加勒比学者之间就一部文学作品展开的意识形态战争,都说明我们现在的状况确实已经相当全面地“后现代化”了。另一个值得一提的、

① 施特劳斯:《什么是自由教育》,刘小枫选编:《西方民主与文明危机:施特劳斯读本》,华夏出版社 2018 年版,第 315 页。

② 肖锦龙:《文化洗牌与文学重建:英国当代先锋小说的后现代性》,人民出版社 2018 年版,第 67 页。

恰好与福柯式主题构成互文的是,《茫茫藻海》也是关于"疯狂"的——"文化洗牌"板块第四章的标题便是"论里斯《茫茫藻海》对克里奥耳女人之疯狂的重写"。

笔者在此不拟重述作者如何重述里斯如何重述夏洛蒂·勃朗特的《简·爱》,只打算强调作者也十分强调其意义重要性的一点,即他认为里斯就是把《简·爱》用作历史材料的。他这样说:"里斯通过安托瓦内特(伯莎)、罗切斯特、格雷斯三位当事人的叙述,见证了安妮特和安托瓦内特(伯莎)母女的生活历史和精神变化轨迹。还原了她们的历史真相,斩钉截铁地驳斥了《简·爱》对她们的恶意中伤,彻底清理了其中的民族主义偏见,彻底解构了民族主义思想观念。"①他颇有见地地为里斯的方法取了一个"历史见证法"的名字,并谈到了这一作品对于后世文学史的巨大影响:"之后很多小说家纷纷仿照里斯的这种站到边缘弱势群体的立场上、让被压迫者自己言说自己的经历的历史见证法进行创作,创造了一系列后殖民主义小说。现在这种从被殖民、被压迫者的角度着力全面恢复弱势民族的历史原貌的解构书写方法,已成为当代后殖民主义小说最基本的方法。"②

如果一开始读者还怀疑《简·爱》是否为一部历史书,那么当读到"用小说全面恢复历史原貌"时,他或她就应该收起这种天真的怀疑了——纯正后现代学者的眼中根本没有历史与文学区分。反观詹明信所谓"民族寓言"说,倒显得他因为还持有一种将历史与文学相区分的意识而不够后现代进而显得有些迂腐了。

在这个问题上,说到底还是《堂吉诃德》能给我们更多启发——或许

① 肖锦龙:《文化洗牌与文学重建:英国当代先锋小说的后现代性》,人民出版社 2018 年版,第 166 页。

② 肖锦龙:《文化洗牌与文学重建:英国当代先锋小说的后现代性》,人民出版社 2018 年版,第 166 页。

这里就包含为何福柯要把欧洲现代文学(或现代心灵)的起点定在这里的一个行得通的解释。在既有意混淆又有意区分文学与现实(历史)的双重意图方面,塞万提斯的《堂吉诃德》的确是西方文学史上不可多得的经典个案,甚至是孤案,因为它罕见地在双重意义上传达了上述双重意图,从而保持了一种在现实(历史)感与虚构之间极难保持的平衡。

首先,一方面,塞万提斯塑造了一个几乎无法正确区分文学与现实(历史)的经典人物(这样的人物很像肖锦龙这样的后现代学者),却用这样一个文学人物服务于驱除文学自身的文学史任务——在此意义上,骑士文学及其在堂吉诃德身上产生的影响只是文学对现实所产生的效果的一个历史提喻,塞万提斯以此表达的是对文学及其功能效果的贬抑和对现实(历史)的高扬。另一方面,随着这样一个人物成了经典人物,《堂吉诃德》也成了经典文学,甚至成了文学性的化身,实际上这一作品又成了文学高于现实、大于现实的一个历史见证——"堂吉诃德式的人物"甚至成了理解现实(历史)人物的尺度和典范。

其次,一方面,这部先是被认证为就是现实(历史)中的真实作家塞万提斯所写的作品,在某个环节又被作为叙述者的塞万提斯宣称是一部翻译之作,从而将这一作品的真实来源推入虚无之境,被推入同样虚无的是作家塞万提斯,这说的是文学高于现实(历史)。另一方面,被写入文学中的这个人物随着写作进程的向前推进竟然越来越关心自己如何被文学之外的现实(历史)读者所认识和评价,甚至在某个环节怀疑、害怕自己有可能被以虚构的方式置入生活(因为有一部"伪作"塑造了一个"虚假"的他),这说的是现实(历史)高于文学。作为后现代主义文学理念之症状的《堂吉诃德》可以这样来理解:和列维-斯特劳斯对俄狄浦斯神话所做的分析一样,这一文本同时包含着对于"文学"这种东西的"过高估计"与"过低估计"。这一双重理解与后现代主义文学对自身的理解几乎一样,从而使《堂吉诃德》能够成为映照出作为一个整体形象的后现代主义文学。

在进行如此映照之前,作为参照,不妨先看一下关于后现代主义的若干形象。刘象愚在为曾艳兵的《西方后现代主义文学研究》所写的序言中说,后现代主义是一个"大象",每个学者都好像是"摸象"的盲人,摸到的都是某个局部。① 而对像伊格尔顿和詹明信这样的学者来说,后现代主义并非什么"大象",倒是一个带有几分滑稽色彩的"幻象"。② 翻译过伊格尔顿的《后现代主义的幻象》和萨利・贝恩斯的《1963 年的格林尼治村——先锋派表演和欢乐的身体》的华明则认为,后现代主义在美国是"幻象",对中国来说则是可能引发严重后果的"险象"。③

一旦把后现代主义照进《堂吉诃德》之镜进行理解,每个后现代主义学者都会立即成为堂吉诃德,而后现代主义作品都会立即幻化成他们各自心中的骑士文学,他们像在面对一头被称作或者被想象为"后现代主义"的怪兽,都各自以自己的方式试图超克之:或者使关于这头怪兽的幻觉消失,或者将其还原成某种可以被定义、被把握甚至可被支配之物,或者干脆避而远之。

以《堂吉诃德》为参照,可以看到,刘小枫和肖锦龙几乎以相反的方

① 曾艳兵:《西方后现代主义文学研究》,中国社会科学出版社 2006 年版,序第 2 页。

② 该书中译本"内容简介"如是说:"本书作者认为,后现代主义是无法挑战现存资本主义的情况下左派激进冲动的一种替代性选择。后现代思想怀疑价值判断、认识论基础、总体政治眼光和历史的宏大叙事,是怀疑的、微观政治学的、相对主义的和多元论的。作者把后现代主义视为资本主义新的历史时期内的一种文化风格,是一个充满内在矛盾的幻象。"(伊格尔顿:《后现代主义的幻象》,华明译,商务印书馆 2000 年版,封底。)

③ 关于美国的后现代主义,华明如是说:"也许先锋派艺术家并未意识到他们自身的这些矛盾,他们执着地追求各种绝对的理想,艺术的和生活的、个人的和社团的、肉体的和精神的、政治的和经济的、性别的和种族的、文化的和物质的。这些理想之间常常是矛盾的,某种意义上说,他们是在追求幻象,因此,贾德森教堂这样一个传统宗教堡垒奇妙地成为胆大妄为的先锋派表演的大本营之一。这也许有偶然性,但也有必然性,套用我们时下的话说,是美国特色的后现代主义。"关于中国的"后现代主义热",他如是说:"我对中国学界如此热衷于后现代主义深怀疑虑,主要出于对中国文化全面西化的担心甚至是恐惧,一个可能而且可怕的前景是,大熊猫还活着而中国文化却消亡或者被西洋文化潜移默化地取代了。"(贝恩斯:《1963 年的格林尼治村——先锋派表演和欢乐的身体》,华明等译,广西师范大学出版社 2001 年版,前言。)

式,同时过高与过低地估计了后现代主义文学的影响。一方面,无论其各自心目中的"萨德主义文学的后现代"或"先锋小说的后现代性"是何物,其各自看待后现代主义文学的方式其实都像堂吉诃德过高地看待骑士小说的方式。另一方面,其各自又都以否认"后现代主义文学"之名的方式做出了和塞万提斯过低看待骑士小说相似的否认姿态。如前所示,刘小枫回避了后现代之"主义"而只用了"文学的后现代",而肖锦龙甚至只肯用"先锋小说"与"后现代性",连"后现代文学"与"后现代小说"都避之唯恐不及,更不要说"后现代主义文学"了①。刘小枫没有分析后现代主义文学的文本,其理由却是觉得"难以摆脱"单纯的文本分析所必然首先卷入的"迷幻修辞陷阱";肖锦龙只分析了后现代主义文学的文本,实际上却在分析之前已经错把文本当作了史料。如此一来,前者便有意使自己显得像拥有塞万提斯意识的堂吉诃德,后者则像披着塞万提斯外衣的堂吉诃德。

从对(包括后现代主义文学在内的)文学的"过高估计"来看,刘小枫在行文中或引述或引申的三处可称为"迷幻修辞"的表述值得一提。第一处是引述 1917 年阿波利奈尔在巴黎的老鸽棚剧院做题为"新精神和诗人"讲演的第一句话:"将要主导全世界的新精神,在哪里也不像在法国这样,是从诗歌里脱颖而出的。"②这句话本身当然已经是对文学的过高估计了,刘小枫则在此基础上又接连两次分别从"形式上"和"世界历史角度"将这一过高估计继续向高处推动,"从形式上讲,这里所谓的'诗歌'不再仅仅是传统的韵文,而是涉及所有现代工业化、技术化和自由民主化的

① 肖锦龙为自己的选择解释说:"'后现代文学'和'后现代小说'的含义过于宽泛模糊,常与人们称谓当代思想文化潮流的'后现代主义'混为一谈。"(肖锦龙:《文化洗牌与文学重建:英国当代先锋小说的后现代性》,人民出版社 2018 年版,第 1 页。)奇怪的是,他似乎并没有觉得,所谓"先锋小说"之名,给人们的感觉可能更为"宽泛模糊",几乎能和现代任何一种潮流的小说"混为一谈"。

② 刘小枫:《巴塔耶与萨德主义文学的后现代》,《文艺研究》2022 年第 12 期,第 6 页。

媒介”,而“从世界历史的角度来看,这场战争才是阿波利奈尔所说的欧洲人文主义精神为全人类唱出的‘无愧于全人类的歌’”。[①]

在这里,不但所有媒介都被文学化了,战争和世界历史也被文学化了。就此而言,陈世丹在《后现代主义小说》第三章所探讨的“后现代小说中语言以外的多种媒介与建构”可算作对“媒介化文学”的这一“过高估计”的晚近回声:这一章“分析小说文本中的图画、音乐简谱等媒介与建构,以及超文本小说中的电子媒介与建构,认为后现代主义小说用语言以外的媒介表明,后现代是一个媒介的时代,文学不再是纯语言的艺术,这个时代产生出新的诗意表达方式,创造出媒介文学。后现代小说家用‘辞片’(lexia)和‘超链接’(hyperlink)打破传统文本的时空关系和叙事格局,建构了意义不断发生变化的电子化超文本(hypertext)迷宫,诱使读者通过自由选择超链接参与作家的创作活动”[②]。我们应该注意这里被主导全世界的“媒介化新精神”所诱惑的读者所面临的“自由选择”之困境的存在主义哲学背景。

第二处是对布朗肖的《文学与死亡权利》的引述:“在这篇长文中,布朗肖把萨德侯爵视为‘在革命(大写)中重识自己’的书写者——同时也是一位伟大的自由主义者。法国大革命之所以吸引萨德,乃因为‘它就是文学从中创造历史的时间’本身。”[③]在这段被转述的近似于魔法的迷幻修辞叙述中,萨德作为“一个伟大的自由主义者”通过自己的自由写作行动与同样体现自由精神的法国大革命融为一体,以至于大革命与萨德彼此交融的“共同体”成为文学从中创造出历史的时间本身——时间经由萨德成为布朗肖式的“文学空间”。不难看出,这是对《圣经》中“上帝用语言创世”神学叙事传统的拙劣挪用或“色欲僭越”,也是对萨德式后现代主义文

① 刘小枫:《巴塔耶与萨德主义文学的后现代》,《文艺研究》2022年第12期,第6—7页。

② 陈世丹:《后现代主义小说》,外语教学与研究出版社2023年版,第xxi—xxii页。

③ 刘小枫:《巴塔耶与萨德主义文学的后现代》,《文艺研究》2022年第12期,第12—13页。

学无以复加的神化和过高估计。

第三处“过高估计”也很值得注意甚至最值得注意,因为这一处包含着一个别处没有而只发生在此处的从布朗肖对萨德式后现代主义文学的“过低估计”(很可能是迷幻修辞式的)到刘小枫对布朗肖“过低估计”之对象的“过高估计”(肯定是迷幻修辞式的)的历史进程——其被引述的方式也像在经历一个戏剧性的“突转”:“布朗肖突然谈到巴塔耶追随者们的历史命运:‘在最荣耀的后代身上,我只察觉到一个自命不凡的地狱,在那里,批评家——我们所有人——被迫现形为相当凄惨的魔鬼。’”①似乎觉得布朗肖以“过低估计”的修辞方式来实施“自我荣耀”的“过高估计”还不足够清晰和有冲击力,刘小枫进一步启发读者说:“这里的‘我们’,指曾聚集在巴塔耶周围的萨德主义者——从今天的文学现实来看,布朗肖当年的预感未免过于悲观。萨德主义者并没有‘被迫现形为相当凄惨的魔鬼’,而是被尊为了不起的文学家、文学批评家、社会理论家、历史社会学家,甚至被作为真正的哲学家受到膜拜。”②

的确如此,就在我国的后现代主义文学学界,由一大批一流学者鼎力完成并成功入选“国家哲学社会科学成果文库”的大型图书《后现代主义文学理论思潮论稿》中,被《巴塔耶与萨德主义文学的后现代》列入“萨德主义者”名单的巴塔耶、布朗肖、福柯、巴特,以及似乎涉嫌被“萨德主义者”挪用的尼采与海德格尔,都无一例外地同时入选了“后现代主义文学理论思潮的理论前驱”或“后现代主义文学理论代表人物”名单,享受着专章规模之“膜拜的荣耀”。

---

① 刘小枫:《巴塔耶与萨德主义文学的后现代》,《文艺研究》2022年第12期,第16页。

② 刘小枫:《巴塔耶与萨德主义文学的后现代》,《文艺研究》2022年第12期,第16页。

第七节　从“后现代主义”到“国际后现代主义”

刘小枫为萨德式后现代主义文学的梳理设置的“高潮”，某种意义上也是“终点”。这个时空区间显然过于局促。即便从尊重后现代主义文学研究史的传统学术角度看，这个区间也需要向后延伸。而从“非萨德式后现代主义文学”谱系撰写要求来说，也需要把更多的作家和作品纳入进来。

这样一来，不管后现代主义文学学者把后现代主义文学的下限以及它所涵盖的作家、作品谱系延伸、铺展到何处，事实上都需要把对包括后现代主义文学在内的那种与矛盾、无序伴随而生的“后现代状况”的“耐受性”再提高到一个新的量级，以便使用“后现代文学”来使那些或因不同时期或因不同文化或因不同国别或因不同文学传统而来的其实非常“异质性”的诸种“后现代文学”成为可能。换言之，对通常被视为以一种非理性哲学作为基础的“后现代主义文学”的“合理化”，首先需要一种超越常规的“理性”——德国学者沃尔夫冈 · 韦尔施将此种理性称作“横向理性”。在韦尔施看来，“理性由于其形式的多样性必须通过这些形式之间的过渡才能达到它们的统一”，而横向理性就是要发挥这种功能的新的理性，它“反映了一种后现代的生活方式的基本能力，因为后现代的现实处处要求各种各样的意义体系和现实情况之间能够产生过渡。这种能力恰恰也是后现代所需要的美德。不管怎样，它是在后现代的庇护下成功的生活的条件”[①]。不过，如此视角下的“后现代文学”确实已经很难再被称作“后现代主义文学”了，尽管出于学术惯性或习惯，不少导读类文献仍不得不

① 韦尔施：《我们的后现代的现代》，洪天富译，商务印书馆 2004 年版，第 475 页。

如此命名。

因此也可以认为,在某种意义上,在以学术会议、创办期刊或设立主题专栏、课程教学与讲座等方式对“后现代主义文学”进行持续探讨的过程中,自身也身处后现代状况的“后现代主义(文学)学术”慢慢获得了自我意识①。在20世纪60年代以来的漫长探讨中,后现代学术也在慢慢调整、改变着自身的“学术发展观”。大体来说,为使得关于后现代主义文学的学术讨论能够继续深入下去,全球化时期的后现代学者果断地对“后现代主义文学”进行了“扩容”。具体而言,这一扩容采取了阶段化、国际化和类型化等措施。严格说来,这种出于后现代主义学术自身的目的而被扩容了的后现代主义文学观念所具有的意义和价值,在很大程度上,一方面局限于人文学科学术圈,另一方面也依附于“在地化”的(localized)后现代学者所持有的文化立场和学术性情。发掘这些措施所具有的潜在价值,仍需要进一步发挥韦尔施所说的“横向理性”。

对“后现代主义文学”进行进一步的分期就是“阶段化”的体现,这一措施最容易理解,也最容易实施——每当讨论进入僵局时,只要宣称后现代主义已经进入一个新阶段就可以了。

我国学者罗钢很早就注意到,在1997年由伯顿斯和国际比较文学学会前主席佛克马联合主编的论文集《国际后现代主义:理论与文学实践》中,“后现代主义”就是“被作为一个文学分期的概念来使用的”,除了“提供了一份后现代主义作家和作品的名单”,佛克马在书中“还勾勒了后现

① 哈桑认为,美国在20世纪70年代后期举办的三个学术会议和会后出版的三期专刊论文集“有助于散播后现代争论”,笔者认为或也可进一步将其视为“后现代主义(文学)学术”获得自我意识的标志性事件。这三个会议是:1976年在纽约举行的“后现代性与解释学”(Postmodernity and Hermeneutics)研讨会,同年在威斯康星-密尔沃基分校举办的“后现代表演”(Postmodern Performance)研讨会,1978年纽约美国现代语言协会举办的“后现代主义问题”(The Question of Postmodernism)研讨会。会后形成的论文集分别是*Boundary 2*、*Performance in Postmodern Culture*、*Romanticism, Modernism, Postmodernism*。(哈桑:《后现代转向》,刘象愚译,上海人民出版社2015年版,第375页。)

代主义文学发展的一个大致轮廓”①。

根据佛克马的勾勒，或者就在佛克马勾勒的基础上，罗钢给出了一个可称为“三阶段说”的对后现代主义文学的进一步分期：在论述后现代主义文学的著作中，阿根廷作家博尔赫斯、爱尔兰作家贝克特、美籍俄裔作家纳博科夫通常被看作后现代主义文学的先驱，尽管后两位作家也经常被看成晚期的现代主义者。佛克马把他们之后的后现代主义文学划分为两个阶段，第一个阶段是20世纪60至80年代，称为早期的后现代主义文学。这一阶段的文学流派和代表作家包括：拉美魔幻现实主义，代表作家有富恩特斯、科塔萨尔、马尔克斯、略萨、普伊格；法国新小说派，代表人物有罗伯-格里耶、布托尔、奥里埃、杜拉斯等，此外还包括新新小说派的索莱尔；美国后现代主义作家人数众多，榜上有名的有巴斯、品钦、巴塞尔姆、布劳提甘、冯尼古特、苏肯尼克、霍克斯、库弗、菲德尔曼等；英国后现代主义作家被提到的有福尔斯、拉什迪、斯帕克、安吉拉·卡特等人；包括在这份名单上的其他欧洲作家还有德语作家格拉斯、汉特克、伯恩哈特、斯特劳斯、克里斯塔·沃尔夫，意大利作家艾柯、卡尔维诺。从80年代初开始，后现代主义文学进入了一个新的发展阶段，在它的内部出现了一些新的文学流派和创作倾向：一是女性主义写作；二是历史叙述式小说；三是后殖民小说；四是自传写作；五是关注文化身份的小说。②

罗钢对佛克马观点的概括大体没错，但仍有必要指出：

第一，以1980年（而非笼统的20世纪80年代）为界的“两阶段说”出现在《国际后现代主义：理论与文学实践》一书中的两篇文献，分别是两位编者共同执笔的“导言”和佛克马单独撰写的《后现代主义文学的符号学》，这两篇文献在进行分期时都强调了其主要依据，即早期的后现代主

① 罗钢选编：《后现代主义文学作品选》，高等教育出版社2002年版，前言第1页。

② 罗钢选编：《后现代主义文学作品选》，高等教育出版社2002年版，前言第1页。

义文学信奉“怎么都行”,后期则有其政治和意识形态追求,或者说1980年以后的后现代主义文学经历了一个“政治转向”(上述五种倾向实际上是政治性的)。

第二,将分期年份定在1980年有更为具体的考虑——艾柯的《玫瑰之名》、巴斯的《补充的文学》,以及哈贝马斯与利奥塔的论战都发生在这一年:“1980年标志着一个重要的转折,这不仅是因为巴斯修改了他早先的声明,也因为其他因素:哈贝马斯和利奥塔之间的辩论在讨论后现代主义时引入了新的问题,艾柯的《玫瑰之名》对欧洲对后现代主义的接受产生了巨大影响,对后现代主义的学术和更普遍的兴趣突然兴起。”①

第三,导论中还特别地对主导北美后现代主义文学讨论的理论家进行了“代际划分”,巴斯与哈桑属于第一代,詹明信、胡伊森、哈琴属于第二代。实际上所谓“怎么都行”与“政治转向”就是分别由这两代理论家提出来的。

第四,虽然佛克马选择从“社会历史”意义上使用“后现代主义文学”,但他又特别重视巴斯、艾柯与利奥塔在20世纪80年代对于后现代主义的“非历史解释”。巴斯把后现代主义文学追溯至斯特恩的《商第传》(1767)与塞万提斯的《堂吉诃德》(1615),艾柯认为后现代主义作为一个“元历史范畴”属于所有时代,利奥塔则径直宣称“蒙田的散文就是后现代的”。佛克马说:“由于现实主义、现代主义和后现代主义等文学术语既可以用来表示在特定历史时期表现出来的群体性代码,又可以指示一种非历史的类型学特征,因此认为艾柯与利奥塔错了的看法也是不明智的。”②

---

① Douwe Fokkema: “The Semiotics of Literary Postmodernism”, in Hans Bertens, Douwe Fokkema, eds.: *International Postmodernism: Theory and Literary Practice*, John Benjamins, 1997, p. 26.

② Douwe Fokkema: “The Semiotics of Literary Postmodernism”, in Hans Bertens, Douwe Fokkema, eds.: *International Postmodernism: Theory and Literary Practice*, John Benjamins, 1997, p. 24.

和我们上文谈过的一个问题相关,罗钢从佛克马的勾勒而来的"三阶段说",实际上还遗漏了后者对于后现代主义文学谱系进行梳理的重要一环,即存在主义文学与后现代主义文学之间的关系。佛克马认为:"有一个从现代主义到存在主义再到后现代主义的谱系;这至少是德裔美国文学教授格哈德·霍夫曼提出的解读(美国评论家可能更喜欢不同的谱系,尽管哈桑也提出了类似的联系)……唐纳德·巴塞尔姆、约翰·巴斯、约翰·霍克斯和罗伯特·库弗等美国作家阅读过法国存在主义者的作品,他们后来被称为后现代主义者。似乎这些早期的后现代主义作家经历了一个他们认为生活荒谬的阶段,尽管对他们来说,荒谬并不是陷入绝望状态的理由。"①

佛克马的划分虽显粗糙,但基本奠定了此后学者对后现代主义文学进行分期的基本框架,特别是对"后现代之前的后现代主义"或"过渡阶段的后现代主义"的认识,显然得到了后续文学史编撰者的认可。我国学者编著的《战后世界文学进程与外国文学进程研究　第二卷　后现代主义文学研究》大体沿袭了佛克马的思路,将后现代主义文学分成了三段,即20世纪50年代——渗透存在之思的过渡时期、20世纪六七十年代——大兴形式实验的鼎盛时期、20世纪八九十年代——更见倾向通俗的颓势时期。② 而由来自美国、英国、中国、日本、比利时、新西兰等国的三十位学者合作撰写的《剑桥后现代文学史》(这部五百多页的书包括一个总导论、四个分导论、二十九篇专题论文与一个结语,共计三十五篇文献)中,则用四大板块的篇幅将后现代主义文学分成了四个阶段,同样为尚处无

① Douwe Fokkema: "The Semiotics of Literary Postmodernism", in Hans Bertens, Douwe Fokkema, eds.: *International Postmodernism: Theory and Literary Practice*, John Benjamins, 1997, pp. 21-22.

② 王守仁等著,胡全生、印芝虹主编:《战后世界进程与外国文学进程研究　第二卷　后现代主义文学研究》,译林出版社 2019 年版,第 145—165 页。

名时期的后现代主义分配了篇幅——四大板块的标题分别是“后现代之前的后现代主义”“漫长的 60 年代:1954—1975”“后现代主义的巅峰:1973—1991”“摄政期:1989—2001”。①

不难发现,上述佛克马对 20 世纪 80 年代新出现的五种后现代主义文学亚类的概括,已经是通过“类型化”对后现代主义文学进行扩容的措施了。这一点也启发了后来的研究者。实际上,新的分期与新的类型也可以说是对同一件事情的不同理解。1998 年美国诺顿出版公司推出的《诺顿后现代美国小说选集》,其框架结构即体现出明显的“类型化”后现代主义文学的努力,从中可见佛克马分期与分类的双重影响。该书以七个板块容纳了七十一个作者的作品,题名为“打破框架”的第一个板块大体对应了佛克马所说的第一个阶段,而第二至第六个板块(题名分别是“事实融合虚构”“高雅文化与通俗文化的碰撞”“重访历史”“修改传统”“科技文化”)则与佛克马对 20 世纪 80 年代以来的后现代主义文学的概括有所重叠——尽管其关注点有差异。②

佛克马对后现代主义文学学术的最大贡献是推动了其国际化进程。前述《国际后现代主义:理论与文学实践》这部同样是五百多页的巨著是由五十位来自全球各地的作者合作撰写的,最能体现其国际化风格的第四部分“后现代主义的接受与进程”有二百二十页之多,是全书篇幅最长的部分。这部分以专章或专节的形式描绘了加拿大、巴西、英国、爱尔兰、法国、德国、荷兰、斯堪的纳维亚、芬兰、意大利、西班牙、葡萄牙、斯洛伐克、捷克、波兰、匈牙利、罗马尼亚、拉脱维亚、俄罗斯、南非、印度、中国、日本等国家或语言区的后现代文学景观,令人叹为观止。

① Brian McHale, Len Platt, eds.: *The Cambridge History of Postmodern Literature*, Cambridge University Press, 2016, pp. v-vii.

② Paula Geyh, Fred G. Leebron, Andrew Levy, eds.: *Postmodern American Fiction: A Norton Anthology*, W. W. Norton & Company, 1998, pp. iii-viii.

根据序言中的说法，这本论文集是佛克马和伯顿斯怀着"对国际后现代主义的全面研究该是一个什么样子"的一种"特殊念头"向所有参与撰稿者提出具体要求而"精心设计"的。序言还强调，此论文集的选题计划在1991年6月25日获国际比较文学学会欧洲语言文学比较史协调委员会立项通过，并最终完整地实现了全部计划。[①] 在后现代主义的"国际性"已经成为习焉不察的学术共识的今天，我们回顾过去，也要看到推动这一国际化进程的"特殊念头"和"精心设计"。

不过佛克马对后现代主义文学之国际性的认识也经历了一个过程，今天的读者一旦了解了这个过程，就会对作为学术研究对象的后现代主义文学之所以会被包括中国学者在内的学者如此广泛地加以研究有一个更为理性的认识。在为自己和伯顿斯合编的前一本后现代主义研究论文集《走向后现代主义》中译本所写的序言中，佛克马表明，虽然他那时已经认识到后现代主义文学的国际性，但显然还没有充分认识到在更大的范围内，更充分地把后现代主义文学思潮推向全世界，进而使后现代主义的研究成为国际学术品牌的重要意义。他说："在讨论文学思潮——或在一个更广阔的背景之下——文化生活潮流时，我们必须首先确立它们的地点、时间和社会认可性。确实，包括后现代主义在内的任何文学思潮都有着自己的地理学的、年代学的以及社会学方面的局限。它起源于北美洲的文学批评，由此阿根廷作家J. L. 博尔赫斯(J. L. Borges)便成了第一位后现代主义作家。在60年代，后现代主义几乎成了一个单单发生在美国的事件。其后，后现代主义的概念扩大了：把法国的'新小说'也包括进来了，意大利作家伊塔洛·卡尔维诺(Italo Calvino)也被认为是后现代主义者，并且连托马斯·伯恩哈特(Thomas Berhard)、彼得·享特克(Peter

---

① Douwe Fokkema："The Semiotics of Literary Postmodernism", in Hans Bertens, Douwe Fokkema, eds.: *International Postmodernism: Theory and Literary Practice*, John Benjamins, 1997, p. vii.

Handke)和波特·斯特劳斯(Botho Strauess)这样的德国作家也被归入了后现代主义作家的行列。渐渐这个概念扩大了,包括进了越来越多的不同国籍的作家,但迄今这一概念仍然毫无例外地几乎仅限于欧美文学界。”①

似乎他那个时候也并不惮于伤害中国内地读者(首先是译者)的感情,他另起一段补充说,也许在一个宽泛的意义上说来,“后现代”这一术语现在也用于一些生活水准较高的东亚地区,例如日本或中国香港,但是后现代主义文学现象仍局限于某个特殊的文学传统。②

由于《国际后现代主义:理论与文学实践》作为出版项目在 1991 年就已被批准并且是不折不扣地实施的,我们可以肯定地说,仅仅在三年之后,佛克马的态度就发生了一个大转变。同样是谈论后现代主义的“地点与时间”,收录于《国际后现代主义:理论与文学实践》的论文有了这样的表述:“这不仅是时间的问题,而且是地点的问题,因为后现代主义的引入和最终消亡并没有同时发生在这个世界的所有文学中。”③仅仅在前几年还只能“局限”在“生活水准较高地区”的“后现代主义文学”似乎一下子就能够生活在“世界的所有文学中”了;似乎和美国后现代主义文学的情况差不多,国际后现代主义文学运动自身也在更大规模上经历了一个“跨越边界、填平鸿沟”的阶段,不再受生活水平高低之“鸿沟”的限制了。

实际上,由我国学者王宁撰写的《中国的后现代主义接受:对先锋派小说的个案考察》一文也根本没有谈到“生活水准较高”的中国香港,谈到

---

① 佛克马、伯顿斯编:《走向后现代主义》,王宁等译,北京大学出版社 1991 年版,中译本序第 1—2 页。

② 佛克马、伯顿斯编:《走向后现代主义》,王宁等译,北京大学出版社 1991 年版,中译本序第 2 页。

③ Douwe Fokkema: “The Semiotics of Literary Postmodernism”, in Hans Bertens, Douwe Fokkema, eds.: *International Postmodernism: Theory and Literary Practice*, John Benjamins, 1997, p. 24.

的作家无一例外都是中国内地作家。可以看到，从组织翻译《走向后现代主义》到撰写《国际后现代主义：理论与文学实践》的中国部分，王宁对后现代主义国际性的认识也在发生微妙而明显的变化。在《走向后现代主义》的"译后记"中，王宁还认为"中国也出现了后现代主义文学"的观点"实际上已被实践证明是不正确的"，"在处于社会主义初级阶段的当代中国文坛，要酿成一种强有力的后现代主义思潮，也只能是天方夜谭"。[①]而到了为《国际后现代主义：理论与文学实践》撰稿时，他已经这样宣称："无论是通过作家自己的创作，还是通过他们对西方文本的误解或误读，中国版的后现代主义文学正在生成。"[②]

对于后现代主义文学的言说或后现代主义文学谱系叙事的扩容而言，更具后现代意味的事件发生在 2016 年。在这一年出版的《剑桥后现代文学史》中，收录了王宁撰写的《后现代的中国》一文。在这篇文章中，王宁提供了一个可称作"五阶段说"的中国后现代主义文学史的新版本。王宁认为，从文学和文化的角度来看，中国的后现代主义文学经历了五个阶段：(1)1949 年以前的后现代文学"史前"阶段，以鲁迅、钱锺书为代表，其小说具有浪漫主义、现实主义和现代主义的混合特征，具有后现代主义的一些"全球本土化"特征。(2)1980 年后文学批评中关于现代主义的争论，涉及后现代问题，涉及当代文学作品的介绍和翻译，包括巴塞尔姆、巴特、卡尔维诺、品钦、博尔赫斯、艾柯等西方作家的后现代主义作品。(3)1985年以后，后现代主义在文学和批评中被刻意实践，马原、莫言、残雪、王朔、孙甘露、余华、格非、苏童等著名小说家都尝试了后现代主义叙

① 佛克马、伯顿斯编：《走向后现代主义》，王宁等译，北京大学出版社 1991 年版，第 324—325 页。

② Wang Ning: "The Reception of Postmodernism in China: The Case of Avant-Garde Fiction", in Hans Bertens, Douwe Fokkema, eds.: *International Postmodernism: Theory and Literary Practice*, John Benjamins, 1997, p. 508.

事技巧。王宁、陈晓明、张亦武、王一川等批评家借鉴西方后现代主义或后结构主义理论家(包括福柯、德里达、利奥塔、德勒兹、拉康、克里斯蒂娃)的理论所开展的批评实践。(4)20世纪90年代中期及更早的消费文化和"新现实主义小说"的兴起,使文化主导方向从前卫实验转变为市场写作、迎合大众,后现代主义逐渐走向终结。(5)20世纪初,全球化时代开始,人们对现代性的兴趣重新燃起,后现代主义以新的"建设性"姿态重新出现在理论话语中。学者们越来越认识到,中国的后现代性与西方一样,已经变得碎片化、分散化,已渗透到当代生活和文化的方方面面,影响着人们的世界观和思维方式。①

这一新的分期虽然只涉及中国,但其全球性意义值得细察。在笔者看来,王宁的洞见集中体现在他提出了这一看法上:"特别是在全球化时代,后现代主义必须在不同的阶段被重新界定。"②"重新界定"的核心要义并不在于给出一个新定义,而是在于"重新分期",也就是"重新划分不同的阶段",重新分期和划分阶段自然就会带来"新界",新的时间和历史就在这一"新界"中生成——这一对历史和时间的洞见之重要性和深度,显然已远远超过海登·怀特基于语言和修辞哲学的新历史主义。这句话当然也可解作:"后现代主义必须在不同的舞台上被重新定义。"这就好像在元小说中,作者介入一部富有戏剧性的文学作品中,在其中幻觉消失了,你知道现在你正在读一部叫作《后现代主义》的文学作品,于是你也知道正在被讨论的后现代主义是一个虚构出来的话题,本身不具有内在真实,因为它只不过是被西方学者建构出来的用来表明其先进性的一个叙

---

① Wang Ning: "Postmodern China", in Brian McHale, Len Platt, eds.: *The Cambridge History of Postmodern Literature*, Cambridge University Press, 2016, pp. 465-466.

② 原文为:"Especially in the age of globalization, postmodernism must be redefined at different stages."(Wang Ning: "Postmodern China", in Brian McHale, Len Platt, eds.: *The Cambridge History of Postmodern Literature*, Cambridge University Press, 2016, p. 470.)

事策略。

无论如何，这句话都已表明，王宁清楚地意识到，在这篇文章中，他是作为一个中国学者在为一个国际学术史事件进行重新叙事的，其方式是通过修正西方学者的关于后现代主义思潮的理解来达成的，而现实历史发展到这个阶段，也确实提供了需要紧紧抓住的契机，“经济以一种不均衡的方式发展，全球化的传媒能把你带到正在西方进行的学术争论之中”——在如此强调了“你”并不缺少优势之后，王宁之“我”出场了，显得上个句子中的“你”就是“我”，“我开始意识到，中国的后现代主义也与人们在政治和文化上反对新殖民主义渗透的斗争中的非殖民化努力密切相关”，“在全球化时代，与全球化进程并列的另一股力量自然而然地出现，即地方化的努力，没有这种力量，一切都将同质化，国家和地方的身份或将丧失”。①

一条关于后现代主义文学论争的新地平线在此出现了。最初表现差异化并驱动差异化的后现代主义在将自身异化成全球规模的“同质性”之时，需要以“地方化”来进一步推进其初心，即再度差异化，其道理或许就在于此。

当然，历史不会在此止步，历史在历史上也没有止步过。我们在此再一次遇到了一个关于文学与文化的全景式敞开的问题。即便在这样的全景图中，我们面对的仍是不同文化区隔中的后现代文化。王宁在后现代话题上的学术努力见证的是这一全景式进程中的既加以区隔化又打通区隔（去区隔化）的双重运动之必然性。那么这一必然性的道理又在何处呢？“意义可以通过一个人富有能动性和创造性的解释任意建构出来，但

① Wang Ning: “Postmodern China”, in Brian McHale, Len Platt, eds.: *The Cambridge History of Postmodern Literature*, Cambridge University Press, 2016, p. 470.

以这种方式建构的任何意义本身也可以被解构。”①他如是说，似乎已经很好地解释了这个问题；但他仍忍不住引用鲍德里亚的话继续解释说：“模拟恰恰是这种不可抗拒的展开，这种对事物顺序进行的排列，当它们只被人为的蒙太奇和无意义所支配时，就会显得它们有意义。要通过故意提供虚假信息为拍卖事件叫价。要像在游戏中、在历史中，为事件之发生设定价格。”②听起来，鲍德里亚的话就像是品钦在《拍卖第四十九批》中传出的拍卖声，在那里发生的既是事件，也是游戏和历史。

① Wang Ning: “Postmodern China”, in Brian McHale, Len Platt, eds.: *The Cambridge History of Postmodern Literature*, Cambridge University Press, 2016, p. 472.

② Wang Ning: “Postmodern China”, in Brian McHale, Len Platt, eds.: *The Cambridge History of Postmodern Literature*, Cambridge University Press, 2016, p. 473.

| 第三章 |

文学:历史的天使

"历史"无论在后现代主义文学作品中,还是在关于后现代主义的一般性讨论中,都是一个"关键词"。可以说,后现代思想如何理解"历史",基本上就决定了后现代思想如何理解文学。加拿大著名后现代学者琳达·哈琴研究后现代主义文学的经典著作《后现代主义诗学》的副标题是以"历史"打头的就足以说明问题了。① 这一点初看上去并不难理解。"后现代"本身首先就是一个历史主义概念,随身携带自身从中产生出来的语境的"历史性"和被从历史角度赋予的"历史分期"的功能与含义。而当它成为一种超历史的"主义"时,自然也就具有了回望历史、赋予历史以一种新的理解的能力——"后现代主义"出现并成为新的时代精神之后,我们同时也就有了"后现代主义历史观",后现代之前的历史和后现代产生中的历史,在这种新的历史视野中就一并被"后现代主义化"了。对这一历史视野的"(被)后现代主义化",《解读后现代主义》的作者、牛津大学英语语言文学教授巴特勒看得清楚:"后现代主义思想把所有对象都当作文本和修辞进行分析,由此将当时依旧具有自主性的知识学科向文学的

① 哈琴:《后现代主义诗学:历史·理论·小说》,李杨、李锋译,南京大学出版社 2009 年版。

方向又推进一步”；在被如此“推进”的学科中，历史学排首位，在后现代主义理论看来，“历史不过是另一种叙事，它的范式只不过是一种虚构，受缚于它自己（通常是无意识运用的）没有实现的神话、隐喻和陈式”①，这甚至成为后现代主义理论的“最根本的准则”。②

如前所说，历史本身当然不会在这里止步。当“后现代主义历史观”把作为“过去—现在—未来”的历史都后现代化之后，并不意味着历史的终结，而只是意味着，对于历史来说，不过是多了一种“历史观”。这种历史观，在“后现代之后”，将和所有其他在它之前的历史观一样，成为通常所说的“后现代状况”的一部分。

只需稍加修正，这一点也适用于“后现代主义文学”自身。伴随着关于后现代主义的讨论的深入，不但彼时那些被讨论的当代作品被“后现代主义化”了，彼时之前与之后的文学也都被“后现代主义化”了。但文学史和历史一样，也不会在此止步。当“后现代主义文学观”把作为“过去—现在—未来”的文学史都后现代化之后，并不意味着文学史的终结，而只是意味着，对于文学史来说，不过是多了一种文学史观。后现代主义文学的历史化，意味着后现代主义文学和其他在它之前的文学一起，构成了如今关于文学的“后现代状况”。

不过，一个始终具有“在先性”的问题仍被忽略了——这种对于历史的后现代式理解到底从何而来呢？这个问题其实并不是如常见的探讨那样，可以从一个历史主义的、语境化的解释中得到令人满意的回答，尽管那些解释显得清晰而简洁。我们要理解后现代主义文学的历史、后现代主义文学中的历史，以及迄今关于后现代主义文学的已成历史的讨论，确实需要先好好看一看被视作后现代主义的经典作家是如何理解历史以及

① 巴特勒：《解读后现代主义》，朱刚、秦海花译，外语教学与研究出版社 2015 年版，第 61 页。

② 巴特勒：《解读后现代主义》，朱刚、秦海花译，外语教学与研究出版社 2015 年版，第 60 页。

"历史"这个问题的。

被打了引号的历史已被"寓言化"了。有意识的寓言化就是后现代主义的核心修辞。也许仅仅出于偶然,如今被视作"后现代主义文学理论思潮先驱"的尼采和本雅明,以及被视为"第一个后现代主义作家"的博尔赫斯,都以寓言的方式讲述了对历史的文学理解。在某种意义上,他们都扮演了后现代主义的"历史的天使"角色,即他们各自都以讲寓言的方式,宣告了一种对于历史的后现代理解。从一开始,后现代主义就随身携带了因文学性地理解历史而产生的对于历史的后现代理解——在这一意义上,我们如今理解的"文学性"几乎就是后现代性。重温他们讲述的关于历史的寓言,有助于我们看到作为一种深度模式的后现代主义历史观完成自我塑造的逻辑进程,也可以让我们更具体地认识上述"历史的天使"对后现代作家产生影响的方式。

第一节 "永恒复返":向前与向后

从文学角度看,尼采对于历史的理解是以一个寓言的形式出现的,其位置是《扎拉图斯特拉如是说》中扎拉图斯特拉与侏儒的对话,即该书第三卷第二篇《论面貌和谜》①。这段并没有出现"历史"名字的对话传达出了尼采对于历史"面貌"的"谜"一般的理解,以及历史在他笔下呈现出的"谜一般"的"面貌"。在晚近的一个译本中,"面貌"又被译作"幻相",把这

① 施特劳斯谨慎地提出了一种看法,他说在某种程度上,《论面貌和谜》是整部作品最重要的一篇,这篇演讲的主题其实是永恒复返,演讲处理了对扎拉图斯特拉来说显得是面貌和谜的东西,即永恒复返。本节关于尼采《扎拉图斯特拉如是说》的引文是对该中译本(尼采:《扎拉图斯特拉如是说》,娄林译,华东师范大学出版社 2022 年版,第 302—311 页)与刘小枫《尼采的微言大义》一文(收于刘小枫:《重启古典诗学》,华夏出版社 2010 年版,第 228—287 页)中尼采文本引文的综合。为行文便利,对所引段落进行了合并,并省去了部分插入语,后文不另做说明。

种对于历史的理解向“谜”的方向进一步延伸了。或许尼采正是有意以这种方式为未来的历史观,也就是我们称为后现代主义的历史观塑造了形象。在至关重要的对话出现前,扎拉图斯特拉先是谈到了作为自己的“魔鬼和死敌”、“坐在”他身上的一个“半为侏儒半为鼹鼠”的形象,接着谈了自己“入睡”中“严重的梦”和“内中的某个东西”。似乎这个侏儒形象只是他“内中”某种东西的“外化”,也就是说,这个形象既像是一个外部的“他者”,也像是扎拉图斯特拉的某个“自我”。不过,由于尼采把接下来扎拉图斯特拉与侏儒的对话另起一小节展开,至少从形式上看,对话里就出现了两个理解历史的主体——至关重要的对话至此才真正展开。

扎拉图斯特拉先是摆出一副权威模样试图教导侏儒,他正指着一道既是现实的又是虚幻的历史之门[这实际上是“一块(侏儒站立其上的)石头”,扎拉图斯特拉把它说成是“一个大门通道”],试图向后者传授某种历史哲学:“侏儒,你瞧这大门通道!它有两副面貌。两条道路在此交会,尚无人走到路的尽头。这条漫长的巷道①向后通向永恒;那条漫长的巷道向前是另一种永恒。这两条路彼此相反,它们恰好在此碰头——在大门通道边上,恰好是它们交会的地方。大门通道的名字刻于上方,——‘暂时(Augenblick)’。要是有人沿其中一条路前行——一直走下去,越走越远:侏儒,你以为这两条路永远相反吗?”②

接下来发生了非常令人费解也因此值得认真理解的一幕——如果说

---

① 刘小枫所引译文为“长路”,娄林译本为“巷道”,并加译注解释说:“巷道(Gasse)并非一般的道路,而是专指巷道,是扎拉图斯特拉起初所走上的狭长巷道、幽暗的巷道;以及本卷‘论变小的道德’最后扎拉图斯特拉的自我比喻;‘在这些民众之间,我只是我自己的先驱,是我自己穿透黑暗巷道的鸡鸣。’”(尼采:《扎拉图斯特拉如是说》,娄林译,华东师范大学出版社2022年版,第307页译注。)此处的“鸡鸣”或许为理解刘小枫在《尼采的微言大义》一文中的“雏公鸡”提供了一个互文性背景,“雏公鸡”也可能是指尼采在穿越精神的“黑暗巷道”所经历的某个阶段。关于这一理解,对勘本书第四章第四节相关内容。

② 刘小枫:《重启古典诗学》,华夏出版社2010年版,第266页;尼采:《扎拉图斯特拉如是说》,娄林译,华东师范大学出版社2022年版,第307页。

扎拉图斯特拉在此确如施特劳斯所言是在处理“永恒复返”的道理或教义，那么侏儒对扎拉图斯特拉问题的回答显然是正确地理解了这个道理或者教义，他甚至给出了更为简洁明晰的表达。扎拉图斯特拉“谜一般”的表述在侏儒这里竟然如同数学公理和哲学史教材一样清晰：“一切笔直之物都在说谎，一切真理都是弯曲，时间本身是一个圆环。”①

说起来，按照常理，听到这样令人难忘的答案，扎拉图斯特拉作为一个老师，对学生如此精到的概括能力应该感到欣慰才是。令人吃惊且不解的是，扎拉图斯特拉竟然勃然大怒：“你这沉重的精神！你不要说得过于轻慢！不然，我将你扔在你蹲坐的地方，你这瘸腿——以前我抬高了你！”②

尼采显然是有意令读者困惑的——明明刚才侏儒回答时的态度是“轻蔑呢喃”的，他却让扎拉图斯特拉称眼前这个侏儒为“沉重的精神”，难道这里的意思是在说昆德拉式的“生命中不可承受之轻(蔑)”的“沉重”吗？尼采笔下的扎拉图斯特拉是在对后世昆德拉们对待哲学的“玩笑”般“轻蔑”的态度发火吗？抑或是在表达因受不了侏儒这个原本地位比他低的家伙现在竟然对他表示“轻蔑”而来的“沉重”与“沉痛”的心情吗？这里作为“道德律令”的“你不要说得过于轻慢”中的“不要”，所否定的显然不是针对侏儒所理解的“哲学内容”，而是其“轻慢”的态度——这态度比任何哲学内容都更具有哲学意味，因而也更加“沉重”，似乎态度本身即是某种哲学的根基。

为了震慑侏儒因轻慢不屑而来的智性自信，扎拉图斯特拉拿出了他以为侏儒“不懂”也“无力承受”的“深渊般的思想”，开始了新一轮的启蒙。他几乎有些情绪失控地让侏儒使劲看，看眼前的用一块石头做成的历史

① 刘小枫：《重启古典诗学》，华夏出版社 2010 年版，第 266 页；尼采：《扎拉图斯特拉如是说》，娄林译，华东师范大学出版社 2022 年版，第 307 页。

② 刘小枫：《重启古典诗学》，华夏出版社 2010 年版，第 266 页；尼采：《扎拉图斯特拉如是说》，娄林译，华东师范大学出版社 2022 年版，第 308 页。

之门："看啊，你看这个暂时！从这个暂时的大门通道向后，有一条永恒的长路：我们身后是一种永恒。一切事物中凡能够奔跑的，不都已经跑过这条路了吗？一切事物中能够发生的事，不是已经发生过、完成过、跑走(vorübergelaufen)了吗？如果一切事物都已在此(degewesen)：你这侏儒如何以为这个瞬间呢？这个大门通道岂不是已经必定——在此呢？一切事物岂不是紧密缠结，甚至于这个瞬间把一切未来之物也拉向自己？如是——它自身亦然？因为，一如事物凡能奔跑的：都从这条漫长的巷道向外而去——也必定再次奔跑！（我们或许可以猜测，听到这里，侏儒或许已经跑开了，而扎拉图斯特拉的话接下来似乎越来越沉浸于其内心——引者）这月光下缓慢爬行的蜘蛛，这月光本身，在大门通道旁相互低语、低语永恒事物的你我——我们这一切岂不是必定已经在此？——返回，在另一条巷道上向外奔跑，在这条恐怖漫长的巷道上——我们不是必须永恒复返吗？"①

不过直到这时，扎拉图斯特拉才发现侏儒和大门都已经不见了。现实狠狠地给他上了一课：侏儒的跑开显然不太像是因为无法承受扎拉图斯特拉思想的沉重，而更可能是因为无法忍受他颠来倒去翻来覆去近乎强迫症似的"永恒复返"的无聊。

从文学角度来看，"永恒复返"或可解释为后现代主义式的"用典"或"互文性"。巴特勒从一个相对较为宽广的视角解释了后现代主义的这一倾向，并揭示出其对于心理学和哲学史的意义："后现代解构主义认为达成一致、统一论点的可能性十分有限，并怀疑任何作品或文本都或多或少受先前作品的影响，因此人们逐渐认为所有文本，无论是哲学还是报纸，都涉及一种近乎痴迷的重复，即**互文性**。从柏拉图开始，哲学就一直在费

---

① 刘小枫：《重启古典诗学》，华夏出版社 2010 年版，第 266 页；尼采：《扎拉图斯特拉如是说》，娄林译，华东师范大学出版社 2022 年版，第 308 页。

劲地解决同样的老问题。同样,小说也无可避免地复制或再次呈现先前的假设、以往的思想、传统的描述方式,等等。”[①]这一解释有助于我们从语言角度理解后现代主义思想,但对理解尼采此处所呈现的侏儒与扎拉图斯特拉之间很难“达成一致”没有多大帮助。因为正如分析所显示,二者显然并非由于“观点”有什么根本性差异而不能“统一”,而恰巧是因为二者属于不同的人性类型。或许正是因为侏儒恰当地理解了扎拉图斯特拉的“观点”,才有意不与之“达成一致”的。

抛开思想不谈,仅就“用典”或“互文性”来看,尼采这段文本本身确实可以帮助我们理解文学历史的“永恒复返”。而在某种意义上,理解了文学的历史也就理解了文学所理解的现实世界的历史——“古代/过去”和“后现代/未来”这两种“永恒”交会于《论面貌和谜》。

从这个文本的“此在”向前看,《论面貌和谜》中的“谜”显然与《俄狄浦斯王》中的斯芬克斯之“谜”有关,是为“人之谜”在西方文学中强迫性和痴迷性的“永恒复返”。猜谜者俄狄浦斯与出谜者斯芬克斯的关系,出谜者扎拉图斯特拉与猜谜者侏儒的关系,以及上述两种关系之间摇摆不定的关系既令人遐想,又令人深思。从形象上看,侏儒像是斯芬克斯,扎拉图斯特拉像是俄狄浦斯,但从启蒙者(出谜者)与被启蒙者(猜谜者)的位置来看,侏儒占据了俄狄浦斯的位置,扎拉图斯特拉占据了斯芬克斯的位置。神话、宗教、哲学与文学中某种类型的人的形象及其在世界城邦中所占据的位置,随着时间和历史的变化,同时经历着某种肃剧性突转和谐剧性轮回。俄狄浦斯当年所走过的三岔路口被历史与时间再次激活,成为扎拉图斯特拉在其中行走的迷宫与巷道。

值得注意的还有,扎拉图斯特拉指示给侏儒看的那道门上面写有铭文,老练的读者肯定会意识到这实际上是对但丁《神曲》第三歌中但丁和

---

① 巴特勒:《解读后现代主义》,朱刚、秦海花译,外语教学与研究出版社 2015 年版,第 59 页。

维吉尔站立其前的地狱之门上的铭文的影射——在扎拉图斯特拉与侏儒站立之处,叠印了但丁和维吉尔的站立之处,每一个"暂时"或"瞬间"都是一道同时朝向过去和未来的"永恒"之门。和尼采笔下的门只有一个名字不同,但丁为这道门写了一段不算短的铭文。

有意思的是,这段铭文似乎是这道门的一个"自传故事",它不仅讲述了它是如何被制作而成的以及它的作者是谁,还向想要阅读它的读者解释了该如何阅读它:"要进入失落之城,需穿过我;穿过我你便遭遇无法停息的和永恒的痛苦。你会与那些曾穿过我失落一切的人在一起。我的制造者在上面生活,是由正义推动的,神圣的力量经过他制造了我——我是由那高处的智慧和最初的爱制造的,这里的所有人都曾不服从其法律。从现在开始,每一个日子感觉起来都像是最后一个永恒的日子。你的未来是要后悔过去。忘掉你的许多希望吧,是那些希望把你带到这里来的。"①如果来到这道门的前面是件坏事,那么被吸引来到这里的人所怀有的希望也不大像是好事。

从《论面貌和谜》向后看,则可以看到卡夫卡笔下的乡下人所站立其前的那道"法门"。卡夫卡故事中的"法门"显然是从尼采故事中上面写有"暂时"的大门变来的。乡下人和守门人就在那道门前面进入永恒的诉讼,经受着永恒的审判,既不得其门而入,又无法脱身离去。这个故事的名字就是《在法的门前》②,初次发表于 1915 年,但直到 1925 年《审判》问

① 为适应论题,此处中译文系笔者根据 Clive James 的英译文(Dante: *The Divine Comedy*, trans. Clive James, Liveright Publishing Corporation, 2013)进行翻译。

② 此篇中译名在我国几种最重要的卡夫卡译本中都使用了"门"的意象,虽然德文标题"Vom dem Sesetz"中没有这个对应词,如叶廷芳与杨武能均译作《在法的门前》(分别见于叶廷芳主编:《卡夫卡全集(第一卷)》,中央编译出版社 2015 年版,第 142—143 页;高年生主编:《卡夫卡文集(增订版第三卷)》,作家出版社 2011 年版,第 162—163 页),文泽尔译作《在法律的大门前》(《变形记:卡夫卡中短篇小说全集(卷一)》,万卷出版有限责任公司 2023 年版,第 187—189 页)。笔者尊重这一传统处理,但在本章行文中为适应不同语境和问题,也会使用《在法的前面》的译名(特别是在接下来的第二节中),后文不另做说明。

世之后，读者才知道这个故事原本属于这部长篇的第九章，也就是倒数第二章"在教堂里"，因此和扎拉图斯特拉与侏儒的对话一样，这是个故事中的故事。

在《审判》的故事中，被莫名案件缠身的约瑟夫·K在教堂里遇到了一位神父。关于K目前的处境，神父对他说："别欺骗自己。"K问："我为什么要欺骗自己呢？"于是神父向K讲述了一个寓言。法律的序言是这样描述这种欺骗的：在法的门前站着一个守门人。一个乡下人来到他的身边，请求进入法的大门。但守门人说，他现在不能准许他进去。这个人考虑了一下，问道："那么我以后是否可以进去？""有可能，"守门人说，"但现在不行。"由于法的大门一如往常总是敞开着，而守门人也已走到了一旁，这个人就躬下身去，以便透过大门看看内部情形。守门人见此笑着说："如果它那么吸引你，那就试试，不顾我的禁令，往里走好了。不过请注意：我是强大的。而我只不过是最低级的守门人。但一个个大厅都站着守门人，一个比一个强大。连我看到第三个就不敢再看了。"这样多的难关真是出乎乡下人的意料。他以为，法律应该是人人都有份的，随时都可以进入它的大门的，但当他仔细地打量了一下穿着皮大衣的守门人，看到他那高高的大鼻子，他那鞑靼人的稀稀拉拉、又长又黑的胡子时，他决心宁可等下去，直到他获准进去为止。守门人给了他一张小板凳，让他在门旁坐下。他在那里坐了一天又一天，一年又一年。他做了很多次请求让他进去的尝试，守门人都被他的请求弄疲倦了。守门人时不时地对他进行三言两语的盘问，打听他是什么地方人，以及别的许多事情。但那都是些干巴巴的提问，仿佛都是些大老爷在提问似的。而末了总是对他说：还是不能让他进去。乡下人为这次出门带了很多很多东西，该花的都花了，不管如何，还得把贵重的留下，用来贿赂守门人。守门人呢，他什么都照收不误，却同时说："我收下这些仅仅是为了免得你以为耽误了什么。"在这年年岁岁的等待过程中，乡下人几乎从不间断观察这个守门人。别的守门人他都忘了,而这第一个似乎是他进法的大门的唯一障碍。他诅咒这个不幸的偶然性。在头几年里他毫无顾忌地大声咒骂,后来他老了,还在低声骂个不停。他变得幼稚可笑。由于他常年研究守门人,连守门人皮领上的跳蚤都认得出来。他也曾请求跳蚤帮忙,使守门人改变态度。最后他的视力变弱了,他搞不清是他周围真的变暗了呢,抑或仅仅是他的眼睛造成的错觉。但是现在他倒确实认出了一个正从法的每一重大门发出的永不熄灭的光环。眼下他活不长了。临终时,他在脑子里把一生的全部经验集聚成迄今尚未向守门人启口的问题。由于他那僵硬的身体已不能再站起来了,他只向守门人示个意。守门人不得不深深躬下身去,因为两个人个头的差别正朝着对乡下人不利的方向变化。"你现在到底还想知道什么呢?"守门人问道,"你真是不知满足啊。""人人都在追求法,"乡下人说道,"但在这么许多年里没有一个人要求进法的大门,这是何故呢?"守门人看出此人已经走到他的尽头了,为了让他正在消失的听觉还能听得见,守门人对他大声号叫道:"这里再也没有人能够进去了,因为这道大门仅仅是为你而开的。我现在就去把它关上。"①

扎拉图斯特拉的故事和乡下人的故事虽然都属于故事中的故事,但细想起来,却又有叙述层次的差异。一旦注意到叙述层次,就不难发现,尼采讲述了扎拉图斯特拉与侏儒对峙的故事,而乡下人与守门人对峙的故事则是由卡夫卡所讲的故事中的监狱神父讲给故事里的约瑟夫·K听的——卡夫卡的故事明显多了一个叙述层次,是为故事中的故事中的故事。叙述层次的增加意味着什么呢?是故事最终的讲述者需要更多一层的保护以免受深渊的惊吓吗?卡夫卡就是同样听懂了扎拉图斯特拉所讲的故事中包含"深渊的思想"中的"深渊"而没有跑开,选择和扎拉图斯特

① 此处复述依叶廷芳《在法的门前》的译文,但把其中的"门警"改为了"守门人"。《审判》(又译《诉讼》)中该故事所处语境,参见叶廷芳主编:《卡夫卡全集(第二卷)》,中央编译出版社2015年版,第361—362页。

拉在一起直面深渊却被深渊吓坏的另一个侏儒吗？抑或更可能的是，卡夫卡是扎拉图斯特拉梦醒之后在“蛮野的危岩之间，孤独而荒凉，在最荒凉的月光里”看到的那个“蜷缩颤抖、窒息、抽搐、脸庞扭曲”“一条沉重的黑蛇悬在口中”的“年轻的牧人”吗？[①]

文学史与思想史中的这条细线值得抓住不放——让我们回忆卡夫卡的一个著名说法：“出生之前的犹豫。要是有轮回转世，那么我还没有进入最初的那一轮。我的生命是出生前的犹豫。”[②]“出生”似乎就是卡夫卡所想象的那道被扎拉图斯特拉命名为“暂时”的“永恒复返”之门。念及此，我们似乎就能够明白卡夫卡故事中约瑟夫·K在被处死的那天晚上的月光和大石头，何以与扎拉图斯特拉梦醒之后所见的月光和岩石既如此相似又如此迥然不同：“月亮的光芒以它的纯洁和宁静照耀着四周，世界上再没有别的光能与它相比。”[③]约瑟夫·K就死在一块大石头上，不过不是在“蛮野的危岩”之上，而是有些滑稽地死在“一块采下来但未运走的大石头”[④]上——这块石头俨然是“事实上已经出生”（“采下来”）但觉得自己“最好不要出生”（“未运走”）的卡夫卡“出生之前的犹豫”的自传想象。看来，文学中的“轮回”，总是有差异的轮回——约瑟夫·K很可能在生命的最后时刻也以与扎拉图斯特拉不同的方式听到了狗叫，或以与扎拉图斯特拉相似的方式听到了不同的狗叫，因为他觉得自己死得“真像是一条狗”。[⑤]

---

① 尼采：《扎拉图斯特拉如是说》，娄林译，华东师范大学出版社2022年版，第309—310页。

② Franz Kafka: *Diaries*, trans. Joseph Kresh, Martin Greenberg, Hannah Arendt, Schocken Books, 1975, p. 405.

③ 叶廷芳主编：《卡夫卡全集（第二卷）》，中央编译出版社2015年版，第370页。

④ 叶廷芳主编：《卡夫卡全集（第二卷）》，中央编译出版社2015年版，第371页。

⑤ 叶廷芳主编：《卡夫卡全集（第二卷）》，中央编译出版社2015年版，第371页。

第二节　在德里达《在法的前面》的前面

"有差异的轮回"就是德里达式解构主义的"延异",而历史中的德里达,随后也确实曾有那么一次来到了卡夫卡以文本形式建造的这道"历史之门"之前。德里达至关重要的一次"文学行动"就是站在卡夫卡的《在法的前面》上进行的沉思,他以与卡夫卡篇名相同的一个文本为后现代主义的历史行动"立法"。德里达透过卡夫卡的文学文本,把尼采笔下的"历史门"转化成后现代主义文学的"哲学门",从而决定性地改变了文学对于历史的理解,使得文学与历史的关系成为后现代的。胡志明敏锐地看出,德里达的这个《在法的前面》文本可看作卡夫卡文本的一种"延异","德里达是从卡夫卡文本的'文学性'入手,直接切入到'法'的问题,并在发生学上揭示了文学与法的同源性机制"①。

今天我们在德里达作品集中读到的《在法的前面》文本,在更早的时候其实是一份讲演稿。1982 年,德里达在伦敦的英国皇家哲学学会第一次讲演了这个文本。② 这次讲演的效果应该不错,不然后来《在法的前面》不会被出版,更不会成为后现代文学批评的一个著名文本。当然情况也不一定是这样,考虑到当时德里达已经是非常有名的后现代主义哲学家了,实际上无论他讲了什么和写了什么,最后总会被发表出来。无论如何,德里达首先是在英国皇家哲学学会讲演了这个文本这件事本身仍值得强调。这让笔者联想到扎拉图斯特拉的讲演,那次讲演的核心场景就是讲演者站在一道想象出来的文学之门前,并且站在这道门前的讲演者

---

① 胡志明:《卡夫卡现象学》,文化艺术出版社 2007 年版,第 382 页。

② Jaques Derrida: *Acts of Literature*, Routledge, 1992, p. 182.

也面对着他正在指着的门进行了沉思。

德里达的沉思有其历史基础。我们已经知道，卡夫卡的《在法的前面》先是作为一个自身完整的作品于1916年在犹太复国主义的机关刊物《自卫》上发表的，后又于1931年被马克斯·布罗德收录于其所编辑的《中国长城建造时》文集中。也就是说，它作为文学文本的合法性得到了历史的授权，“它有开篇和结尾、界限和范围，收录于德国正式注册出版的卡夫卡作品集里。原始版本的出版是法定的，它得到了法的保护和授权”①。德里达显然很重视这一点。

这一历史事实何以值得德里达重视呢？或者说，为何和卡夫卡的《在法的前面》联系在一起的这类历史事实值得重视呢？回答这个问题不值得绕圈子，不妨明说：就是因为卡夫卡的这个作品中有一个“法门”的意象——这个意象把“法”与“门”两个事物结合成了一个事物，这就把“法”给“门化”了。换言之，“门”对“法”实施了一个“零度写作”的行为，这使得任何历史之“法”都被“去历史化”(在这个动作中，历史被历史性地“归零”)了，而作为“门”的“法”，则由此占据了自然法的位置。这样一来，德里达就能够宣称现实历史中的每一次法律行为、每一部具体的法律、每一条更具体的法律条文，在“自然法”这道“法律之门”面前都是“非法”的，因为每一次法律行为都包含着将自己冒充为自然法的这样一种“非法性”。按照他的说法，就是：“所有这一切都有法律保证，被一系列有其自身历史的法律文案所保证，即便使得这些文案合法的话语本身往往宣称它们植根于自然法。”②

在德里达看来，当具体历史中的法律在授予具体历史中的事物和行动以权利时，它是以超历史的面貌做出这一行为的，在这一行为中，它“俨

① 葛体标：《在法的前面：德里达论文学与法》，《理论月刊》2011年第4期，第131页。

② Jaques Derrida: *Acts of Literature*, Routledge, 1992, p. 185.

然是自然法，似乎是没有历史的”①。对勘尼采故事里扎拉图斯特拉的说法，德里达所说的这种没有历史的历史就指向了一种超历史时间的时间性，一道同时向前和向后指向“永恒”的“历史之门”。正如扎拉图斯特拉所说，它的门楣上写着“暂时”。在这一种超历史时间的时间里发生的事情就是尼采式的“永恒复返”或“重复”，而相应地，后现代主义的“解构行动”在后现代历史中的展开就是“有差异的重复”或“延异”。当德里达再次模仿法的这种“永恒复返行动”，将“延异”冒充为“永恒复返”时，他也就无可挽回地进入了用历史性的“解构行动”来冒充或制作新的“自然法”的模仿行动中：“不是说文本因此就是去历史的，而是说历史是由可重复性(iterability)构成。没有可重复性就没有历史，在整个语境或者语境的某些要素缺失的情况下，可重复性也让踪迹继续发挥作用。”②

德里达在自己的《在法的前面》里将卡夫卡的同名作品置放在现代版权法确立自身的历史与历史性之中，为上文所论尼采文本与卡夫卡文本中的故事叙述层次问题提供了新的解释。版权法在这里作为一个提喻，所比喻的即是作为自然法的历史性，也就是说，即便在没有版权法或在版权法尚未出现的过去，也可以从版权法的角度去理解，从无版权法历史中找到版权法的“客观对应物”。现代意义上的法律观念的进步和法律条文的不断完善(当然包括版权观念和不断完善的版权法)，在此意义上映照出的是尼采、卡夫卡与德里达各自“在门前”据以展开思想行动的自然法自身的历史。尼采笔下的侏儒除了逃离那道门(要么向上要么向下，因为无论门前还是门后，和那道门其实都是一回事)，其实别无其他选择——他没有跟随扎拉图斯特拉的兴趣、天性和能力。而靠着法律观念的进步和法律条文的完善，拥有现代法学博士学位的作家卡夫卡笔下的乡下人

---

① 葛体标：《在法的前面：德里达论文学与法》，《理论月刊》2011年第4期，第131页。

② Jaques Derrida: *Acts of Literature*, Routledge, 1992, p. 64. 引文中译文参看葛体标：《在法的前面：德里达论文学与法》，《理论月刊》2011年第4期，第131页。

已经可以蛮有把握地向法律提出“进门”的要求了:“法的大门应该对每个人并且随时都敞开着呀。”对于卡夫卡这篇故事的现代读者来说,这才是一个对于理解行动来说真正“在先”的“寓意”,一个在进入故事之前需要先行在其前思索良久的“命题”。毕竟,和尼采、卡夫卡及其笔下的讲演者比较起来,读者不得不首先扮演一个侏儒的角色。

那么,从自然法自身的历史化进程来看,德里达在英国皇家哲学学会的这场以《在法的前面》为题的讲演要指示给现场观众看那道门的“什么”呢?显然不是胡志明所认为的:“德里达《在法的门前》的解读所告诉我们的是,卡夫卡的文本除了对它自身作了自我指认外,别的什么都没有,就像那扇始终敞开着却什么都看不到的‘法门’,里面恐怕除了‘乌有’,还是‘乌有’,其实德里达自己也是除了就文本说文本之外,什么也没有多说。”①

德里达如果听到这样的评述,当然不会像尼采笔下的扎拉图斯特拉那样“被更严重的梦惊醒”,但恐怕会感到几分落寞:他说了半天,难道最终只是说了个寂寞?说卡夫卡的“法门”里什么“都看不到”,是因为没有透过尼采笔下的扎拉图斯特拉的指引去看。扎拉图斯特拉说得明白,门里门外其实就是门前门后,而门前门后都是“永恒”。后现代历史时期的读者当然可以不相信尼采笔下扎拉图斯特拉所说的话,但如果读卡夫卡的《在法的门前》的时候,看不到卡夫卡的门前所站立的尼采笔下的扎拉图斯特拉,只能说是“目中无人”。而说德里达“除了就文本说文本之外,什么也没有多说”的表述本身,或许能够说明的是,德里达所说的,已经深入人心,因此不必再“多说”。谁说后现代主义没有“深度模式”和“宏大叙事”呢?显然,这不必“多说”的东西,不管是什么,都已经是后现代主义的“深度模式”和“宏大叙事”了。

---

① 胡志明:《卡夫卡现象学》,文化艺术出版社 2007 年版,第 386 页。

当然,胡志明随后对自己的说法进行了既增补又省略的修正——说其是“增补”是因为这是对刚刚所说的“乌有”之“增补”,说其是“省略”则是根据他所引用的德里达的说法,即“既推进之,又撤回之”①。他是这样修正的:“在尚未找到更新的研读视野之前,我们从德里达的解读中,至少可以获得这样一种认识,卡夫卡文本,其实也是在卡夫卡身上,确实存在着某些后现代的文化基因,尽管卡夫卡自己压根儿就没听说过‘后现代’这样一个概念。”②

不难注意到,“在……之前”的句式明显影射卡夫卡与德里达的篇名。在这一因被所影射之物渲染而发生改变的理解视野中,“尚未找到更新的研读视野”就成为一道门,作为一道门,所比喻的正是在其中封闭了某种至关重要抑或秘密之物的爱欲客体——这无异于让我们看到,“在……之前”实际上是一种爱欲结构,门则是内化了这种爱欲有待在其中展开的“爱欲者—被爱欲者”诱惑结构,一道门因这一结构才有了一个“内部”。这个句子内部所包含的“尚未找到更新的研读视野”正是已经展开了的这一“爱欲者—被爱欲者”的爱欲结构本身——爱欲者就是这里的“研读者”,它所爱欲和追求的是一种“视野”,这一视野最终落实为一种“认识”,这一认识的内容是“卡夫卡……确实存在着某些后现代的文化基因”。

如果我们考虑到,正如早先也已经指出的,在英国皇家哲学学会做这场学术讲演之前,德里达已经是公认的后现代主义哲学家了,如果他不能在这场后现代主义的学术表演中“后现代化”卡夫卡,如果不能为卡夫卡和卡夫卡读者打开通向后现代之门,并使他们获得一种“视野”,那可真是

① 笔者怀疑自己没有搞明白,何以“既推进之,又撤回之”便是“省略法”。不过,从字面上看,德里达这个所谓“增补”的说法看来确实如其字面所示是多余的,因为“省略法”里的“推进”已经包含“增补”了,故这里的关键最终是“省略”。(胡志明:《卡夫卡现象学》,文化艺术出版社2007年版,第376页。)

② 胡志明:《卡夫卡现象学》,文化艺术出版社2007年版,第387页。

低估他了。胡志明的“修正”可以说恰当地评估了德里达这场讲演的效果,其行文的策略可以说是反向的“省略”,即先“撤回之”(声称德里达什么也没说),后“推进之”(高度赞扬德里达的“视野”)。

甚至,胡志明还进一步把卡夫卡向后现代方向推进了,推进的力度之大,甚至使得卡夫卡在后现代主义成为“主义”之前,已经身不由己地撞开了后现代之门。他说:“卡夫卡无疑地比后现代主义更具有颠覆性,尤其是在今天,当后现代主义正在逐渐地发展成为一种强势文化的时候。”[①]结合其上下文,可以这样理解这个判断:由于后现代主义正在成为一种病(其症状正是“成为一种强势文化”),“更具有颠覆性”的卡夫卡可作为“疗治这体制化的‘后现代’文化症候”的“解毒剂”。哲学家德里达对卡夫卡进行了后现代式解读,胡志明则让卡夫卡在“颠覆性”方面与后现代一较高下——这无异于说卡夫卡比德里达还要激进。

笔者如此转述胡志明的观点,似乎使他的逻辑有些跳跃:何以“更具有颠覆性”的卡夫卡不会使得后现代主义更加“强势”和“体制化”而反能为其治这个病呢?胡志明显然知道这里的逻辑问题,事实上他试图用卡夫卡式“旋转的长矛”来解决这个逻辑问题。卡夫卡日记中有这样一段话:“当我写作的时候,感到越来越恐惧。这是可以理解的。每一个词,在精灵的手中旋转——手的这种旋转是它们独特的姿势——变成了一根长矛,反过来刺向这说话的人。”[②]胡志明引用了这段话,用于解释何以卡夫卡既“更后现代”又能“解后现代(之毒)”:“卡夫卡从未想过用这‘旋转的长矛’去刺向任何其他的人或事物,所以,我们在阅读他所写下的那些‘词’时,同样也首先会跟卡夫卡一样,感觉到这‘长矛’正在刺向自己。卡夫卡的文本就是在促使我们‘解构’自身的同时,客观上也达到了对于现

---

① 胡志明:《卡夫卡现象学》,文化艺术出版社 2007 年版,第 388 页。

② 转引自胡志明:《卡夫卡现象学》,文化艺术出版社 2007 年版,第 387—388 页。

行的同一化的体制性文化的解构与颠覆，因为我们每一个人都是现实地生存在一种体制性文化之中的，而这体制性文化也正是通过我们每一个人的生命活动才得以运行并发挥效应的。”①

胡志明此处试图后现代式地“增补”其所“省略”的逻辑链条的努力，反而使得他所“省略”的那个环节更真实地呈现为一道起着遮蔽作用的“门”——他笔下想象中的“同样”的“我们”就是这道起着遮蔽作用的“门”：“我们”遮蔽了构成“我们”的不同类型的读者之间的差异，也遮蔽了“我们”可能与卡夫卡之间存在的差异。一个明显的逻辑问题是，既然“同样的我们”都同样会跟卡夫卡一样感觉到那根“由于旋转而刺向自己的长矛”，那就不可能存在德里达与卡夫卡的差异，不可能存在作为卡夫卡的读者的德里达与胡志明之间的差异，也不可能存在一个被德里达读出来“具有颠覆性”的卡夫卡与一个实际上更激进的卡夫卡之间的差异。相反，一个更具颠覆性的卡夫卡（指向自我颠覆），以及一个读出如此颠覆性因而更加激进地（以自我颠覆的方式来）颠覆“现行的同一化的体制性文化”的读者，显然被胡志明以一种不言自明的方式认可为（或用他的说法，即从“客观效果”来看）更好的卡夫卡与更好的卡夫卡读者。

如果情况真的如此，事情就变得更加难以想象了——好人和好的读者将在这场自我颠覆中真实地死去或象征性地死去，因为这种自我颠覆的行动意味着好人和好的读者将不可能在“体制性文化”也就是拉康所说的“象征性秩序”中占据一个适当的位置，相当于社会性死亡。

笔者很难在卡夫卡的作品中找到这样的故事，即便那些在故事中真实地死去的人物，也不太像是这种靠自我颠覆来颠覆“体制性文化”的典型。而无论是现实生活中的卡夫卡还是现实生活中的德里达与胡志明，也未见他们真正地实践这种以“自我颠覆”来颠覆“体制性文化”的行动。

---

① 胡志明：《卡夫卡现象学》，文化艺术出版社 2007 年版，第 388 页。

德里达的行动如其文集题名所言，只是“文学行动”。卡夫卡博士毕业后先后在两家保险公司工作，直到1922年从“布拉格波希米亚王国劳工事故保险局”病休，一直都在“体制性文化”中勤勉工作，并未见其有明显的“颠覆行为”。德里达虽然在法国一直处于边缘位置，没有进入法兰西学院，但毕竟在1980年五十岁时拿到了博士学位，并从1984年开始担任法国高等社会科学院博士生导师。而作为著名解构大师，德里达早在1966年就开始行走于国际学界。1966年，德里达在美国约翰霍普金斯大学举办的国际学术研讨会做了题为《人文科学话语中的结构、符号与游戏》的报告，这甚至被认为是“后现代主义开始的标志之一”①，他后来又先后担任美国多所大学教职，显然不能说他不是“体制中人”。虽然胡志明觉得解构与颠覆“体制性文化”是一件好事，但似乎也并未见其以自己的“生命活动”实行这种解构与颠覆，尽管他知道“这体制性文化也正是通过我们每一个人的生命活动才得以运行并发挥效应的”②。

或许，无论是以卡夫卡作品的自我解构来见证后现代主义式颠覆的革命性功能，还是以卡夫卡式的自我颠覆来批判后现代主义有使自身体制化的潜在弊端，可能都搞错了重点。在卡夫卡的写作生活与他所写作品的重点是什么这个问题上，笔者宁愿选择相信卡夫卡自己的说法：“只有我能把世界提升到纯净、真实和不可改变的境地，我才感到幸福。”③在后现代主义的重点是什么这个问题上，相对于“对体制性文化的解构和颠覆”，更重要的是要认识到，并非只有一种后现代主义，和任何东西一样，有好的后现代主义，也有坏的后现代主义。简单地将好的后现代主义理解为“反体制”，认为不好的后现代主义是“体制化”，至少是忽略了建设性

---

① 朱立元主编：《后现代主义文学理论思潮论稿》，上海人民出版社2015年版，第231页。

② 胡志明：《卡夫卡现象学》，文化艺术出版社2007年版，第388页。

③ Franz Kafka: *Diaries*, trans. Joseph Kresh, Martin Greenberg, Hannah Arendt, Schocken Books, 1975, p. 387.

后现代主义思想家、美国后现代世界研究中心主任大卫·雷·格里芬所理解的“后现代精神”:“从解构性后现代主义者的立场来看,这种建构性后现代主义仍无可救药地属于陈旧的观念,因为它不仅希望保留对现代性至关重要的人类自我观念、历史意义和一致真理的积极意义,而且希望拯救神性世界、宇宙含义和附魅的自然这样一些前现代概念的积极意义。然而,从它的拥护者的观点来看,这种修正的后现代主义不仅对我们经验来说是足够的,而且是真正属于后现代的。”①

其实,即便是被格里芬界定为“解构性后现代主义者或消除性后现代主义者”的德里达,其解读卡夫卡文本中的问题意识本身也可以被理解为建设性的——回到上文尚未回答的问题:既然德里达的文本之门里并非空无,他肯定让当年的观众看到了点什么,那么从自然法自身的历史化进程来看,德里达在英国皇家哲学学会的这场以《在法的前面》为题的讲演,到底指示给其现场观众看那道门的“什么”呢?

对于这道门,葛体标看来是看进去了。他看到,《在法的前面》讲演之前,德里达已经完成了一个“伦理学转向”。也就是说,对《在法的前面》的解读服务于他对“在伦理学之前”事物的思考:“德里达在所谓的伦理学转向之后,一直都在寻求解构在政治和伦理领域中的不可能性的行动。文学行动自然是这种不可能性的行动的重要成分,甚至是一切不可能性行动的原型。文学作为虚构,作为不在场的织体,是一切不可能性话语的先锋和例子,是一个独一的解构场域。”②

彼时著名后现代主义哲学家德里达已经通过授权给予了文学“讲述一切”的权利,实际上使文学获得了对于“一切”的“立法权”,“法律”自然也在这“一切”之内,文学“讲述一切”在几乎没有被意识到的情况下成了

① 格里芬:《后现代精神》,王成兵译,中央编译出版社2011年版,第226页。

② 葛体标:《在法的前面:德里达论文学与法》,《理论月刊》2011年第4期,第133页。

"文学允许一切"的法律建制自身:"文学是允许人以任何方式讲述任何事情的建制。文学的空间不仅是被建立的虚构(instituted fiction),而且也是一种虚构的建制(fictive institution),它原则上允许人讲述一切。要讲述一切,无疑就要通过翻译将所有形象聚集成另一个人,通过形式化予以总括,但讲述一切就要打破(franchir)禁令。在法能够制定法的每一个领域,去释放自己(affranchise oneself)。文学的法则原则上倾向于无视法或取消法。因此它允许人在'讲述一切'的经验中去思考法的本质。文学是一种倾向于淹没建制的建制。"①不难注意到,这里德里达允许"讲述一切"的"后现代自然法"就是后现代主义文学的经典口号——"怎么都行"。

文学对法律的淹没要淹没到何种程度呢?直到在现实意义上不再有文学之外的现实,直到在法律之内不再允许有现实的死亡。不妨说,这就是现代法律废止"死刑"的文学理由。其具体方式就是文学首先向法律发起挑战,通过刺激法律对文学进行审判,而在这样的历史进程中,法律只要"败诉"一次,对于文学来说就是永恒胜利的象征。现代文学的历史就是这一进程的直接见证者:在 1857 年法国历史上,就有两次"法律 vs 文学"的案件,第一次是福楼拜的《包法利夫人》,第二次是波德莱尔的《恶之花》,第一次文学赢了,第二次法律赢了,看似打了个平手,其实法律已经输掉了未来。德里达的表述正是在这类判例的历史基础上,代表文学阐明了文学与法律关系的后现代原则。这一原则表面上是以文学承认法律权威作为让步条件的,实质上则以退为进,一举将法律逼入虚构与虚无之境。葛体标对此有精当的概括:"文学在法的保护下允诺了人们可以讲述一切,可以冲破法的边界,因为一切对法的越界只要在文学的界限之内就仍然是一种虚构的越界。虚构的越界,已经作为文学行动向着政治行动

① Jaques Derrida: *Acts of Literature*, Routledge, 1992, p. 36. 引文中译文参看葛体标:《在法的前面:德里达论文学与法》,《理论月刊》2011 年第 4 期,第 133 页。

和最大限度的民主开放,向着未来的民主开放。”①这里“文学在法的保护下允诺了人们可以讲述一切”的法显然不是任何历史中具体的法,而是德里达代表法对文学做出的承诺。因为我们知道,即便在后现代,也还没有愿意并敢于做出如此级别“允诺”的法——罗伯-格里耶的《欲念浮动》于1975年7月在意大利受审,即是明证。“向着未来的民主开放”的意思恰恰是,他要为民主化进程设立一道门,这道门实际上是一个可以延展的空间。文学是那道门本身,尼采笔下的扎拉图斯特拉所指示给侏儒看的通向相反方向的两个“永恒”,实际上都在这道门之内——“文本之外一无所有”,可以被恰当地重新解释为“法门之外一无所有”,因为一切都在文学法门里,文学的法门即是“文本”。德里达为建造这道法门所采取的“文学行动”的效果,确如他自己所说的已经作为政治行动向着“最大限度的民主开放”了。他的文学行动所达到的效果,在他的文学行动之前已经产生,他的《在法的前面》看起来更像一个由解构主义大师所做的“事后认证”,向未来有志于将民主化的自然进程持续推进的文学家颁发“授权书”②。

第三节 《在西瓜糖里》中的“遗忘工厂”

美国后现代作家理查德·布劳提根在其出版于1968年的小说《在西瓜糖里》的正中间,留下了一座堪与尼采笔下那道被命名为“暂时”的历史

① 葛体标:《在法的前面:德里达论文学与法》,《理论月刊》2011年第4期,第133页。

② 德里达说:“在其相对现代的形式上,西方文学的建制是与对‘什么都可以说’的授权行为联系在一起的,也无疑是与关于民主的现代观念联系在一起的。它并非依赖于一时一地的民主,对我来说,它似乎与一种最为开放意义上的民主无法分割——无疑它自身会到来。”(Jaques Derrida: *Acts of Literature*, Routledge, 1992, p. 36.)

之门相提并论的“遗忘工厂”(the Forgotten Works)。“遗忘工厂”像是尼采笔下历史之门的扩展版,但“遗忘工厂”显然太大了以至于另外还需要一道在其上写有一段铭文的门来揭示其性质——这又使其有些诡异地叠加了但丁式地狱之门的影像。布劳提根作为一个轻车熟路的后现代作家,其笔下的“遗忘工厂”显然首先是个一语双关的文字游戏——“遗忘工厂”里所存放的首先是那些已经成为文学历史陈迹的“被遗忘的作品”。小说中有一个细节清晰地揭示了这一所指:作品中的叙述者正在写一本书,保琳问叙述者这本正在被写的书“是不是一个浪漫故事,就像遗忘工厂里的一些书”①。

可以认为,布劳提根的“遗忘工厂/被遗忘的作品”以一种极端激进的方式重新解释了尼采的“历史之门”。或者反过来说也一样,布劳提根以其“遗忘工厂/被遗忘的作品”的想象让我们后现代读者意识到:尼采的“暂时”之门早已把历史和时间“文本化”了,这一点,侏儒或许也早已经领悟到——当他如是概括扎拉图斯特拉所谓“永恒复返”学说“一切笔直之物都在说谎,一切真理都是弯曲,时间本身是一个圆环”时,他所想象的历史和时间的形象正是一本书。每本现代的书都会有一个封面和一个封底,读者面对封面,书的内容对他来说属于未来,读者面对封底,书的内容对他来说属于过去;当封面以书脊为轴向着封底的方向运动或当封底以书脊为轴向着封面的方向运动到再也无法运动,以至于紧贴在一起,看上去成为其间没有任何间隙的一页纸,这一页纸就成为一个“瞬间”或“暂时”。它现在的两面所面对的,其实皆是一无所有的“空无”,其内容就成为没有封底也没有封面的“遗忘工厂/被遗忘的作品”。不难理解,这样一来,还导致了另一个更严重的后果:书的封底与封面之间的整个世界的历史连同它的过去和未来也因其封底与封面旋转倒折闭合而消失了,我们

① 布劳提根:《在西瓜糖里》,王伟庆译,人民文学出版社 2021 年版,第 24 页。

现在实际上生活在一本书的世界里了——能如此现实地发生在日常生活世界中的这一解构行动近乎平淡无奇,但其效果是实实在在令人震惊的。这就是在《在西瓜糖里》这本书里实际发生的事情。

鉴于"遗忘工厂/被遗忘的作品"对《在西瓜糖里》整部小说的重要性,以此为题名的这一节[①]值得对照原文、结合全书并向着它有意延伸向尼采、但丁与卡夫卡的方向细细阅读。如此方能领略其后现代式的崇高、恐怖与美。让我们逐字逐句耐心读下去。

"没有人知道遗忘工厂存在多久了,它延伸向我们无法去也不想去的远方。"——此处中译文的"遗忘工厂"在原文中为"the Forgotten Works",紧随其后的动词是"are",因此这里实际上指的是复数的"被遗忘的作品";这些"被遗忘的作品"或许指的就是我们文学史教材中所讲授但如今已没有多少读者能够读懂也不愿意去读的作品,这些作品很可能是既古老又比较难读的作品[第一句话直译是"没人知道被遗忘的作品是多老的(how old)"],因为作为一般读者的"我们"没有能力也没有兴趣在思想上进入得那么深(第二句中"as they do into distances"显然把空间的深度与时间的古老联系起来了)。但叙述者显然也相信并知道,那些作品本身确实在思想上抵达了很深的境界(比如说《俄狄浦斯王》《神曲》这类作品)——这显得叙述者似乎并不属于他所说的"我们"这类人,这个叙述者似乎是那些古老作品的老练读者,能够抵达那些作品的作者曾抵达过的境界。当然也有这样的可能:现在的叙述者曾经也不能或不愿意读那些作品,他曾经也是现在所说的"我们"中的一员,他成长为一个老练读者经历了一个过程。无论如何,他现在作为叙述者实际上已经表明,他正在写作的作品也在试图抵达某种一般读者"不能也不愿"抵达的境界。

---

① "遗忘工厂/被遗忘的作品"这一节的中译文和英译文都只有一页。布劳提根:《在西瓜糖里》,王伟庆译,人民文学出版社 2021 年版,第 73 页。Richard Brautigan: *In Watermelon Sugar*, Vintage, 2015, p. 71. 为免烦琐,下文针对引文的分析不另注。

“没人曾在遗忘工厂走过很远，除了那个据查理说写了一本关于它的书的家伙。我想知道他待在那儿几周碰到过什么麻烦。”——此处中译文“关于它的书”中的“它”，原文中仍是复数，这进一步加强了上述理解。“关于它的书”实际上是“关于那些古老作品的作品”，这样的作品，我们如今知道就是所谓“元小说”。叙述者的朋友查理提到有人写过这样一本书这件事出现在《在西瓜糖里》里的题为“查理的主意”这一节中。在这一节中，叙述者提到了自己现在正在写的这本题名为《在西瓜糖里》的书是一百七十一年来的第一本书，也是“在西瓜糖里”这个世界的历史上的第二十四本书。值得读者提醒自己注意的是，“在西瓜糖里”不但是小说的题名，是第一节的题名，也是全书的第一个短语，因此发生在《在西瓜糖里》里的故事，与发生在一个被叫作“在西瓜糖里”的地方的故事，隐喻了一种历史与历史写作的关系，这种隐喻性关系，如今我们从后现代理论知道，其本质上是文学性的。

“遗忘工厂就这样往前延伸延伸延伸延伸延伸延伸延伸延伸延伸延伸。你明白了吧。它是个大地方，比我们大多了。”——这里有三句话，第一句中“the Forgotten Works”后的动词是复数，第三句中动词则以一种读者不加注意就不会注意到的方式变成了单数，“被遗忘的作品们”成为“存放着那些被遗忘物的遗忘工厂”，成为“被遗忘的事物所具有的形式”(这个说法属于本雅明对卡夫卡笔下“奥德拉戴克”的解释)①；被遗忘的作品们“延伸自身”的方式是“go on and on and on...”，读起来也有不断向上叠加的意思；叙述者当然知道这里发生的悄悄变化的重要性，特意用第二句话来提醒我们，要我们“搞明白”。当然，我们肯定很难彻底搞明白，比如说这里比我们“大”的东西的性质，以及不由分说地把我们拖入这里的“我们”——这句话分明让我们感到了自己的“小”。

---

① 叶廷芳编：《论卡夫卡》，中国社会科学出版社 1988 年版，第 41 页。

“玛格丽特和我手拉手向那儿走去,因为我们在谈恋爱:我们穿过蓝色日子里的阳光,头顶上飘着发光的白云。我们跨过许多条河,路过许多东西,然后我们看见阳光反射在阴死鬼的那些棚屋漏水的屋顶上,那就是遗忘工厂的入口。”——中译文“我们在谈恋爱”的原文是“we are going steady”,显然是个双关语,其字面意思是“玛格丽特和我”正在向遗忘工厂方向坚定地一步又一步地走着,就像是前一段中“被遗忘的作品”延伸自我的方式。“玛格丽特和我”作为文学作品中的典型人物,特别是浪漫传奇中的典型人物(有一定西方文学阅读经验的读者至少会想到,歌德笔下的玛格丽特与浮士德、布尔加科夫笔下的玛格丽特与大师),是一种提喻,他们象征着现实世界中的文学性行动,他们的行为构成了文学作品的内容。可以对照理解的是,在小说开头的句子“在西瓜糖里行为一再地被做出来,就像我的生活也被做在西瓜糖里”中,作为小说叙述者的“我”既把自己的行为写在小说里,也在《在西瓜糖里》这部小说中实实在在地做出自己的行为,就如同现在他和玛格丽特手拉手走向“遗忘工厂”。我们读者现在已经知道,“遗忘工厂”就是《在西瓜糖里》这部小说想要跻身其中、坚定不移走向其中、想要成为其一员的“被遗忘的作品们”,由这样的作品构成的世界在某种意义上就是卡萨诺瓦所说的“文学世界共和国”。[①]

“那里有一扇大门。大门旁边是一个被遗忘的东西的塑像。门上挂着一块标识牌,上面写着:这是遗忘工厂的入口/当心/你也许会迷路。”——大门及其写于其上的铭文的出现,提醒我们读者,这是一个关于阅读以及如何阅读的寓言。大门就是开头,打开封面看到的就是开头,封面在这个意义上就是大门。铭文中“你”的出现则让读者折回到了整部小说开头的第一个句子,在这个句子中叙述者曾宣告自己的特殊位置,即自己正在写作这个故事,自己现在所在的位置就是“遗忘工厂”。“我要告诉

① 卡萨诺瓦:《文学世界共和国》,罗国祥、陈新丽、赵妮译,北京大学出版社 2015 年版。

你这件事情,因为我在这儿,你在远方”——你,读者,所在的远方,自然不是“遗忘工厂”里或者“遗忘工厂”向远方延伸的那种远方,“远方”在这里是正在读这部小说的你所身处其中的现实世界。当我们考虑到,在这部小说出版十六年之后的 1984 年 9 月末的某一天,布劳提根已经用自己的猎枪掀翻了自己的后头盖骨,他和他的《在西瓜糖里》从如今你的视角来看,确实是已身在文学往事的“遗忘工厂”之中了。无论是在叙述学层面,还是在现实世界层面,他已经穿过了那道门。他如今是从门里向读者说话,门以及门上的铭文既是这部小说在内部设置的文学与现实之间的界限,又是他对从一个世界进入另一个世界所可能经历的危险的提示:“这是遗忘工厂的入口/当心/你也许会迷路。”

这个结构上的“居中”设置为此前的一个猜测(即“遗忘工厂/被遗忘的作品”是布劳提根对尼采式“历史之门”的文学变形)提供了佐证。“遗忘工厂/被遗忘的作品”一节居于近乎严格意义上的全书的“中间”——笔者手上的英文本总计 141 个页码,“遗忘工厂/被遗忘的作品”在第 71 页;中译本也大体如此(73/144)。从书的中间页弯折过去,使其成为新的封面,便是在比喻的意义上对文学所具有的弯折与折叠现实世界的效果的直观展示。

进一步来看,这个居于中间的书页被倒折过去而成为新的封面故事,其实只是每一个书页都可以倒折过去而成为新的封面故事的一个典型个案。一本书中的每一个书页都可以这样倒折过去,这使得每一个这样的倒折行动都能形成新的封面和封底,在这新的封面和封底间会生出包容整本书的空白,在其间可以插入无限多的其他故事而不会改变整本书的实际内容。毕竟,这本叫作《在西瓜糖里》的书在现实的文学世界中已经成为名著,有其历史的装订形式。读者按照自己对作者意图或者文本意图的理解倒折这本书的特定书页,并不会实际地改变这本书的物质形式,但能够让读者在如此折来折去的文学行动中获得阅读和建构的自由。这层意思在《在西瓜糖里》里看似最令人困惑的一章“我的名字”的开头一段中表达得最为清晰,也最有启蒙意义:“我猜你一定好奇我是谁,但我不过是那些没有固定名字的人中一个。我的名字取决于你。想到什么就叫我什么好了。”①

以读这样一本书的方式去读历史,我们就得到了一个理解后现代主义视野中的历史的绝佳模型:每个历史事件都可以看作这样一个书页,它属于名字叫作“历史”的一本书或题名叫作《历史》的一本书,每个书页都可以被打开、倒折,构成一个事件的开头和结尾,在这新开创的开头和结尾之间可以插入想象出来的另一种历史,这另一种历史并不会改变已经有开头和结尾的真实的历史,因为这新的历史在被这个书页打开的同时,也被其倒折的封面和封底与其他真实的历史隔离开来了,这样的方式首先可以为历史上的文学作品插上一段新的情节而不会改变历史上的这部作品。艾柯以《玫瑰之名》写历史小说,历史因此在这一作品中成为“历史”。艾柯式“玫瑰之名”是布劳提根式“我的名字”的一个特例和典型个案。

从“历史之名”转变到“我的名字”,是在后现代视野中所有可以被视作“名字”(而不是名字背后的事物)的事物获得自我意识的一个自然后果。这个自我意识的内容可以这样表达:由于所有的名字只是名字,那么所有的名字都可以是以“我的名字”之名进行命名的这一自我意识的自我命名行动本身。如果我们能够进入这一意识结构中,那么就可以理解:布劳提根在《在西瓜糖里》中宣称“我的名字取决于你”的意思其实是“我把‘我的名字’的含义就是‘我的名字取决于你’这一以如此方式来理解我的名字的权利授权于你”。这是一个后现代作家主体意识在面临“主体之死”的压力下表达自我意志的蜿蜒曲折方式。谁理解并接受了这一授权,

① 布劳提根:《在西瓜糖里》,王伟庆译,人民文学出版社2021年版,第6页。

谁就会同时获得这一授权所随身携带的双重束缚。

在知网可以检索到的唯一谈论《在西瓜糖里》的文章中，作者育邦就敏锐地感受到了这种双重束缚："从粗线条来看，把小说的发展人为地分为现实主义、现代主义和后现代主义这三个阶段是可接受的。但硬要说后现代主义比现代主义高级、现代主义比现实主义先进，则又是难以令人信服的。新异是对已有文学传统和文学作品而言，新异并不保证文学的前进，但它必然要求打破——打破传统。"①某种意义上，这种"不服又不得不服"的"双重不服"的心态就是像布劳提根这样的后现代主义作家的"授权"行动在读者那里产生的一个效果。

这种效果就是：后现代主义作家其实并没有说"后现代主义高级"之类的话，这样的话如果有人说，也是其他读者说的，而其他读者怎样说，则取决于这样说的其他读者想怎么说。不过归根结底，无论读者怎么说，都是因为布劳提根已经在自己的作品里这样说了。这一点值得强调：读者的自由是作者的授权。育邦恰恰从《在西瓜糖里》里的"我的名字"这一节中看出和感受到"新异"的自由，并不奇怪。奇怪的是，"我的名字"一节中所列举的种种不像一般意义上名字这一"新奇"的表达，最后得出的结论竟然是"怎么(理解我的名字)都行"。这让笔者想起一种流行看法，即认为后现代主义文学经历了早期"篇篇怪"的先锋实验之后，到了后期与通俗文化合流，成了"怎么都行"。②《在西瓜糖里》在这个意义上也具有典范意义——无论怎么说，它都是一部典型的后现代主义作品。

如此来看，在如何理解"文学历史"这个问题上，后现代主义作家首先把"怎么都行"这一权利授予了自己。于是布劳提根可以把莎士比亚的《哈姆莱特》中的属于奥菲莉亚的书页倒折过去，从而把莎士比亚笔下的

① 育邦：《就〈在西瓜糖里〉而言》，《世界文学》2004年第6期，第270页。

② 胡全生编著：《英美后现代主义小说选读》，上海外语教育出版社2014年版，第34—35页。

奥菲莉亚用这个名为“奥菲莉亚”的“封面/封底”封闭在莎士比亚的《哈姆莱特》中,这样他就可以在由这个倒折行动创造出的新的空间中写一个关于奥菲莉亚的新故事《奥菲莉娅被强奸》①。这个新故事的题名也具有后现代式的颠覆,但它已非任何传统意义上的改编,因为它首先已被那张倒折过去的书页与莎士比亚隔离,其次也已为传统的文学史所隔离——文学历史上的奥菲莉娅活在 17 世纪初期由莎士比亚创作的《哈姆莱特》的世界中。如果读者不想被后现代主义文学作品中此类对于经典作品的颠覆弄得气急败坏,采取后现代主义作家在自己作品内部所采取的这种“隔离”态度,或许是一个不错的选择。

《在西瓜糖里》中的“遗忘工厂”(the Forgotten Works)包含一个语义双关的文字游戏——“the Forgotten Works”这个名字既指作品中与“我的死”(iDeath)构成一个对立面的空间,又指由许多作品构成的文学世界。就后现代式的有意“遗忘”与后现代主义中“历史”的关系而言,以上的分析与勾连主要围绕第二个方面的意义展开。我们由此还可以牵引出第三个方面的意义:《在西瓜糖里》里有意被遗忘的对象指文学历史中的作品,而一旦读者意识到这种被有意遗忘的东西中包含着作者的“意”,就会进一步回忆起这种被遗忘的东西,从而让被遗忘的东西“运作”起来,这样我们就有了“the Forgotten Works”的第三个意思。我们可以把这个短语读作一个句子:“The forgotten works.”意思就是海德格尔式的“被遗忘之物的自行运作”。在这个意义上它不再是死气沉沉的“遗忘工厂”,也

① 在这首题为《奥菲莉娅被强奸》的叙事诗中,布劳提根写道:“她的衣服散开,他们抬起她时,/她就像美人鱼一样。曾吟唱古老歌谣的片段,甜美的奥菲莉娅顺流而下,/经过黑色石堆,走到一个邪恶的/衣服上找不到童年影子的渔夫前面。/美丽的奥菲莉娅像四月的教堂漂浮进/他的影子,然后,我们梦中的这个邪恶渔夫,/冲进河里,抓住了这个可怜的疯女孩。/他将她拽进草丛深处,他身体的冲击/使她丧命。然后,他将她送回河里。/后来莱尔提斯说,唉,她就这么被淹死了!/你喝了那么多水,可怜的奥菲莉娅。”(布劳提根:《布劳提根诗选》,肖水、陈汐译,广西师范大学出版社 2019 年版,第 55 页。)

不只是包含着过去作家意志的“被暂时遗忘但有待于阅读活动重新激活的作品”，现在它成了有自我意识的“被遗忘之物”这样一种几乎不能用理性去理解的存在状态。不过展开这一点之前，笔者打算先去处理关于“the Forgotten Works”第一个也就是最明显的意思——毕竟目前唯一的中译本就是把它译作“遗忘工厂”的。这一点需要一再地被想起。

第四节 “遗忘工厂”与本雅明的“新天使”

更深入地进入布劳提根对于“遗忘工厂”的描写，将会带来一个发现：本雅明的“历史的天使”也是《在西瓜糖里》的一个潜文本。借用本雅明自己的说法，对于《在西瓜糖里》来说，本雅明的“历史的天使”具有“可引用性”。“只有被赎回的人性才被授予其过去时光的饱满——也就是说，只有被赎回的人性才使得其过去的时间在时间的所有瞬间都成为可被引用的”，“对于一个活的传统来说，可引用性是一个必要的条件”，本雅明如是说。① 笔者将要引用的“历史的天使”之于《在西瓜糖里》，就像一个天使，它将在以后的文学史叙述中为《在西瓜糖里》带来更多的可引用性，《在西瓜糖里》自身也将因此而成为后现代主义文学更加引人注目的活的传统。

在为后现代主义思想寻根的学术谱系中，本雅明是一个重要的节点。对于据说“可以从任何分类网络中溜掉”的本雅明，一本论后现代思潮的书却试图用后现代主义的分类网络合法地捉住他：“不论关于现代与后现代主义的界定如何见仁见智，后现代主义的本雅明大约与现代主义的本雅明一样，都同时意味着某种特定的具体的视角性的自我限定，若此，谈

① Howard Eiland, Michael W. Jennings: *Walter Benjamin: A Critical Life*, The Belknap Press of Harvard University Press, 2014, p. 660.

论本雅明的后现代主义问题则自应有其合法性。”[①]在这同一本书里，用于连接本雅明与后现代主义之间的第一个纽带就是“历史的天使”——作者如是展开这个论题：“历史的天使的形象来自本雅明对于保罗·克利(Paul Klee)的《新天使》绘画的阐发。画面中，一个天使微张着嘴凝视前方，翅膀已经张开，看上去似乎正要从他入神地注视着的事物旁离去，本雅明这样描述历史的天使：‘他的脸朝着过去。在我们认为是一连串事件的地方，他看到的是一场单一的灾难。这场灾难堆积着尸骸，将它们抛弃在他的面前。天使想停下来唤醒死者，把破碎的世界修补完整。可是从天堂吹来了一阵风暴，它猛烈地吹击着天使的翅膀，以致他再也无法把它们收拢。这风暴无可抗拒地把天使刮向他背对的未来，而他面前的残垣断壁却越堆越高直逼天际。这场风暴就是我们所称的进步。’”[②]

《在西瓜糖里》里确实存在一个本雅明式“历史的天使”所面对的场景。一旦我们愿意完成这样的一个背景置换，一旦这件事取决于我们自己，《在西瓜糖里》里的“遗忘工厂”就会成为本雅明笔下堆积在“历史的天使”脚下的“世界历史垃圾山”。“遗忘工厂”在布劳提根笔下非常古老，似乎像世界历史一样古老；也非常大，“它是个大地方，比我们大多了”[③]，似乎自古以来存在过的世界都在这里堆积着；“遗忘工厂”下一节的标题就是“与垃圾们的谈话”，这一节的结尾是一个场景描写，读起来简直就是本雅明笔下天使所面对情形的翻版：“工厂一点点升高，耸立在我们上方，直到大堆大堆被遗忘的东西成为至少绵延百万英里的山脉。”[④]

当然布劳提根的小说中没有出现天使，也没有写到来自天堂的风。不过，当我们想到，本雅明笔下的天使除了克利的画作外，另有一个卡夫

① 朱立元主编：《后现代主义文学理论思潮论稿》，上海人民出版社 2015 年版，第 92 页。
② 朱立元主编：《后现代主义文学理论思潮论稿》，上海人民出版社 2015 年版，第 93 页。
③ 布劳提根：《在西瓜糖里》，王伟庆译，人民文学出版社 2021 年版，第 73 页。
④ 布劳提根：《在西瓜糖里》，王伟庆译，人民文学出版社 2021 年版，第 75 页。

卡式来源时，我们就会知道，实际上本雅明笔下的天使也非任何传统建制宗教意义上的天使，也没有暗示有一个对来自这样意义的天堂的信念。在本雅明对卡夫卡《中国长城建造时》的著名评论中，他给出了自己关于“历史的天使”想象的卡夫卡式背景：“如果一个个体（他叫弗兰茨·卡夫卡）要与现实对抗——这是我们所处的现实，它的理论缩影例如是现代物理学，实际缩影是战争技术，显然必须指望这种传统的力量。我的意思是，个体几乎体验不到这种现实，而卡夫卡的无比欢快、遍布天使的世界是对他的时代的补充，因为他的时代将要大规模地消灭这个星球上的居民。民众偶尔才会有这种被大规模消灭的体验，而卡夫卡本人的体验与这种体验一致。”①

那么卡夫卡是如何描写“无比欢快”的“天使”的呢？这个问题没法回答，因为卡夫卡笔下并没有真实的天使，或者说卡夫卡并没有真实地描写天使，所谓卡夫卡笔下的天使是本雅明的一个虚构，正如其“历史的天使”也是一个虚构。

卡夫卡笔下有会飞的形象，这形象就出自《一场战斗纪实》中的祈祷者对自己生活方式的描写，从某个侧面看，本雅明上述评述似乎指的就是这段描写。在这段描写中，战争形象也出现了，但接下来卡夫卡笔下能够“扑翅飞翔”的形象却并不像天使——卡夫卡是这样写的：“我们正在建造众多本来无用的战争机器、塔楼、城墙和丝绸的帷幕，如果我们对此有时间，我们对这些东西会更加感到惊奇。我们始终飘浮在空气中，我们不会坠落，我们扑翅飞翔，尽管我们比蝙蝠更丑恶。”奇妙的是，和本雅明“历史的天使”想象相似的是，接下来卡夫卡笔下似乎也出现了某种终末救赎的暗示，尽管细看是幻觉，实际上什么都没有发生，未来也并不会有什么改变：“美好的日子即将来临，到那时，几乎没有谁会妨碍我们说：‘天哪，今

① 本雅明：《经验与贫乏》，王炳钧、杨劲译，百花文艺出版社 1999 年版，第 384—385 页。

天是一个美好的日子。'因为我们早就被安排在我们的地球上,我们生活的基础是我们的协调一致。"[①]然而,卡夫卡笔下确实出现了"天使"的字样,或者说出现了"天使的名字",但这种情况下的"天使"只是马戏团里的角色扮演:"赛马场的入口前搭起了一个长而矮的舞台,几百名女子装扮成天使,身裹白布,背上插着大翅膀,吹奏着金光闪闪的长喇叭。"[②]

勉强符合本雅明所说的卡夫卡的"无比欢快、遍布世界"的,大约只有卡夫卡笔下满世界跑着的皇帝或国王的信使,他们实际上是玩某种游戏的孩子,并非"天使":"他们面临选择,是成为国王还是成为信使。出于孩子的天性,他们全要当信使,他们匆匆赶路,穿越世界,由于不存在国王,他们互相叫喊着那些已经失去意义的消息。他们很想结束这种可悲的生活,但由于职业誓言的约束,他们不敢这么做。"[③]

有些吊诡的是,在后现代今天,本雅明的"历史的天使"形象常常被解释为对现代性危机的批判。同样还是在上述那本论述本雅明与后现代主义联系的书中,我们可以读到如下抒情诗人般的解读:"技术与社会一经分离就播下了进步的灾难和不祥的种子,并且终于 20 世纪的蓬勃疯长,进步成为唯一的尺度、成为进步本身。历史天使的翅膀被天堂的风鼓动,而大风不断堆积废墟并抛掷其脚下,进步的神话成为持续的灾难。"[④]上述卡夫卡式的背景一旦被引用,这种自古以来就不断被重复的关于历史救赎的陈词滥调马上就会获得某种喜剧意味。或许,在历史哲学领域,陈词滥调也是尼采式"永恒复返"的另一种表达形式。

本雅明也不相信有任何意义上的天使,其不相信的程度与他所引用的卡夫卡相当。这一点,读者只要稍微回忆一下他对布罗德在《卡夫卡

---

① 叶廷芳主编:《卡夫卡全集(第一卷)》,中央编译出版社 2015 年版,第 248 页。
② 卡夫卡:《失踪者》,姬健梅译,文汇出版社 2020 年版,第 229 页。
③ 叶廷芳主编:《卡夫卡全集(第五卷)》,河北教育出版社 1996 年版,第 7 页。
④ 朱立元主编:《后现代主义文学理论思潮论稿》,上海人民出版社 2015 年版,第 95 页。

传》中使用“神圣”一词的鄙夷态度就可以明白。在他看来,这一点是现代学术不言自明的假定和已经形成的新传统:“难道还需要提醒,‘神圣’这一称号除了表示传统形成的宗教观念,不过是一句文学套话?”①和“神圣”一样,本雅明的“新天使”显然不表示任何意义上的宗教观念,因此只能被视作“文学套话”。任何被宣称的“新”都必定预设了一种相应的对于“旧”的遗忘,遗忘历史的意识状态是产生“新”的幻觉的必要条件,“新”使尽浑身解数来避免自己成为“传统(已经)形成(过)”的这种意义上的“旧”,以及避免自己成为“传统形成性”的这种意义上的“旧”——对这双重意义上的“旧宗教传统观念”的刻意回避,显示出来的正是本雅明所持有的根深蒂固的“现代进步”观念本身。在本雅明式的后现代视野中,“神圣”不具备实质性内涵,只是文学修辞学意义的比喻;被引用的卡夫卡在本雅明文本中具体的“可被引性”恰是理解本雅明的恰当方式,本雅明引用卡夫卡实际上是用自己的意志改变卡夫卡,把卡夫卡变形成本雅明自己的“历史的天使”,这个天使不会被来自天堂的进步大风吹走,因为后者实际上来自本雅明的想象世界,“天堂”和“天使”之名只是本雅明进行神学煽情的哲学面具。本雅明显然知道“训练有素”的读者的庸俗趣味。卡夫卡没写过天使和天堂,让卡夫卡做自己历史哲学论证和见证的本雅明却写了天使和天堂。卡夫卡也没有像本雅明一样“使尽浑身解数”来使自己“成为不可阐释的”②,以如此方式来理解和解释卡夫卡倒是本雅明使自己令读者着迷并困惑不解的“解数”之一。

明白了这一点,就可以看到,本雅明的“历史的天使”背后的“历史哲学”恰恰不是对未来灾难的预言,甚至不是任何意义上的预言,而是关于如何操作过去时间(历史)使之成为当下某种生活方式的“使用说明”。实

① Hermann Schweppenhäuser, ed.: *Benjamin über Kafka: Texte, Briefzeugnisse, Aufzeichnungen*, Suhrkamp Verlag, 1981, p. 49.

② 本雅明:《经验与贫乏》,王炳钧、杨劲译,百花文艺出版社 1999 年版,第 360 页。

际上,本雅明要说的是,自然的历史不会成为废墟,废墟是对自然历史的人类学和文化哲学的理解,因此是需要进行文本化处理的对象,或应该成为文化哲学研究的恰当对象,而进行如此处理的最好方式,就是径直把历史文本化,把历史等同于历史中的文本。

实际上,在他这个"历史的天使"脚下堆积如山并将不断升高的垃圾堆,所寓言和比喻的正是以往的文学文化文本。讽刺的正是这个天使将这些历史中的文学文化文本视作同质的碎片:"在我们认为是一连串事件的地方,他看到的是一场单一的灾难";这"单一的灾难"随即被理解为一个"破碎的世界",既"破碎"又"单一"的世界可以说就是一个彻底同质化和同一化的世界。认为本雅明有"对于同一性哲学的反感"和"对于理性主义同一性的不满"①,或许是对的,但如果认为这种"反感"和"不满"就足以使得本雅明反对"同一性哲学"和"理性主义的同一性",肯定是个误解。事实上,"反感(一连串事件的)同一性"的本雅明和"爱欲(单一灾难)同一性"的本雅明,是同一个本雅明在其间来回折返的两个封面。很有可能是巧合,与《在西瓜糖里》一样,作为其中一个封面形象的"历史的天使"出现的位置也正好是《历史哲学论纲》的正中间:《历史哲学论纲》一共十八小节(第十八小节又分为 A、B 两部分),"历史的天使"是第九小节。

这让笔者意识到,在《历史哲学论纲》开头处,本雅明讲了一个小故事,这个故事中"驼背侏儒"就是另一个"封面形象"。这个故事是以"讲故事"的方式被讲述的。以这种方式,本雅明暗示,整个《历史哲学论纲》就是一个"文学故事":"有一则故事讲一个机械装置。这机械装置制作得十分精巧,它能和人对弈,且棋艺高超,对手走一步,它就应对一步。对弈时,棋盘放在一张大桌子上,棋盘一端坐着一个身着土耳其服装,口叼水壶烟的木偶。一组镜子让人产生幻觉,误以为桌子的每一面都是透明的。

① 朱立元主编:《后现代主义文学理论思潮论稿》,上海人民出版社 2015 年版,第 97 页。

实际上,一个驼背侏儒藏在里面。这个侏儒精通棋艺,用线牵动木偶的手,指挥它走棋。类似地,人们可以为这个装置想象一个哲学对应物,那木偶就叫'历史唯物主义',它将战无不胜。只要借助于神学之力,它轻而易举就堪与任何人匹敌——而神学,我们知道,今天已经形容枯槁,不便再现于人前了。"①本雅明在此一反常态地生怕读者看不明白,采用了向小孩子解释寓言故事的寓意的方式来讲述他的"历史哲学":木偶是"历史唯物主义","神学"就是隐藏在木偶背后的驼背侏儒,神学通过某种骗术(镜子与细线)控制着"历史唯物主义",后者借着神学之力轻而易举地战胜对手。

在这个故事中,本雅明很清楚地说了他想说的事:历史唯物主义其实是一种现代化了的神学,是对更古老、更经典形态神学的一种化妆——因为后者"已经形容枯槁"(本雅明在此否定了尼采的说法,上帝没死,上帝只是显得苍老了)。

我们可不能被本雅明讲给小孩子听的故事给骗了,被他试图转移我们注意力的"镜子"(他所讲的故事)和"细线"(他用以联系故事中的机械与历史唯物主义的叙述行动)给转移了注意力,去纠缠真正的历史唯物主义到底是不是他所说的这么一回事,而看不到他实际想要达到的目的。如果我们这样做了,那将证明我们还配不上做本雅明的"老练的读者",还得好好地向他学习"如何讲故事"。

本雅明到底是什么意思呢?他实际上要说的是,由于上帝是神,因此很容易就能发明一种新的神学来使自己恢复青春活力,并以新的面目"再现于人前"——这就是他的"新天使"。

---

① Walter Benjamin: "Theses on the Philosophy of History", in Walter Benjamin: *Illuminations: Essays and Reflections*, trans. Harry Zohn, Schocken Books, 1969, p. 253.

第五节　“驼背侏儒”与布罗德

今天的读者如果从包括网络在内的各种资料文献中去检索克利的画作《新天使》,就会发现一个有趣的现象,克利的这幅画基本上已经被本雅明对它的评说覆盖了,似乎只是单纯作为本雅明说法的一个粗糙示意图而存在。在本雅明的“历史的天使”的巨大身影下,这幅画本身已被“遗忘”。这幅画里并没有残垣断壁,它自身倒是作为被拆解过的物件成为本雅明“遗忘工厂”废墟里的一个碎片。

1921 年本雅明在柏林的一个小型画展上见到了这幅画,两个月后他花了一千马克在慕尼黑买到了它,并一直珍藏在身边。即使在流亡巴黎的时候,他也不忘托人把这幅画带回来。《新天使》作为一个历史的碎片,在本雅明几十年如一日的凝视和召唤活动中,终于在写作《历史哲学论纲》的某个片刻被活化为真正的天使和已经降临的后现代弥赛亚。“新天使”就是变年轻了的“驼背侏儒”。

“驼背侏儒”又是谁呢?就本雅明的“历史的天使”之于后现代历史观的示意性价值来说,这一问题的重要性并不亚于本雅明对于克利画作《新天使》的凝视。从文学—传记双重角度,可以看到这个形象混合了尼采笔下扎拉图斯特拉故事中的“侏儒”和卡夫卡最亲密的朋友布罗德。尼采版侏儒的形象容易理解:在与扎拉图斯特拉对话时已经能够说出“一切笔直之物都在说谎,一切真理都是弯曲,时间本身是一个圆环”的“侏儒”,在本雅明写作的时代已经成长为一个“新神学家”。

解释布罗德与“驼背侏儒”的关系需要稍微费些周折。本雅明与布罗德显然是非常不同的人,如果不是因为卡夫卡,二人可能不会有任何交集。布罗德是通过卡夫卡这个中介在本雅明生命网络中“出场”的。问题就出在这里:二人都对卡夫卡作品有很高的评价,都在某种意义上把卡夫卡视作“天使”,但从本雅明的视角看,他们二人无论是对卡夫卡还是对天使的理解似乎都非常不同。随着布罗德在卡夫卡去世后作为卡夫卡的密友、遗嘱执行者和身后作品的编辑者进而成为卡夫卡作品的权威解释者,这种不同似乎变得越来越难以令本雅明容忍。

布罗德在1937年完成六卷本《卡夫卡文集》的编辑工作之后,随即又推出了自己写的《卡夫卡传》。由于这部传记采用了和《卡夫卡文集》相同的版式设计,并在同一家出版社出版,因而被认为包含了布罗德的某种“野心”,似乎布罗德打算以这种方式把自己嵌入卡夫卡——他不但要把自己与卡夫卡共有的人生故事写入这部传记,而且要把这部传记纳入卡夫卡作品集,从而完成与卡夫卡的“共生”。

本雅明对布罗德不满的情绪很可能在读了这部传记之后爆发了,其结果就是他在1938年致肖勒姆的书信里写了一篇并非“说好话”的书评,书评就是这封信的前半部分。本雅明曾试图将这一书评单独发表,但终未能如愿,最后是以收于其之后出版的书信集的形式问世的。在写作“书评”之前,在致肖勒姆的另一封书信中,本雅明写道:“我此间提到卡夫卡,因为这部交织了卡夫卡式无知与布罗德式聪明的传记似乎揭示了精神世界的某个区域,在这个区域中,白魔法与明目张胆的巫术以最有教益的方式相互作用。我还没有能够读多少,但我立即就为自己找到了一句可用的绝对律令:‘以这样的方式做事,以便让天使们有事可做。’”①这句半开玩笑的话其实透露出一个事实:尽管本雅明对布罗德所写的卡夫卡传记(在他读完这部传记之后)嗤之以鼻,但这不妨碍他在读布罗德的这本书的过程中对“精神世界的某个区域”有了新的认识,更不妨碍他从中获取

① Howard Eiland, Michael W. Jennings: *Walter Benjamin: A Critical Life*, The Belknap Press of Harvard University Press, 2014, pp. 602-603.

对自己有用的观点或说法——上面引文中的“绝对律令”实际上出自布罗德在传记中所引用的卡夫卡的一封信,信中卡夫卡引用了克尔凯郭尔作品中的一段话,本雅明找到的那句话就出现于这个段落。

在布罗德《卡夫卡传》中,包含这句话的段落是这样的:“就好像在一个童话中,一旦正确的语词被说出,被咒语封印百年的城堡就会轰然洞开,所有事物恢复生机,存在受到充分关注。天使们有事可做了,他们好奇地看着从中能发生些什么,因为这关他们的事。”①显然,如果不是读了布罗德,本雅明很可能根本不会知道克尔凯郭尔的这个说法,而这个说法之于本雅明解读卡夫卡(致肖勒姆信倒数第二段用到了这个说法),特别是对其所谓“历史的天使”想象显然具有指导性意义。不难发现,卡夫卡笔下此时观看正在发生某事并打算对正在发生的事做些什么的“天使”,一旦被本雅明用康德式“绝对命令”进一步想象和稍加改造,就会成为他笔下承载某种历史哲学使命的“历史的天使”。此时本雅明显然并不认为自己对于“天使”的使用有何问题,虽然他在书评中嘲讽布罗德使用“神圣”这类“文学套话”范畴解释卡夫卡,但似乎他自己的“天使”并不是此类“文学套话”。让我们再次强调这一点:除了克利的《新天使》,布罗德的《卡夫卡传》也是本雅明“历史的天使”想象的重要来源。卡夫卡能被本雅明的历史哲学恰当地征用,不是本雅明的“历史的天使”创造的奇迹,而是布罗德为本雅明带来的奇迹。

布罗德《卡夫卡传》的读者会意识到,本雅明《历史哲学论纲》中由“驼背侏儒”所代表的已经“形容枯槁”且“不便再现于人前”的神学,正是布罗德据以解释卡夫卡的那种“神学”。在《卡夫卡传》中,布罗德把卡夫卡的问题还原为“古老的约伯问题”,大谈“上帝的正义世界和人的伦理世界互

① Max Brod, Franz Kafka: *A Biograpy*, trans. C. Humphreys Roberts, Richard Winston, Schocken Books, 1960, p. 171.

相裂开”,“人的理解力与神的仁慈之间的距离”,以及“人与神在这个歪斜平面上关系”的“不可逾越性”①。本雅明瞧不上这种过于直截了当、不够含蓄的“神学”(尽管他关于卡夫卡世界的“椭圆说”其实就脱胎于布罗德的看法),更重要的是他瞧不上布罗德与卡夫卡的友谊。他甚至不无嫉妒地相信,卡夫卡在临终时肯定后悔自己与布罗德走这么近:“他(指卡夫卡)与布罗德的友谊是他在生命结束时试图画上的一个问号。”②他是在写给肖勒姆的书信中写这句话的,他其实更想为这一关系画上句号。他认为布罗德不应该再在卡夫卡学界抛头露面出风头了,应该被装在像《历史哲学论纲》开头故事所描写的那样的盒子里:布罗德就是那个“驼背老人”。“驼背”是布罗德与生俱来的生理缺陷,凡是见过他的人都能看出来。

本雅明的“历史哲学”可视作某种心理学神学,或者说灵魂学,但最重要的是,它是一个文学叙事,是对一个历史唯物主义者如何变形为非历史的唯灵主义者的过程的描述。无论谁从现代政治哲学学科意义上去理解它,很快就会遭到这种文学想象的反讽。重要的是,在这一变形过程的描述中,尼采的历史之门并没有消失,它只是看上去无限地缩小了。本雅明的《历史哲学论纲》的结尾为后现代开了一道神学可以从中溜进来的小门,“每一秒的时间都是弥赛亚可能从中穿越过来的小门”③。本雅明笔下的“新历史唯物主义”就蹲守在这道小门前,这里已经没有卡夫卡式的守门人了(我们现在发现,德里达所谓历史之法,早在本雅明这里被废除了)。因为他现在同时也是守门人,他会觉得自己有必要辨识出一个弥赛

① 布罗德的这些表述散见于其《卡夫卡传》第六章“宗教观的发展”。参见布罗德:《灰色的寒鸦:卡夫卡传》,张荣昌译,北京十月文艺出版社 2010 年版,第 167—194 页。

② Hermann Schweppenhäuser, ed.: *Benjamin über Kafka: Texte, Briefzeugnisse, Aufzeichnungen*, Suhrkamp Verlag, 1981, p. 88.

③ Walter Benjamin: "Theses on the Philosophy of History", in Walter Benjamin: *Illuminations: Essays and Reflections*, trans. Harry Zohn, Schocken Books, 1969, p. 264.

亚式时间，这个时间实际上是非时间的时间粒子，堪称普朗克时间的哲学对应物。他现在相信一定存在这样的东西，他能够从任何一个瞬间中认出这么一个东西。为被压迫阶级而进行的斗争，现在变成了为被压迫的每个时间片段或瞬间而进行的斗争。这后一种斗争更具有精神性，因为它同时还是对前一种斗争的重新理解。现在，尼采式的侏儒或本雅明式的驼背老头只需凝神观看某个历史瞬间，耐心等待它变成可以被引入世界的救赎性时间，变成那道神秘小门，变成弥赛亚本人。

一旦完成了这个变形过程，接下来的事情就无关新神学的事了，旧神学可以从这个时间节点接手了。这个过程作为一个整体，确实包含了本雅明式的新神学，一个由“新天使”所代言的“新神学”。不过，和上述那个变形过程一样，一旦完成这个代言，新天使的使命就结束了，不会由更高一级的权威或监管机构来检测这个神学在实际的历史进程中所能产生的效果。因此在某个时刻，若宣称这种新神学承诺了某种拯救历史的具体方式，那就会使它显得像某种夸大了治疗效果的药品广告。当代本雅明权威传记作者在试图尽可能用本雅明自己的话理解本雅明的历史哲学时，确实也感到了几分无话可说、没话找话的尴尬和只能强词夺理的无奈。“要理解复数形式历史事件的永恒性，实际上是要理解它们瞬间性的永恒性”，对这种永恒瞬间性的欣赏、把玩将为“真正的历史存在”准备道路——在真正的历史存在中，欢欣与哀伤是一回事；但如果你非得要问这种“被救回的人性”看起来像什么，从它之中又能得出什么来，“那就是在提不会有答案的问题”。①

“某个瞬间变成永恒”的这种弥赛亚式的瞬间体验必然在历史时间中附身在一个弥赛亚身上。本雅明在揭示这个道理或神学的历史时刻，自

---

① Howard Eiland, Michael W. Jennings: *Walter Benjamin: A Critical Life*, The Belknap Press of Harvard University Press, 2014, p. 661.

已就扮演了一个弥赛亚和一个新天使的历史角色。实际上也正是得益于如今已是经典的本雅明及其“历史的天使”，笔者才能考察布劳提根与本雅明的可能性联系。无论布劳提根是否读过本雅明的“历史哲学”或“历史的天使”，他对历史时间片段的“门化”的想象都是本雅明式的。

在布劳提根的另一部作品《在美国钓鳟鱼》中，叙述者来到了一个叫作“克利夫兰拆解场”的地方，这个地方很像另一个“遗忘工厂”，也像本雅明笔下“历史的天使”脚下堆积起来的无数的历史之门。“克利夫兰拆解场”中有待拆解或已经被拆解成零件的旧东西以及由旧东西制作而成的新东西并置在一起所形成的东西，这很像后现代文学的一个缩影。后现代式的解构、拼贴、切割、碎片化等，应有尽有。在令人目不暇接的从内容到形式的后现代式展示中，布劳提根特别展示了一幅本雅明式的图像，无数个已成为过去的时间片段或“历史瞬间”由此被叙述者同时看到了：“我走上楼，那里有几千扇门。我从没见过那么多门。用这些门，你简直可以造出一座城市来。就叫它‘门城’吧。那里的窗户也足够造出一个郊区了。就叫它‘窗郡’吧。”①有意思的是，“拆解场”的确是本雅明式文学批评现场的精确描绘，他在《德国悲剧的起源》中曾写过“批评即拆解作品”这样的句子，据说如此方式的批评是“死亡救赎思想在文学批评中的实现”，其要义是“在世界经验性的层面上”揭示“世界的废墟性与经验的片段性”，进而“穿越废墟以找回遗失的本真性的世界经验”。② 如果对本雅明的这一判断以及本雅明的判断都是正确的，那么本雅明的思考仍在海德格尔式生存论模式内打转。

---

① 布劳提根：《在美国钓鳟鱼》，陈汐、肖水译，广西师范大学出版社 2018 年版，第 157 页。

② 朱立元主编：《后现代主义文学理论思潮论稿》，上海人民出版社 2015 年版，第 102 页。

第六节　《巨翅老人》何以“似曾相识”

在《在西瓜糖里》发表的同一年也就是1968年,拉美魔幻现实主义文学大师加西亚·马尔克斯写了另一篇向本雅明笔下“历史的天使”致敬的作品,即《巨翅老人》。实际上,一旦我们在想象中把马尔克斯笔下的“巨翅老人”置放到布劳提根笔下的“遗忘工厂”前面,就会发现这其实就是本雅明笔下“新天使”的后现代版。和本雅明笔下的变老的神学一样,如今他的“新天使”也“变老”了。看来随着历史的自然进程,任何曾经新的东西也都会变成旧的,哪怕这东西是文学性的东西,因为文学性的东西会在文学史中变老。但是,只要读者有足够好的记忆力,他或她也有可能透过历史和时间的迷雾,从字里行间看出一些隐蔽的线条和图案,正如从岁月的沧桑中辨识模糊往事的面容。马尔克斯笔下的佩拉约夫妇在其现实生活中显然是第一次见到不知如何降临到他们身边的“巨翅老人”的,却在“观察了一会儿”以后,又“觉得似曾相识”。[①] 马尔克斯的这一描写显然是个暗示,暗示我们读者也要在文学史中看到与眼下这个巨翅老人“似曾相识”的东西。马尔克斯以这种方式教育我们如何进行文学阅读。

我们看到,马尔克斯笔下的“巨翅老人”,按照作品中某位“通晓生死的女邻居”的说法,其真实身份是一个“天使”,是“一场天庭叛乱中逃亡的幸存者”。[②] 这后一点在笔者看来,是马尔克斯对本雅明笔下天使形象合乎情理的增补性想象,因为本雅明笔下的天使最后确实是被从“天堂”吹来的“风暴”推向了天使并没有能力抗拒的未来的。马尔克斯看似喜剧风

① 马尔克斯:《世上最美的溺水者》,陶玉平译,南海出版公司2015年版,第4页。

② 马尔克斯:《世上最美的溺水者》,陶玉平译,南海出版公司2015年版,第4—5页。

格的想象包含了对本雅明笔下天使形象真实身份的进一步揭示。马尔克斯让读者更清楚地看到，在本雅明的“历史的天使”想象中，天使其实并非天堂的服从者而是“叛乱者”。

马尔克斯笔下那个女邻居的说法（“这个时代的天使都是一场天庭叛乱中逃亡的幸存者”）的含混性在于，读者无法从中判断眼前的这个天使属于发动叛乱（最终失败）的一方的幸存者，还是平定叛乱（最终失败）的一方的幸存者。应当说，这是马尔克斯有意为之的含混，而这一含混的意图是清楚的。他要让读者看到，在那场天堂叛乱中无论本雅明式天使站在哪一方，它都会是天堂掌权者的“敌对者”：它要么是叛变开始时天堂掌权者的敌对者，要么是叛变结束后天堂掌权者的敌对者，做一个掌权者的敌对者，看来是本雅明式天使基于自身天性的一种选择。

借由马尔克斯的这一揭示，我们注意到，本雅明所描写的“风暴”所指向的对象只是“历史的天使”，天堂的掌权者对象征着人类文明的“一连串事件”并无敌意，也并不想把其“一扫而空”。天堂吹来的大风倒是想要把“唤醒死者”的“历史的天使”们一扫而空。似乎是担心读者看不出其笔下天使与本雅明笔下天使的联系，或者怕我们看不出他的意图，马尔克斯还让他笔下的天使以明显而可笑的方式对本雅明笔下从天堂里吹来的大风进行了一次肆无忌惮的滑稽模仿：“他扇了两下翅膀，鸡粪和尘土开始旋转，刮起一阵世上少见的可怕狂风。”①他笔下的大多数人随之马上明白，这个天使其实并非善类：“他的逆来顺受并不属于一位安度暮年的英雄，而是在酝酿一场灾变。”②

本雅明笔下只能从过去中看到单一灾难的“历史的天使”在马尔克斯笔下遭到了嘲弄。“巨翅老人”所“酝酿的灾变”至少在小说结束时并没有

① 马尔克斯：《世上最美的溺水者》，陶玉平译，南海出版公司2015年版，第8页。
② 马尔克斯：《世上最美的溺水者》，陶玉平译，南海出版公司2015年版，第9页。

下文，也就是说没有“应验”。本雅明写了他笔下“历史的天使”打算“唤醒死者”，并把“破碎的世界弄完整”，但没写他会如何与活着的人及活着的人所在的世界相处，而马尔克斯则把这个“历史的天使”下放到了人民群众中间去接受教育。在马尔克斯笔下，能够衬托“历史的天使”崇高地位、渲染其现身之神圣氛围的启示录式“世界尸骸”及其“直逼天际”消失了，天使现在“脸朝下趴在烂泥里，不管怎么使劲也站不起来”[①]，显然有意与“脸朝着过去”向着“未来”御风而行的本雅明笔下的“历史的天使”的形象构成对照。“天际”对“烂泥”，是为字面上的云泥之别。

小说中包括堂区神父贡萨加在内的几乎所有人物都怀疑其天使的身份，笔者认为这也是马尔克斯没让“天使”之名出现在题名之中的原因之一。在小说中，马尔克斯还列举了若干值得怀疑其身份的证据，从中可见对于“语言”和“见证”的后现代式怀疑。

首先是语言问题。贡萨加神父据以判断“巨翅老人”不是天使的证据之一就是语言，因为当他用“拉丁文”向后者问候时，后者显然听不懂，也没向他这个“上帝在人间的使者”回以问候。这里的搞笑之处在于，神父认为上帝说拉丁语，但无论犹太教中的上帝还是基督教中的上帝，其最初所讲的语言要么是希伯来语，要么是希腊语，并非拉丁语。不过要点似乎并不在这里，因为从根本上说我们实际上并不知道上帝讲什么语言。在马尔克斯笔下，语言问题就这样横亘在上帝的两类使者之间，成为无法逾越的障碍。这更让我们怀疑本雅明的天使该用什么语言“唤醒死者”和“修补世界”。马尔克斯显然并不相信本雅明的所谓“纯语言”。

其次是见证问题。作品中见过“巨翅老人”的人很多，但这些“见”未能使见者确证其所见到底为何。神父先是怀疑“巨翅老人”是无害的冒牌货，因为他“近看太像人类了”，“看不出一丝一毫天使该有的不同凡俗的

① 马尔克斯：《世上最美的溺水者》，陶玉平译，南海出版公司 2015 年版，第 3 页。

庄严”①;后又怀疑其是有害的魔鬼,因为他比人类多了一副翅膀,这在神父看来属于一种“花哨的手段”,“就像不能依靠翅膀来区分雀鹰和飞机一样,靠翅膀来确认天使更不靠谱”②。我们知道,本雅明笔下被称作“天使”的形象,除了“天使的名字”外,所能证明其为天使的唯一证据,就是其“翅膀”。马尔克斯就这样消解了本雅明笔下“历史的天使”的严肃性。到了医生为天使检查身体时,马尔克斯再次提醒读者注意这副翅膀。此时医生感到的“神奇”已经不是对翅膀本身的感受了:“他那对翅膀长得十分合理,在完全是人的肌体上显得那么自然,让人觉得别的人没长翅膀反倒难以理解。”③

《巨翅老人》还包含了对卡夫卡《变形记》《饥饿艺术家》《家长的忧虑》等作品的后现代式致敬。当我们考虑到本雅明也是卡夫卡著名的评论者的时候,考察这一用典很自然地会把本雅明的“历史的天使”推向更具狂欢意味的后现代景观的中心。

《家长的忧虑》中的奥德拉戴克被本雅明称作“被遗忘的事物”所采取的形式。它在卡夫卡的作品中有一种惊人的运动能力,“它交替地停留在阁楼、楼梯间、走廊、楼道里”,当人们问它住在哪里的时候,它会说“无确定居所”。④ 不难辨认出,它依稀就是马尔克斯笔下的天使:“刚用扫帚把他从卧室里赶出去,转眼他就又出现在厨房。他似乎能同时出现在好几个地方,人们开始想,这家伙是不是会分身术呀,能在房子里每个地方复制出一个自己来。”⑤原来,布劳提根式的“遗忘工厂”里所堆放的那些“被遗忘的事物”其实并非死物,而是能够随时活过来的有生命的历史物,只

① 马尔克斯:《世上最美的溺水者》,陶玉平译,南海出版公司2015年版,第6页。
② 马尔克斯:《世上最美的溺水者》,陶玉平译,南海出版公司2015年版,第6页。
③ 马尔克斯:《世上最美的溺水者》,陶玉平译,南海出版公司2015年版,第12页。
④ 卡夫卡:《变形记:卡夫卡中短篇小说全集(卷一)》,文泽尔译,万卷出版有限责任公司2023年版,第240页。
⑤ 马尔克斯:《世上最美的溺水者》,陶玉平译,南海出版公司2015年版,第12页。

要有某个“历史的天使”能以合适的名字召唤之,它们就会复活成或可怕或可爱的文学形象。

而聚集在天使栖身其中的鸡窝前,毫无敬意地戏弄着天使的村民,实际上把天使变成了卡夫卡《饥饿艺术家》中“马戏团里的动物”。像卡夫卡作品中人们对马戏团笼子里豹子的兴趣在后来取代了对饥饿艺术家的兴趣一样,鸡窝中的天使在吸引人们的眼球的竞争中,也被一个变成蜘蛛的女孩“打败”,从而彻底失去了“天使的尊荣地位”。① 身旁堆满果皮和剩饭但几乎不吃人类食物、“像只没有主人的动物”、拖着身子爬来爬去、最后差点死去的天使,则同时叠合了在卡夫卡作品中实际上死了的饥饿艺术家和格里高尔的形象。而当我们想到,纳博科夫曾相信格里高尔所变成的动物其实是一只硬壳下有翅膀能飞行的甲壳虫时(只是令纳博科夫遗憾的是格里高尔没发现自己隐藏的翅膀)②,卡夫卡笔下的格里高尔离马尔克斯的“巨翅老人”就更近一步了。

第七节　《这场风暴》中的互文风暴

在李德恩、马文香主编的“高等学校文科教学用书”《后现代主义文学导读》中,甘文平导读了将小说和多媒体相结合的美国后现代派作家劳瑞・安德森。安德森的作品被认为是比后现代主义更后现代的艺术作品。③ 这个作家虽然曾经与金斯堡一起朗诵诗歌,但显然比金斯堡更加与时俱进,不但包容了后现代派作品“文本形式的破碎性、文本意义的不

---

① 马尔克斯:《世上最美的溺水者》,陶玉平译,南海出版公司 2015 年版,第 10 页。

② 纳博科夫:《文学讲稿》,申慧辉等译,上海三联书店 2005 年版,第 223—224 页。

③ 甘文平:《将小说和多媒体相结合的美国后现代派作家劳瑞・安德森》,李德恩、马文香主编:《后现代主义文学导读》,河南大学出版社 2007 年版,第 911 页。

稳定性、文本的互文性、文本对历史和现实政治的关注以及高雅文化与通俗文化的交融”等特征，而且做了进一步创新——“她将后现代派小说的创作技巧和高科技，尤其是多媒体的艺术技巧和效果有机地融合了起来，使其具有科幻小说般的审美效果”，“对安德森而言，写完了小说并不意味着作家任务的终结，她除了写，还亲自讲，甚至表演她的作品”。[①] 这后一点就其实质而言，也可以说是现代出版和推广系统旨在加强与读者联系而策划的营销活动在后现代时期的新延伸。比如卡夫卡就曾赴慕尼黑朗诵自己的《在流刑营》。当然，后现代文学家对此类活动的参与，就规模和数量级而言，与前后现代文学家的做法相比，显然堪称喧宾夺主式的颠覆。甘文平在导读中列举了若干此类新手段：为文本配置各种插图，对文本进行补充说明；朗诵地点选在舞台、电影院、戏院甚至地窖、山洞和监狱；在演出《神经圣经》时，安德森使用小提琴、装满两大卡车重约三十五吨的计算机、十一种计算机语言和三个巨大的屏幕，屏幕上有各种疯狂的梦象；她用电脑模仿人的声音、鸟叫甚至想象中的外星人的语言；她会在舞台上使用微型炸弹；她自己穿着自制的女紧身衣连衫裤，裤子的各部分会发出不同的声音，像是古代的女妖。[②] 这些既是用来解释她的作品，事实上又构成了其作品的一部分。

《后现代主义文学导读》一书所收录的两篇安德森的小说，一篇是《战争是现代艺术的最高形式》，另一篇是《这场风暴》，似乎就是为了说明该作者的这种“比后现代主义更后现代”的性质。一下子就吸引笔者注意的是《这场风暴》。因为这一作品的奇怪之处，是它初看上去似乎是对本雅明“历史的天使”不加掩饰地抄袭：“她说：历史是什么？/他说：历史是一

① 甘文平：《将小说和多媒体相结合的美国后现代派作家劳瑞·安德森》，李德恩、马文香主编：《后现代主义文学导读》，河南大学出版社 2007 年版，第 911 页。

② 甘文平：《将小说和多媒体相结合的美国后现代派作家劳瑞·安德森》，李德恩、马文香主编：《后现代主义文学导读》，河南大学出版社 2007 年版，第 911—912 页。

个天使/正在被风吹回到未来。/他说:历史是一堆碎片,/天使想回去修补一切东西,/把破碎的东西修好。/但是从天堂吹来一场风暴/风暴不停地把天使吹/回到未来。/这场风暴,这场风暴/被称为/进步。"①

令笔者吃惊的还不止于此。甘文平随后从互文性角度对作品进行分析时,并没有提及本雅明,似乎本雅明在《这场风暴》中并不存在。于是在甘文平的分析中,《这场风暴》在布劳提根意义上成为一个"遗忘工厂"。本雅明的《历史哲学论纲》成为其中"被遗忘的作品"。笔者意识到,这是一个召唤笔者进入其中并赋予被遗忘之物以名字的弥赛亚时刻。毕竟,据说《神经圣经》的中心就在于"信息以及人们交流信息的方式",而安德森表演《神经圣经》文本的一个因不断复现而几乎成为神经病式的表述就是"我所要求的是记住我,如果被记住成为一个任务,那就忘了我"②。在记住安德森的要求的同时,我们也得承担起回忆本雅明的任务。

不过既然我们已经知道这个时刻本身被本雅明所赋予的意义,因此在进入这个时刻和这个时刻所要求于我们的任务之前,不妨有些耐心地先看一看甘文平在不知道或有意不提及本雅明"历史的天使"的情况下,对于这个作品所做的"比后现代主义更后现代的"解读或导读。这里或许包含着更深入具体地认识和解读包括后现代文学批评在内的整个后现代文学现象的一个契机。

在进入《这场风暴》文本之前,甘文平先谈的是安德森"使用最多的五大主题","时间"主题就在其中。他要为文本解读找到一个安德森式总体视野,而这个总体视野与"时间"有关。甘文平相信"安德森本人承认",安

① 安德森:《这场风暴》,甘文平译,李德恩、马文香主编:《后现代主义文学导读》,河南大学出版社2007年版,第915页。

② "Remember me is all I ask, and if remembered be a task forget me."(Woodrow Hood: "The Reason I've Been Talking About all of These Dead People: Cultural Resistance in Laurie Anderson's *Nerve Bible*", *Journal of Dramatic Theory and Criticism*, No. 13, 1998, p. 164.

德森本人“有一种新千年到来时的不安全感和恐惧感”，以及似乎因这种不安全和恐惧而来的“时间能回到过去”的“希望”；同时，他还相信安德森“也想用时间来调整这个异样的混乱无序的世界”，“所以，时间倒流即是希望时间回到过去”。[①] 在甘文平看来，艺术家安德森因出于对未来时间(尚未到来的某段不确定时期)具有的某种特殊的时间性质(“混乱、无序，一切都在消亡”)感到恐惧而怀有一种使用时间本身(尽管尚难以确定这指的是在艺术作品中作为艺术手段的“对时间的处理”，抑或是指艺术活动过程本身所延续的一段时间)来改变这种既像是处于现在时间内又像是处于未来时间内的世界秩序(这个世界的特点恰恰又是“混乱无序”)的希望。这一切都很费解，而最费解的则是“时间倒流即是希望时间回到过去”：希望回到过去时间的，是时间本身吗？以倒流方式回到过去时间的时间，是怎样的时间形态，实现的又是谁或是什么性质的希望？唯一能确定的是，我们要弄明白，确实如上述所引，需要在“时间”里“用时间来调整”，虽然很可能用很多时间也未必能弄明白这里的奥秘。

让我们花些时间往下看。“跟《战争是现代艺术的最高形式》一样，《这场风暴》也是由文字和图像构成，它的中心意义也存在于两个文本的互文中。”[②]——粗心的读者容易误解(笔者起初就搞错了)，以为这里说的“两个文本”指的是《战争是现代艺术的最高形式》和《这场风暴》。其实不是，“两个文本”实际上指的是“文字文本”和“图像文本”。“两个文本的互文”指的是《这场风暴》中由男女两个人物对话构成的文字文本与文字旁边由三张图片构成的图像文本之间的“互文”。因此很有可能的是，甘文平在解读《这场风暴》时不提及本雅明的“历史的天使”，是有意避而不

---

① 甘文平：《文本　图片　炸弹——评劳瑞·安德森的两个短篇小说的互文性》，李德恩、马文香主编：《后现代主义文学导读》，河南大学出版社2007年版，第920页。

② 甘文平：《文本　图片　炸弹——评劳瑞·安德森的两个短篇小说的互文性》，李德恩、马文香主编：《后现代主义文学导读》，河南大学出版社2007年版，第920页。

谈,因为他此时要谈的是安德森最新的“互文”形式。这一点其实他在前面已经谈过了,只是起初没引起笔者的特别注意:“在美国所有当代作家中,安德森的作品互文形式最多、最新、最丰富。她不仅使用传统的互文形式,而且还打破艺术类别的疆界,将各种画面、普通市民的谈话、电影、诗歌、歌曲、音乐、各种电子乐器的声音,甚至微型炸弹、她独特的衣着、她自己朗读或表演她自己作品的特殊声音、她表演的场所(舞台、电影院、戏院、地窖、山洞和监狱等),还有观众等因素和文本融合在一起,形成一个无所不包的‘互文网’,使文本的意义得到全方位的辐射和最充分的张扬,达到前所未有的奇特效果。”①

接着是对文字文本的解释性评述,评述者对文本每一句都进行了逐一解读,先复述一句,随后则是以破折号隔开的对此句的进一步解释。这一解读方式也可以看作互文之一种,破折号前的部分拼合在一起就是原文本,破折号后的部分拼合在一起就是评述文本。破折号显示的是理解过程的时间性标示,这个过程是对原文本的意义生成过程的逆向展示,是为某种意义的“回到过去”:“文字文本是一小段男女对话,它的大意是:历史是什么?历史是天使——历史是美好的过去;历史是一堆碎片——在世界末日来临时,一切都将毁灭,美好的过去也变得毫无价值;天使想回去修好破碎的东西——历史(时间)欲调整即将来到的混沌和无序世界;可是,从天堂吹来的风暴把天使吹向未来——进步希望时间回到美好的过去的同时,也希望它回到由过去顺延的未来,即过去的美好未来。”②

看到这里我们才意识到,安德森的文本对本雅明的文本进行了多大

① 甘文平:《文本 图片 炸弹——评劳瑞·安德森的两个短篇小说的互文性》,李德恩、马文香主编:《后现代主义文学导读》,河南大学出版社2007年版,第917页。

② 甘文平:《文本 图片 炸弹——评劳瑞·安德森的两个短篇小说的互文性》,李德恩、马文香主编:《后现代主义文学导读》,河南大学出版社2007年版,第920页。

程度的“变用”(abuse)[①](这个词通常被误译成有贬义的“滥用”,这显然是出于对后现代主义文学的偏见,甘文平改译为“变用”,实属为后现代文学策略拨乱反正之举)。在本雅明笔下,历史是历史,天使是天使,二者是两回事:历史在本雅明笔下是“一连串事件”或“单一的灾难”,而在历史与未来的中间,站着一个想要对历史做些什么的“天使”(他也因此面向历史背朝未来)。甚至,孤立地看通常被命名为“历史的天使”的这段文本,会发现其中根本没有出现“历史”之名,“历史的天使”中的“历史”之名多半是基于该小节所属于的大文本《历史哲学论纲》中的“历史”由评论者们增补上去的。

至少是在“名字”层面上,安德森文本中的历史和天使成了一回事:历史就是天使。而根据甘文平的解读,这句话的意思就是,历史像天使一样象征着美好。这一改动非同小可——它要么揭示了本雅明文本中原本无“天使”的真相(这种情况下本雅明的“天使”是一个文学修辞,一个比喻),要么颠覆了本雅明式的神学信仰(这种情况下意味着本雅明仍在某种意义上相信真的存在“神”与“天使”)。

不过,甘文平的解读需要面对一个问题:既然历史除了是天使,还是碎片,那么天使和碎片是什么关系?甘文平显然无法接受天使可以是碎片这个假定性解释,于是如我们刚看到的,在他那里或者在他所相信的安德森那里,过去的历史像天使一样美好,而未来的历史则会连碎片也不剩——碎片显然被解释者看成了令人不安的未来末日。在甘文平的解释里,“碎片”被“毁灭”替代,似乎也以这种方式毁灭了令人不安的“碎片”。似乎是为了避免这个可怕的前景,过去的美好历史才会像心怀善良愿望的天使一样把自己延伸到未来——对于甘文平所认为的安德森所担心的

① 甘文平:《文本 图片 炸弹——评劳瑞·安德森的两个短篇小说的互文性》,李德恩、马文香主编:《后现代主义文学导读》,河南大学出版社 2007 年版,第 916 页。

事情来说，至此好像并没有什么转机，因为这里毕竟还是要进入未来，甚至还是一个很难理解的“过去的未来”①。

或许评论者也意识到了上述解读的别扭，后来又“很自然地”联想到美国电影《回到未来》，试图理解那个很难理解的“过去的未来”。实际上，《这场风暴》文本中的“回到未来”对应原文本“backwards into the future”，而美国电影的原片名是 *Back to the Future*，即便其字面意义差别也很大。但眼下评论者也顾不了那么多了，宣称安德森的《这场风暴》是对《回到未来》电影文本的“变用”，甚至通过这种变用“深化”了主题。这无异于说《回到未来》的主题比《这场风暴》还要深刻。截至 2024 年 10 月，电影《回到未来》豆瓣评分 8.8 分，23 万人参与评分，其“讲述了一个少年在时间上被送回到 50 年代为他的未来父母做媒的故事，它通过时序倒错，并与现实的巧妙联系引起美国观众的怀旧情绪”②。通过将《这场风暴》与《回到未来》联系起来，我们亲眼见证了在本雅明那里原本寄托了其“历史哲学”的“历史的天使”是如何在科幻文化“时间旅行”想象中找到客观对应物的。

由于安德森艺术的实验性，《这场风暴》据说还有“稍微不同的文本”③。为更好理解其含义，笔者进行了有针对性的检索，却意外地发现了一个非常不同（而不是“稍微不同”）的文本。首先，笔者新发现的这个版本题为“从前的梦”。这个版本更长，比较后很容易看出，《这场风暴》中的对话在《从前的梦》中是“话中话”。也就是说，除《这场风暴》的对话之外，另有一场对话，作者以这种方式暗示《这场风暴》“话中有话”。和《这

① 甘文平：《文本　图片　炸弹——评劳瑞·安德森的两个短篇小说的互文性》，李德恩、马文香主编：《后现代主义文学导读》，河南大学出版社 2007 年版，第 921 页。

② 甘文平：《文本　图片　炸弹——评劳瑞·安德森的两个短篇小说的互文性》，李德恩、马文香主编：《后现代主义文学导读》，河南大学出版社 2007 年版，第 921 页。

③ 甘文平：《文本　图片　炸弹——评劳瑞·安德森的两个短篇小说的互文性》，李德恩、马文香主编：《后现代主义文学导读》，河南大学出版社 2007 年版，第 921 页。

场风暴》一样,《从前的梦》的文本是诗体:"汉塞尔与格莱特还活着并且活得很好/他们眼下住在柏林/她是一个酒吧女招待/他在法斯宾德电影中演过一个角色/他们现在晚上坐在那里喝杜松子酒/她说:汉塞尔,你真让我失望/他说:格莱特,你真可以当个婊子/他说:我把我的生命献给了我们愚蠢的传奇,当时我唯一的爱是邪恶的女巫。她说:什么是历史?/他说:历史是一个被倒退着吹向未来的天使/他说,历史是一堆废墟/天使想回去把事情弄好/修复已经损坏的东西/但是有一场暴风从天堂吹来/暴风不断将天使吹向未来/而这场风,这场风被称为进步。"①

值得注意的是,《这场风暴》中就"历史是什么"展开对话的一对男女的身份和关系在《从前的梦》中得到了明确:男人是格林童话《汉塞尔与格莱特》中的汉塞尔,女人则是该童话中的女巫——读《从前的梦》之前,读者恐怕会把他们看作一对情侣。读之后读者才知道,《从前的梦》中的汉塞尔和格莱特才是某种意义上的"情侣",他们是从格林童话世界中走出来的,他们的对话用的是现在时态。汉塞尔在与格莱特的对话中插入了一段当年与女巫关于"历史是什么"的对话,这段对话和《这场风暴》一模一样,用的是过去时态。虽说是对话,但读起来其实更像是汉塞尔的独白,因为女巫在问了"历史是什么"这个问题之后就没了回应。

格林童话故事背景的引入,或者安德森对格林童话的"变用",使得我

① Laurie Anderson:"The Dream Before", https://songmeanings.com/artist/view/songs/9884/,2024 年 5 月 9 日。原文如下:"Hansel and Gretel are alive and well/And they're living in Berlin/She is a cocktail waitress/He had a part in a Fassbinder film/And they sit around at night now drinking schnapps and gin/And she says: Hansel, you're really bringing me down/And he says: Gretel, you can really be a bitch/He says: I've wasted my life on our stupid legend/When my one and only love was the wicked witch. She said: What is history? /And he said: History is an angel being blown backwards into the future/He said: History is a pile of debris/And the angel wants to go back and fix things/To repair the things that have been broken/But there is a storm blowing from Paradise/And the storm keeps blowing the angel backwards into the future/And this storm, this storm is called Progress."

们必须重新考虑对《这场风暴》的解读。首先新的文本语境带来的一个阅读效果就是,前述甘文平的解读似乎显得更牵强了,因为无论是格林童话故事里被讲述的事情本身,还是一直活到今天的童话故事里的人物对自己经历的理解,作为某种过去的"历史",都不是天使般"美好的过去"——《汉塞尔与格莱特》故事里的时代背景是"全国都在闹饥荒"①,故事里的事件是父母抛弃孩子;《从前的梦》中被汉塞尔称作"愚蠢的传奇"的,既是《汉塞尔与格莱特》这个"历史"(文学史)中的故事,又是《汉塞尔与格莱特》中汉塞尔在其中所经历的这段"历史"。

《汉塞尔与格莱特》中茂密的森林和低矮的房屋也为安德森为《这场风暴》所配置的三幅画提供了新的意义指向,而这一新的意义指向,似乎悖论性地与甘文平的解读既契合又冲突。甘文平看出:"第一幅画里有三栋房子、两棵树和两座山。这幅画的背后重叠了无数幅内容基本相同但更丰富的画。它们是历史或世界的象征。第二幅画剩下两栋房子、一棵树和一座山。第三幅画仅有一栋房子。可以推测,第四幅画就是一片空白。它们的关系代表时间的流逝,内容递减指涉世界变小,直至消亡。这正契合文字文本的主题:世界正走向它的末日,一切将会消失。"②《汉塞尔与格莱特》的故事确实为安德森《这场风暴》的配图提供了更为具体的指向,它们似乎就是《汉塞尔与格莱特》的故事发生在其中的房屋和森林。在这一意义上,《汉塞尔与格莱特》的故事就为安德森的文字文本和图画文本之间的"互文性"提供了第三个互文性媒介,从而开辟了一个新的意义空间。

不过,三幅画之于《这场风暴》的互文性意义,恐怕并不在于其所表达的意义是"世界会消失",这样的话,三幅画就成了对《这场风暴》文本意义

① 格林兄弟:《格林童话》,文泽尔译,云南美术出版社2018年版,第89页。

② 甘文平:《文本　图片　炸弹——评劳瑞·安德森的两个短篇小说的互文性》,李德恩、马文香主编:《后现代主义文学导读》,河南大学出版社2007年版,第921页。

的图解，而《这场风暴》的文本意义，在没有考虑本雅明"历史的天使"的情况下，恐怕不能被如此对待。其实，细察之下，上述解释与其说让《这场风暴》与在它旁边的三幅画形成"互文"，还不如说更像是让它们分别与解释者自己的主观理解形成"互文"。

联系此前对于"文字文本"的评述，笔者觉得，除了对本雅明与格林童话这两个构成安德森《这场风暴》重要潜文本的无视外，甘文平解读所透露出的最大问题是，他似乎比安德森更多些对不确定性未来的"不安全感和恐惧感"。这种不安和恐惧的真正对象不是未来任何具体的危险，而是未来的不确定性，因此他才过于急迫地在文字文本中尚有"碎片"的地方看出"毁灭"，在只有三幅画的图像文本的空白处看出只有"一片空白"的"第四幅画"。似乎在他看来，这是摆脱焦虑的唯一有效方式。这种焦虑对于鼓吹文本意义不确定性的后现代学者来说，多少有些反讽意味。

实际上，迄今我们还只是站在对"历史"持一种不加反思的观念的基础上解释这一文本以及与本雅明"历史的天使"之间的关系的。如果我们考虑到，在德语中，也就是本雅明所使用的语言中，"故事"和"历史"是同一个词(Geschichte)，所谓"历史观念论纲"，德文表述就是"Über den Begriff der Geschichte"，几乎可以理解为"论故事的观念"，那么本雅明的这篇由十八节构成的论文实际上可以读作"关于故事的故事"，也就是以论文形式写成的"故事"。安德森《从前的梦》中的"传奇"，当然也是"故事"——《从前的梦》一开始谈起《汉塞尔与格莱特》的故事，并让故事中的汉塞尔谈论并重讲这个故事，表明其自身就是从前故事的延续，自身当然也是一个故事。事实上，安德森的确在另一个故事中说过："通过简单的重复，一件事情就从故事变成传奇。"①

① Laurie Andsen: "Stories from the Nerve Bible", in Paula Geyh, Fred G. Leebron, Andrew Levy, eds.: *Postmodern American Fiction: A Norton Anthology*, W. W. Norton & Company, 1998, p. 218.

或许，《这场风暴》的三幅画所要启发读者的，恰是这种化繁为简、以简入繁的理解文本与世界的方式。第一幅画是由许多图构成的，本身就是有待修补的碎片。从最繁复的第一幅画到最简的第三幅画，所呈现的图像暗示出视野的缩小与集中，以及向着世界图像方向运动的距离的缩小——就“天使”与“碎片”这二者之间的关系来说，图像文本暗示了与文字文本相反的运动方向。文字文本说的是作为天使的历史向作为碎片的历史的“远离”，图像文本说的则是天使向碎片的“接近”。最后一幅画虽是最简的，但也包含了世界的基本结构，即由树所代表的自然与房子所代表的文化构成。这种互文或许可称为“反向互文”。这也说明了，安德森实际上是以尼采的方式“变用”了本雅明为理解“历史的观念”所开的“小门”，把本雅明式小门变成了尼采式大门，文字与画面正是这道门一正一反的“双重面貌”——不能忘记尼采笔下的扎拉图斯特拉对侏儒的教导：“如果一切事物都已在此（dagewesen）：你这侏儒如何以为这个瞬间呢？这个大门通道岂不是已经必定——在此呢？一切事物岂不是紧密缠结，甚至于这个瞬间把一切未来之物也拉向自己？如是——它自身亦然？”①

历史的每个瞬间作为历史的每个碎片，当然也会把一切未来之物拉向自己，因为每个碎片都有一道通向未来之物的门，未来之物正是通过这道门唤醒历史中的每个碎片的。不难看出，这也就是本雅明笔下“历史的天使”要背对着未来迎着进步的逆风倒退着走向未来的尼采式道理，自然也是安德森“变用”本雅明和格林童话故事的道理。历史既是天使，又是一堆碎片，因此历史的天使就是历史的自我意识，这个意识在某个时刻忽然意识到自己既是一堆碎片，又是一堆碎片中的每一个碎片，同时还是一个有着把这堆碎片中的每一个碎片都连成一体的意志。但从本雅明笔下所传达的感觉来看，在他所处的那个时代，这个意志敌不过从天堂刮来的

① 尼采：《扎拉图斯特拉如是说》，娄林译，华东师范大学出版社 2022 年版，第 309 页。

“进步”风暴，历史的天使要做的工作是一种必定逆着“从天堂刮来的风暴”来推进的解构工作。

我们今天可以说，本雅明“历史的天使”想象所表达的意思并非对眼前的碎片感到不安和悲伤，他并非表达一种怀旧甚至对历史之灵韵在当下丧失的一曲挽歌，而是表明这种碎片化的历史是他所乐见的。过去的旧历史叙述所依托的历史解释原则是“宏大叙事”，历史作为整体已经随着旧的历史解释原则的解体而破碎，这个新天使要把这已经破碎的历史重构成另一种历史，其方式是把每一个这样的碎片都看成一道通向历史的弥赛亚式小门。本雅明的新天使没来得及做的工作，要靠后现代主义文学的元历史叙事来完成，因为当人们发现无法不进步的历史脚步踏入后现代时，来自天堂的风暴已经不知不觉间逆转了风向。

第八节 《全息玫瑰碎片》中的用典与历史哲学

《后现代主义文学导读》在甘文平导读安德森之后，安排的是胡戈对威廉·吉布森赛博朋克科幻小说的导读，导读的篇目是吉布森的《新玫瑰旅馆》和《全息玫瑰碎片》①——编者有意无意间用“碎片”意象沟通了两个作家的联系。其实无论是“玫瑰”还是“碎片”，对于理解后现代主义文学来说，都具有特殊重要的象征性意义，甚至仅仅提到它们的名字都会令人肃然。读者从前文知道，这个作品是吉布森的“第一个科幻作品”②，其

① 该作品在《后现代主义文学导读》中被译为《玫瑰全息图的碎片》，晚近梁涵译本为《全息玫瑰碎片》（吉布森：《全息玫瑰碎片》，梁涵译，吉布森：《全息玫瑰碎片》，李克勤等译，北京时代华文书局2021年版）。本节除引文和注释文献信息外，统一为《全息玫瑰碎片》。

② 胡戈：《威廉·吉布森与赛博朋克科幻小说》，李德恩、马文香主编：《后现代主义文学导读》，河南大学出版社2007年版，第926页。

奠基意义非同小可。特别是考虑到吉布森其实并没有转型写其他类型的作品，对这第一个作品的解读还带有典型示范意义。不出意外的是，在对吉布森作品的“后现代性分析”中，胡戈以题名为“碎片化叙述”的一小节解读了这一作品①。

在这一小节中，胡戈一上来就指出“零散化、碎片化叙述广见于后现代主义文本中”，这并不令人感到意外，毕竟这一看法至少也已“广见”于《后现代主义文学导读》中了。不过令笔者感到有些不安的是，或许因为这一说法被说得太多了，他可能真的认为“这类文本叙事通常不讲逻辑，不交代前因后果，故事碎片被随意地摆放在一起，前后无法衔接”。试想，作者如果真的允许自己把一部作品“随意摆放”的话，作者可能真的需要去死了。

不过，也正是因为有了上述“广见”，胡戈才能轻易看出《全息玫瑰碎片》是后现代主义文本“碎片化叙述”的“一个典型例子”，“正如标题所暗示的那样，这是一个关于碎片的故事：分裂的自我、破碎的夫妻关系、断裂的历史、支离破碎的语言和漂浮的所指”。或许也因此才造成了复述这类文本的困难，其难度大概与历史的天使想要拯救破碎的历史相当。可以理解的是，显然经过了“反复阅读、重组碎片”的艰难过程，胡戈才勉强把故事“拼凑了个大概”。如此辛苦得来的成果当然值得重视。不过这似乎也说明：一方面对于某个读者来说，阅读这类文本存在着风险，因为有更大可能连这样的故事梗概也拼凑不出来，一个以碎片形式讲述的故事在阅读时能够成为故事，是一种偶然和幸运；另一方面，一旦能够多少拼凑出点故事来，也就不能说从中能够拼凑出来的文本“无法衔接、随意摆放、不讲逻辑”了。

---

① 胡戈：《威廉·吉布森作品的后现代性分析——兼评其两个短篇故事》，李德恩、马文香主编：《后现代主义文学导读》，河南大学出版社2007年版，第961—962页。考虑到这一小节只有一页多，为免烦琐，下文出自这一小节的引文不另注出。

下面是胡戈从《全息玫瑰碎片》中整理出来的故事："帕克年少时是一家日本企业的雇工，不知出于何种原因逃离了工厂，在混乱的加州流浪了一段时间后来到纽约；目前他已人到中年，是一个设计仿真梦境以助人入睡的程序员，但具有讽刺意味的是，他本人就是一个严重的失眠症患者，而他与安吉拉共同生活的爱情梦也破碎了；帕克在妻子搬离后，在妻子的衣柜里翻找，想找到他们之间曾经相爱的证据，但找到的只是一些被抛弃的垃圾，那其中包括一张印有玫瑰全息图的明信片；他把图片扔进了垃圾处理器里，那原本象征爱情的玫瑰被绞成了碎片；随后，他打开记录有妻子内心世界的感知影带，试图多了解她，却发现影带的大部分被抹去了，过去只剩下残缺不全的记忆碎片；后来在睡梦中，帕克迷迷糊糊地领悟到'我们是彼此的碎片'，却又不解其意，接着便带着疑问睡着了。故事到这里戛然而止。"①

我们先看这段被复述出来的故事的一个碎片。这个碎片的功能似乎就是服务于对这一作品所谓"碎片化叙述"的有意神秘化，因为它说主人公"不知何故逃离了工厂"。但实际上这一点经不起推敲。读者是否真的如胡戈所言"不知道"帕克"逃离工厂"的原因呢？固然，胡戈做出这一判断可能是基于文本中有这样的说法，"几年后，他再也想不起来自己当初到底出于何种动机放弃了合同"②，但显然，逃离工厂多年后的帕克自己"想不起来"的事，并不意味着这事没可能被读者"知道"。事实上，就在同一篇文章的前面，作为读者的胡戈已表示过自己早就知道此事，因为他在那里说，这个故事里的主人公帕克"从十五岁起就成了契约工人/公司奴隶，受雇于日本一家大型企业设在美国的分工厂，后来以逃离方式作为他

① 胡戈：《威廉·吉布森作品的后现代性分析——兼评其两个短篇故事》，李德恩、马文香主编：《后现代主义文学导读》，河南大学出版社 2007 年版，第 961 页。

② 吉布森：《玫瑰全息图的碎片》，胡戈译，李德恩、马文香主编：《后现代主义文学导读》，河南大学出版社 2007 年版，第 945—946 页。

对机械刻板的工厂生活的反抗”[1]。显然,胡戈本来就“知道”帕克“对机械刻板的工厂生活的反抗”就是他逃离的原因,怎么后面又说“不知道”呢?

不无讽刺的是,就在作品里的帕克表示自己“想不起来”自己放弃合同离开工厂的“动机”的前两段[2],作品恰恰详细地描写了他是如何翻越围墙来到旧金山参加革命的。也就是说,他是出于“革命”的动机离开工厂的。因此,吉布森在这个时间点上特意强调主人公的“想不起来”,显然是在放烟幕弹,是对读者愚蠢程度的测试。特别值得提及的是,在上述两段中的第二段,吉布森还为帕克的“革命的最后一夜”安排了一个特写,即“跟一个十来岁的新泽西女孩做爱”[3]。“革命叙事”与“不法爱欲叙事”以如此娴熟的手法构成互文效果,谁又能说这是“不讲逻辑”的碎片化叙述呢?

某种意义上,在胡戈的故事梗概中被遗忘了的革命叙事才是我们在阅读行动中需要特别凝视的意义碎片。革命在此成为后现代解构性阅读的寓言,后现代阅读和革命一样,是逆着时间的自然顺序进行的进步行动。真正的革命者在革命之前、革命之中和革命之后面对的都是废墟。在他或她眼里,有资格存在的,只有革命后历史博物馆里作为展品的废墟和堆积在革命现场的废墟。重要的不是把每个碎片拼凑起来弄成一个虚假的整体,而是要从每一个碎片中看出这个碎片所在的废墟的意义。

由此我们会注意到,帕克与“一个十来岁的新泽西女孩”度过“革命的最后一夜”的地点恰是一个“被烧成一片废墟的图森郊外”(一个中文读者

---

① 胡戈:《威廉·吉布森作品的后现代性分析——兼评其两个短篇故事》,李德恩、马文香主编:《后现代主义文学导读》,河南大学出版社 2007 年版,第 951 页。

② 吉布森:《玫瑰全息图的碎片》,胡戈译,李德恩、马文香主编:《后现代主义文学导读》,河南大学出版社 2007 年版,第 945 页。

③ 吉布森:《玫瑰全息图的碎片》,胡戈译,李德恩、马文香主编:《后现代主义文学导读》,河南大学出版社 2007 年版,第 945 页。

或许会对“图森”这个名字产生“图片的森林”或“图片中的森林”的联想)。在革命年代,即便是人们居住的房屋看起来也像废墟:“那些镇上的棚屋是用三合板、硬纸板、废旧汽车和塑料片搭盖成的,风把那些塑料片吹得乱飞。这些镇的名字五花八门,镇政府和疆界随着黑市经济不断变换。”①

从对寓言阅读的角度看,这些用来建房子的“三合板、硬纸板、废旧汽车和塑料片”有其文学来源。有迹象显示,它们应该就是来自前述布劳提根笔下的“遗忘工厂”或“克利夫兰拆解场”。也就是说,这里有一道隐蔽的也因此更应该被注意到的通向互文性意义的小门——秘密就隐藏在镇子的“名字”中。或许是因为这些名字仅仅是名字而已,上引的译文中,译者没有给出这些名字,并使用了“五花八门”的方式表达了对这些名字的不屑——读过原文的中文读者应当能够听出这是译者胡戈的声音,而不是作者吉布森的声音。

事实上,对照原文②,如果把吉布森的这段文字以直白的方式转换成现代汉语,将会使读者大吃一惊——那些镇子本身(还不仅仅是镇子的棚屋)就是用诸如胶合板、硬纸板、塑料板(吉布森特别强调了塑料板被大风高高吹起的姿态)以及“死去的交通工具的尸体们”建成的。镇子显然有很多,但吉布森只给出了其中两个镇子的名字,一个是“跳城”(Jump City),另一个是“糖里”(Sugaree)。吉布森对于镇子“松散界定”的行政管理方式进行了强调。这一点特别值得注意,这是作者向读者做出的一

① 吉布森:《玫瑰全息图的碎片》,胡戈译,李德恩、马文香主编:《后现代主义文学导读》,河南大学出版社 2007 年版,第 946 页。

② “The towns were built of plywood, cardboard, plastic sheets that billowed in the wind, and the bodies of dead vehicles. They had names like Jump City and Sugaree, and loosely defined governments and territories that shifted constantly in the covert winds of a black-market economy.”(William Gibson: “Fragments of a Hologram Rose”, in William Gibson: *Burning Chrome*, Gollanz Publishing, 2016, p. 45.)

个暗示。吉布森用这种方式提醒读者注意,接下来的"黑市经济"这股"隐蔽的风"指的就是与那种"严密界定"的文本构建和相应阅读方式不同的方式(因而这是一种"隐蔽的风[格]")——镇子的管理方式及其疆界,比喻的是文学文本世界的构建原则以及与非文学世界的界限。吉布森要读者自己去发现他构建文本的"隐蔽的风"和"黑市经济"。

吉布森给出的两个镇子的名字就是这样的"黑市经济"——吉布森通过入侵、叠合、挪用在他之前的经典作家的文学想象来拓展自己文学的边界。"黑市经济"是吉布森对自己文学秘密的污名化命名。"命名"对于作品是生死攸关的大事,不可不重视。一部作品如果没意义,它本身就是没意义的,尽管我们也可以说它有其本身之外的意义。一部作品如果有意义,那它的作者一定以某种方式为它安排了某种意义,尽管我们也可以说这种意义并没有什么意义。但我们很难有道理地说,一部作品没有作者为它安排的意义。一位作者为自己的作品安排意义的最重要的方式,就是他或她为它以及作品里面那些东西取名字。

这段文字的文学渊源之一就是布劳提根《在西瓜糖里》中的"遗忘工厂",其依据就是吉布森自己给出的镇子的名字:"糖里"就是"在西瓜糖里"。"在西瓜糖里"既是书名,又是该书第一部及第一节的题名,以及全书正文头三个单词("in watermelon sugar"),这显得"西瓜糖"是全书最具整体性和最有整合功能的碎片,并且这种整合功能是作者刻意强调的。布劳提根似乎觉得,在他写作的那个时代,除了如此直白地强调文学的文学性以及文学对生活世界整体性的反映外,再也没有其他方式了。西瓜糖就是文学及所指向的世界之文学性的比喻。从文学的角度看世界,世界其实是文学性的,但文学世界也自觉地把自己与文学之外的世界相区隔开来。如此区隔的意义就在于:只有区隔开来,文学才能向世界讲故事;一旦文学以这种方式向世界讲故事,世界就被故事化也就是被文学化了。文学和文学家就是以这种方式制作生活和参与对世界的建构的。

这也正是《在西瓜糖里》第一段要表达的意思。按其字面直译就是："在西瓜糖里行动一次又一次被制作出来，我的生活也在西瓜糖里被制作出来。我要告诉你的就是这是因为我在这里你在远处。"①把这里的"西瓜糖"替换成"文学"，布劳提根的意思就清楚了。文学世界的行动就是情节，被重复制作的情节说的就是"互文性"与尼采式"永恒复返"说。一代又一代的文学行动者通过这种制作行动成为文学家，他或她现在就在向读者讲这件事。他或她讲这件事的时候已经是作家了，他或她同时向文学世界内外的读者讲这件事，文学世界内的读者会把这件事当作现实世界外的事，文学世界外的读者会把这件事当作现实世界内的事。但作家成为一个作家这一件事本身所要说的，首先是在文学世界与现实世界这两个世界之间摇摆不定但又很难被抹去的边界，其难度相当于在梦里区分梦和清醒两种状态——笔者耳边不禁响起柏拉图笔下一个人物的教导："想要恰当地说明任何较为重要的问题而不使用范例很难。我们每个人都像是在梦中观察事物，以为自己完全知晓这些事物，然而，醒来的时候却发现自己一无所知。"②

不过，即便如此直白地讲述文学与世界的关系，布劳提根仍觉得读者可能不懂他的意思。于是接下来又以更直白的方式说："我们的生活是从西瓜糖里构建出来的，而后我们的生活就沿着松树和石头铺成的道路走入我们长长的梦"，"我们在这里用西瓜糖制作出很多东西——我要告诉你这件事——包括这本在 iDeath 附近写出的书"③。笔者前面已经谈论过本雅明笔下的新天使所面对的"历史废墟"是如何在《在西瓜糖里》里被布劳提根制

① "In watermelon sugar the deeds were done and done again as my life is done in watermelon sugar. I'll tell you about it because I am here and you are distant." (Richard Brautigan: *In Watermelon Sugar*, Vintage, 2015, p. 3.)

② 伯格：《古典诗学之路——相遇与反思：与伯纳德特聚谈》第二版，肖涧译，华夏出版社 2016 年版，序第 1 页。

③ Richard Brautigan: *In Watermelon Sugar*, Vintage, 2015, pp. 3-4.

作成“遗忘工厂”这件事的,现在谈的则是布劳提根《在西瓜糖里》里的“遗忘工厂”又是如何被吉布森在《全息玫瑰碎片》里制作成“糖里镇”的。

不多不少,吉布森恰恰给出了两个镇子的名字,这值得我们去思考这两个名字之间的关系。如果上述“糖里镇”的命名表明了吉布森《全息玫瑰碎片》与布劳提根《在西瓜糖里》的联系,那么吉布森是以怎样的方式突入这种联系之中,从而建立了与文学史的关系的呢?在笔者看来,另一个镇子的名字为这个问题提供了线索:他是以本雅明式“虎跳”的方式进入与历史的联系的——“跳城”(“Jump City”)的所指即本雅明《历史哲学论纲》第十四节中向着“过去”的“虎跳”。在本雅明看来,“历史是一个结构,其居住地(Ort)不是同质空洞的时间,而是饱满的现在时间”①,要进入这样的饱满时间,就需要“激荡起过去的丛林”,也就是“虎跳入过去”②。吉布森在《全息玫瑰碎片》中把主人公第一次见到感官体验装置的地点设置在一个叫作“朱迪的丛林”(Judy's jungle)的地方,进行了这样的一次“虎跳”。

《全息玫瑰碎片》中的“感官体验装置”就是进入本雅明式“饱满时间”的理想通道:“那家伙装在廉价的镀铬塑料盒里,个头很大。往投币口塞十美元钞票,就能换来五分钟的时间,让你在瑞士的轨道温泉中心,和十六岁的《时尚》杂志女模特一同体验最高二十米的自由落体运动。”③值得

---

① Walter Benjamin: “Theses on the Philosophy of History”, in Walter Benjamin: *Illuminations: Essays and Reflections*, trans. Harry Zohn, Schocken Books, 1969, p. 261.

② Walter Benjamin: “Theses on the Philosophy of History”, in Walter Benjamin: *Illuminations: Essays and Reflections*, trans. Harry Zohn, Schocken Books, 1969, p. 261. 引号里的两个表述在该版本的本雅明作品英译本中的对应表述分别是“stirs in the thicket of long ago”和“a tiger's leap into the past”。

③ 吉布森:《全息玫瑰碎片》,梁涵译,吉布森:《全息玫瑰碎片》,李克勤等译,北京时代华文书局 2021 年版,第 58 页。需要指出的是,这个译本中的相应段落虽然给出了两个镇子的名字,但显然忽略了其“跳跃性”和“引文性”的暗示:“贫民区由胶合板、硬纸板和塑料板搭成,房身则是用报废的车辆改造的,风一吹,就会开始摇晃起来,因此得名‘跳跳城’或‘摇摇城’。”(第 61 页)通过将原文中的两个句子合并成一个因果复合句,在两个独立的句子之间建立因果关系,中译文极大地限制了原文中镇子的名字的解释空间——中译文中,镇子名字的含义受制于“摇晃的房身”。

注意的是,第二人称“你”的使用表明,叙述者或许现在正使用着类似于作品中所描述的感知器感知主人公的感知。这一暗示在叙述者对帕克操作感知器的动作描写中显得尤为清楚:“你不断按下快进键,让你的意识在空白磁带里伴随着静电干扰的混沌中飞驰,味觉和嗅觉融合成单一的感官通道。你只能听到白噪音——仿佛置身创世之初的漆黑深海……”[①]通过“单一的感官通道”的弥赛亚式暗门,抵达作为历史起点的“创世之初的漆黑深海”,其中的本雅明意味不言而喻——甚至连“漆黑深海”后省略号的使用都可以看作弥赛亚能够从中走出的极小暗门的暗示。

我们还应该及时回忆起,在《在西瓜糖里》中“老虎”及“老虎的故事”也是在 iDeath 建构自身历史过程中“跃入”这一进程,从而为其新历史叙事奠基的,似乎是对本雅明的看法的字面展开和文学演示。在布劳提根笔下,历史就是这样一个“虎跳”结构,一个因有活生生的老虎真实地跃入其中而显得饱满起来的空间结构。在《在西瓜糖里》里,布劳提根用“老虎”“又是老虎”两个醒目题名提醒读者注意这一“虎跳”结构,并让老虎在作品中现身说法,对小时候的叙述者讲故事。确切地说,是一边吃叙述者的父亲和母亲一边讲故事,这故事听起来就像本雅明的历史哲学:“如果不是不得已,我们不会这么做;如果不是被逼无奈,我们也不愿这么做。但只有这样我们才能活下去。我们和你一样,我们和你说同样的语言。我们的想法也一致,但我们是老虎。”[②]实际上,仔细听的话,我们从这里也能听到本书“引言”所引述的巴斯所讲故事中作为主人公的“故事”的心声。

本雅明为“饱满时间”所举的例子是罗马帝国和法国大革命,似乎这

---

① 吉布森:《全息玫瑰碎片》,梁涵译,吉布森:《全息玫瑰碎片》,李克勤等译,北京时代华文书局 2021 年版,第 61 页。另参 William Gibson: “Fragments of a Hologram Rose”, in William Gibson: *Burning Chrome*, Gollanz Publishing, 2016, p. 45.

② 笔者在此合并了文本中两只老虎的发言。布劳提根:《在西瓜糖里》,王伟庆译,人民文学出版社 2021 年版,第 37 页。

种饱满的时间指的是历史大事件,其实不然。从本雅明学者的解释来看,理解其“饱满时间”的关键反倒是表面看来与罗马帝国和法国大革命构成鲜明对照的“历史的碎片”。那些改天换地的大事件从历史的长河中凸显出来,使自己成为截断历史之河的大事件,所体现出来的正是其本质上的“碎片性质”。因为正是借助于这一自我理解,它们把自己从时间的暴政下解放出来了,使自己成为对本雅明具有启示意义的“历史的天使”。罗马帝国和法国大革命作为本雅明的“历史的天使”,启发本雅明从碎片的角度重新理解大历史,即一旦能够将历史大事件看成碎片,每一个碎片也可以被理解力和想象力放大为历史。每一个碎片在这个历史新天使看来,其价值是平等的,就像每一个组成宇宙的最小单位是平等的一样。

据说,碎片意象与本雅明早年“单子论”的思想一脉相承,后者是德国莱布尼茨提出的一种“客观唯心主义体系”,认为精神性的单子是构成万物的基础或单元,单子因无广延和不可分,具有能动性或“力”的特征。这应该就是本雅明动用“虎”及“虎跳”意象来比喻此力之伟大的动因,在“虎跳”的背后是本雅明“虎跳”入旧历史,并宣布其为废墟的“新天使意志力”。在他眼里,新天使的“意志力”既具有击碎作为“连续体”的“旧世界/历史”的力量,又具有凝聚“宇宙性的和整体性的现实”①的力量,而具有这双重力量的单子才是“单纯”的历史实体。

这不可避免地通向一种“单子神学”:“每一个单子都类似于灵魂,具有知觉或表象的本性,因而每一个单子都能表象其他一切事物,并能表象

① 引号里的表述出自本雅明的《〈历史哲学论纲〉补遗》,该表述最早的出处是本雅明发表于1929年的一篇文章,题目是《超现实主义》。在该文中,这一表述与“图像空间”(image space)联系在一起,而将上述两个表达和“弥赛亚时间”联系起来的文本片段,则是本雅明1916年以来对悲苦剧与悲剧的思考(“Trauerspiel and Tragedy”)。(Howard Eiland, Michael W. Jennings: *Walter Benjamin: A Critical Life*, The Belknap Press of Harvard University Press, 2014, p. 717, note 7.)

整个宇宙，如同一面镜子能够映照一切事物。”[①]不难发现，和布劳提根笔下的“遗忘工厂”一样，吉布森《全息玫瑰碎片》中的“全息玫瑰的碎片”同时也是对本雅明单子神学的文学再现与反思。躺在黑暗中“回想起碎成千片的那朵全息玫瑰”的帕克，就像在写这部小说时肯定也回想起了本雅明的吉布森，因为就在这个理解小说题名的紧要瞬间，吉布森的声音突兀地插入了进来，似乎吉布森觉得有必要在此时亲自对“全息成像技术”进行一番说明，其进行说明的方式就像本雅明亲自出面解释其“历史碎片—单子神学”：“全息成像技术有这样一种特点：如果你捡起任何一块碎片，将其照亮，每一块都会呈现出一朵完整的玫瑰图像。”[②]将吉布森的“碎片”替换成“单子”，将“玫瑰”替换成“宇宙”，差不多就是本雅明的单子神学和碎片历史哲学了。

如此来看，吉布森在 2003 年新版小说集《全息玫瑰碎片》“自序”中暗示，自己的科幻写作其实奠基于对“历史”的哲学思考，实在是一件很自然的事，而他所说的对历史的理论研究，很可能就是在影射本雅明的历史哲学及其天使。在这篇谈论科幻的序言中，一开始“(现代)历史”就被置放在“科幻”之前：“一开始，我不得不先去了解一些现代历史上的重大事件”，“从那之后，我就深信，历史是推测性叙事的关键，后者是在前者的基础上不断进行一些不可避免的修订”。[③]

富有启发意味的是，詹明信也曾从“新的时间意识”角度把西方文学史中科幻小说与历史小说关联起来，为理解“后现代文学”与“传统文学”之间的关系提供了一个有意义的说明：“科幻小说于 19 世纪末开始出现，但真正的发展是在 20 世纪三四十年代，五六十年代科幻小说发生了极大

---

① 参看网名“一只大鱼”的豆瓣评论：《本雅明的“新天使”——一点〈历史哲学论纲〉的感想》，https://book.douban.com/review/7622659/，2024 年 5 月 9 日。

② 吉布森：《全息玫瑰碎片》，梁涵译，吉布森：《全息玫瑰碎片》，李克勤等译，北京时代华文书局 2021 年版，第 63 页。

③ 吉布森：《源代码：2003 年英文版自序》，梁涵译，吉布森：《全息玫瑰碎片》，李克勤等译，北京时代华文书局 2021 年版，第 7 页。

的变化。这是一种新的对时间的认识,‘现时’在科幻中成了未来某一时刻的过去。历史小说力图将现时看作过去的发展结果,而科幻小说则是对现实的一种新认识,要从历史的角度来想象我们所处的‘现时’。”①从这一角度看,既是魔幻现实主义文学经典又是后现代主义文学经典的《百年孤独》的令人称赞不已的“许多年之后……”的开篇方式,其实是历史小说和科幻小说两种相关而又不同的体验时间的方式的混合。

和本雅明的“历史的天使”一样,科幻作家也想“修订”过去,而和科幻作家一样,本雅明的“历史的天使”的修订工作首先面对的是已成历史废墟的当下。“科幻通常像是将历史反向推演的变种,它是在进行预测,而非回溯。然而,如果你没有掌握一幅读者所认可的通往过去的地图,就无法虚构出一个通往未来的故事。”②吉布森如是说。推动“科幻”的,就是本雅明笔下从天堂刮来的“进步”之风暴,我们由此可以理解何以“新天使”必然要以倒退的方式进入未来——本雅明很可能是从科幻文学的视角,以科幻文学为模型来理解历史进步的。毕竟,在本雅明时代,科幻文学已经取得了长足进步(也正是在科幻小说里,时间上后于现代/现在的“后现代未来”才有了一个真实落脚处和可待进入的时空对应物)。和吉布森的科幻文学一样,本雅明的“历史哲学”本质上也是一个“通向未来的故事”。③

---

① 杰姆逊:《后现代主义与文化理论》,唐小兵译,北京大学出版社1997年版,第226页。

② 吉布森:《源代码:2003年英文版自序》,梁涵译,吉布森:《全息玫瑰碎片》,李克勤等译,北京时代华文书局2021年版,第7页。

③ 本雅明的“星丛”想象对科幻小说的启发与解释学潜能,考虑到前者对资本主义文化的批判姿态,或许可以经由“人类世”概念加以开发。工业革命以降的行星地球,被包括大气化学家、诺贝尔化学奖得主保罗·克鲁岑在内的跨学科学者视作进入了新的地质学纪元,这个纪元被命名为“人类世”(the anthropocene)。按照这一历史分期,人类世标示了人类文明的灭绝性力量已经抵达行星尺度,而人类世的顶峰,可以被称作“资本世”(the capitalocene):在该时代中资本已然成为一个地质学力量,产生行星尺度上的注重效应。资本主义系统,倾向于将一切存在物私有产权化与商品化。当这个逻辑被推进到行星层面后,人类世就进入了资本世。详见吴冠军:《从元宇宙到量子现实:迈向后人类主义政治本体论》,中信出版社2023年版,第10—11页。

不过,对于本雅明的历史哲学与吉布森的科幻文学的关系来说,更重要的是,吉布森在自己的作品中用个人体验视角解构和质疑了本雅明的历史哲学。他让读者看到,即便有了高科技的加持,一个意识能够凭靠“感官体验装置”像进入另一个身体内部那样体验其意识过程和记忆,这个意识对于被体验的那个意识的理解仍是成问题的。一个意识尚且无法完成对另一个意识的充分认识,又如何理解发生在意识之外的历史呢?在《全息玫瑰碎片》结尾部分,凭靠文学想象这一“感官体验装置”,吉布森的视角与帕克的视角混为一体,并向读者发出“思考性体验的邀请”:“仔细想想,我们都是彼此生活中的碎片,事实难道不是一直如此吗?被洗过的磁带里,残留在无尽灰色空白中的欧洲旅行瞬间——他终于去体验过了,她因此与他变得更亲近了吗?或者变得更真实了吗?……这算是他们一同走过的历史吗?不,历史是德尔塔脑波诱发仪黑色的面板,是空无一物的衣柜,是凌乱的床。”①

值得一提的是,这里的“她”——“曾帮他伪造过身份文件,也帮他找到了在感官体验公司的第一份工作”,因此也是把他引入了“弥赛亚式暗门”的“她”,其名字就是“天使”。这个名字稍纵即逝地只出现过一次,一不小心就会被错过和遗忘:“但他对安吉拉亲自录制的磁带倒从来没惧怕过。”②

从历史观来看,无论是本雅明试图透过弥赛亚式小门所理解的“被赎回的人性”,还是吉布森式“历史磁带”所记录的全息玫瑰,都有一个更古老的原型,即经由奥古斯丁解释的约翰《启示录》中的“生命册”。在《上帝之城》第二十卷,奥古斯丁解释了约翰如下一段话:“我又看见死了的人,

① 吉布森:《全息玫瑰碎片》,梁涵译,吉布森:《全息玫瑰碎片》,李克勤等译,北京时代华文书局2021年版,第64页。

② 吉布森:《全息玫瑰碎片》,梁涵译,吉布森:《全息玫瑰碎片》,李克勤等译,北京时代华文书局2021年版,第60页。

无论大小,都站在宝座前。案卷展开了,并且另有一卷展开,就是生命册。死了的人都凭着这些案卷所记载的,照他们所行的受审判。”(《新约·启示录》20:12)

奥古斯丁注意到,这段话中提到两类书卷,在“展开的案卷”中,“另有一卷”是单独命名的,其名即为“生命册”。他接着以“天问”的形式对这段话中的“生命册”实施了想象性阅读:“如果这本书是物质的书,谁能推算它有多厚多长?其中记载了所有人的整个生命,要用多少时间才能读?或者那时候是否有相当于人的数目的天使,每个人听到自己的天使唱诵他的生命?也许不是所有人共有一本书,而是每个人有一本书。……这本书应该理解为某种神力,使每个人回忆起自己做的事,无论好坏,让心志以惊人的速度浏览,知道后可以控诉或放过自己的良知,所有人中的每个人就可以同时被审判。”

根据奥古斯丁的解释,这里的“生命册”也可以理解为“传记”,这一传记堪称“传记”的理想形式。每一个人都有一部这样的“传记”,可以是他传,可以是自传,也可以是“集合传记”中的一部。这样一部“天上的传记”被想象为包含着所有可能的人生经验,储存着所有的人生意义和形式、经验、教训;它既是“某种神力”,又是可视可读的“书卷”,因此是名副其实的“生命之书”和“元传记”。作为历史文献中的一个片段,奥古斯丁的上述解释就是通达本雅明式历史哲学的暗门或吉布森式全息玫瑰的一个碎片——每个暗门和碎片,既是“所有人共有的生命册”,又是“每个人都有的一本书”。

和“生命册”所记录的生命历史一样,“被赎回的人性”和“历史的磁带”都预设了一个已经完成的自然历史。“全息玫瑰”和“被赎回的人性”都是对“生命册”进行特殊“阅读”所产生的效果。值得重复一遍:对于星从碎片重新装配也好,从碎片中看出玫瑰也罢,其所依托的理解模型就是“阅读”。

我们现在可以读一读《全息玫瑰碎片》里那段端坐在小说中间的学术引文了。这段显然是作为文学虚构一部分的学术引文，是这样说的："如果 90 年代的混乱反映出视觉识别能力范式的彻底转变，如果它是对从拉斯考克斯岩洞壁画到古登堡印刷术的传统信息传递方式的彻底背离，如果全息图像的时代即将来临，如果全息摄影术能进行离散编码，进而重建我们的整体感官认知，那么，我们能从这种新兴技术里得到什么呢？"然后是煞有介事的引文出处——《美国近代史：一种关于系统的观点》，罗巴克和皮埃拉尔著[①]。

值得注意的是，上述引文中的《美国近代史：一种关于系统的观点》在另一个中译文中被译为《美国当代史：系统分析》[②]，"近代"和"当代"在汉语中有不同的所指，认识到这一点的我们显然应该会进一步注意到，原文本所指的其实只是《最近美国史》——吉布森在科幻小说中插入一本"最近"的历史书干什么呢？况且，这本以"最近"之名行世的书说不定在小说所设置的时代已经"过时"了；事实上，当我们考虑到这段引文还在预测"全息摄影术"时，它在《全息玫瑰碎片》的时间位置就更可疑了：吉布森是借此怀疑未来尚未出现的所有所谓"新兴技术"吗？在吉布森写作此篇的 1977 年，20 世纪 90 年代尚未到来，在此篇故事设置的时间，"全息摄影术"已成过去，在故事中帕克所使用的"感官体验装置"当然比全息摄影术能更先进地"离散编码"，也能更完美地"重建我们的感官认知"，但这篇文学作品插入的来自历史哲学的追问仍是："我们能从这种新兴技术里得到什么呢？"这当然也是小说中帕克的疑惑，但他显然搞不懂这个高深的本雅明式问题："每一块碎片都是从不同的角度来呈现这朵玫瑰的，他刚想

---

① 吉布森：《全息玫瑰碎片》，梁涵译，吉布森：《全息玫瑰碎片》，李克勤等译，北京时代华文书局 2021 年版，第 63 页。

② 吉布森：《玫瑰全息图的碎片》，胡戈译，李德恩、马文香主编：《后现代主义文学导读》，河南大学出版社 2007 年版，第 947 页。

到这一点，德尔塔波就已经席卷他的意识，他还没来得及问自己这意味着什么，便已沉沉睡去。”[①]故事里的人不理解发生在其身上的故事，实属正常，但批评家自以为是地断定写故事的人也不理解他所写的故事，“莫名其妙”于这段“虚构的历史记录”，以“我们”之名宣称“碎片就是我们的存在状况”，“平面化和情感缺失”地无视后现代文学作品自身饱含的深度和情感，恐怕是会普遍地发生在后现代的批评事件。[②]

从文学史角度看，吉布森对本雅明“历史的天使”的文学批判恰好证明了本雅明历史哲学之于后现代科幻文学的深度影响（毕竟，吉布森接受过大学本科教育，读的是加拿大英属哥伦比亚大学英文系，有很大概率读过本雅明的《历史哲学论纲》），前者甚至就是后者的深度模式。吉布森笔下的帕克通过参与社会历史革命和深入意识体验都未能“构成一个辩证意象的全景”，这一失败恰是对本雅明历史观的见证，因为很可能本雅明就是一个“失败主义者”[③]。以此种悖谬反讽的方式，本雅明同时为未来的科幻文学打开了想象未来的两扇大门、两条道路：一个面向外部世界大历史，一个面向内部意识大世界，两扇大门和两条道路均交会于尼采—扎拉图斯特拉式的“瞬间”。但也正如本雅明的“历史的天使”和科幻文学的双重历史所表明的，无论以如何“最近”的姿态去“走向”，也只是在有些喜剧性地逼近那个永恒的“瞬间”。

---

① 吉布森：《全息玫瑰碎片》，梁涵译，吉布森：《全息玫瑰碎片》，李克勤等译，北京时代华文书局 2021 年版，第 64 页。

② 胡戈：《威廉·吉布森作品的后现代性分析——兼评其两个短篇故事》，李德恩、马文香主编：《后现代主义文学导读》，河南大学出版社 2007 年版，第 962—963 页。

③ 本雅明在谈论卡夫卡致肖勒姆的书信时说：“就公平对待卡夫卡形象的纯洁与独特美而言，绝不能忽略这一点：这是一个失败者的形象。其失败的情形多种多样。或许可以说，一旦他确信有一个最终的失败，在迈向这个失败途中所赢得的所有东西对他来说都会恍如梦中。”（Hermann Schweppenhäuser, ed.: *Benjamin über Kafka: Texte, Briefzeugnisse, Aufzeichnungen*, Suhrkamp Verlag, 1981, p. 88.）这清楚表明，无论卡夫卡是不是一个失败主义者，认为卡夫卡是一个失败主义者的本雅明肯定是一个失败主义者。

第九节 博尔赫斯:“盲人式预见”与“故意搞乱的技巧”

第三个为后现代主义文学历史观开辟深度模式的“历史的天使”是博尔赫斯。在对“历史”的哲学思考方面,博尔赫斯与艾柯、本雅明、吉布森相比,其体现的智慧水平甚至有过之而无不及,对于其后文学的影响也因更加润物无声而深入人心。在很多方面,博尔赫斯与上述作家的历史思考有非常多的互文式纠缠和能够相互说明的线索。在此仅举一个例子——在同样以“玫瑰”为作品命名的诗篇《永久的玫瑰》中,博尔赫斯表达了自己的洞见:“我是盲人,什么都不知道,但我预见到/道路不止一条。每一件事物/同时又是无数事物。”①其对历史的非历史式理解所包含的对每一件个别事物都有其独特历史的历史性理解,以及在表达这种历史观时无视矛盾的大胆与洒脱,都堪称后现代历史观的精粹。

在关于博尔赫斯与后现代主义文学的关系的谈论中,博尔赫斯作为后现代主义的“历史的天使”这一身份仍未被充分意识到和被评价。从一般性的学术探讨中可以看到,在后现代主义文学谱系中,博尔赫斯占有十分显赫的地位。罗钢在其编选的《后现代主义文学作品选》的前言中指出:“在论述后现代主义文学的著作中,阿根廷作家博尔赫斯、爱尔兰作家贝克特、美籍俄裔作家纳博科夫通常被看作后现代主义文学的先驱,尽管后两位作家也经常被看成晚期的现代主义者。”②也就是说,根据某种更严格的学术标准,在通常所谓“后现代主义文学先驱”的名单中,只有博尔

① 博尔赫斯:《永久的玫瑰》,博尔赫斯:《深沉的玫瑰》,王永年译,上海译文出版社 2016 年版,第 60 页。

② 罗钢选编:《后现代主义文学作品选》,高等教育出版社 2002 年版,前言第 1 页。

赫斯是毫无争议的后现代主义作家。博尔赫斯的《交叉小径的花园》[1]自然也成为该文选的开篇章节。在选文前的作者介绍中，博尔赫斯之于后现代文学谱系的地位不觉间又得到了进一步提升："他迷人的作品中充满了幻想，融合了明澈的思辨精神和庄周梦蝶式的东方智慧，不断地模糊和消解着文学和现实、哲学与文学、小说与散文甚至诗歌的界限。他为小说写作开辟了全新的道路，被一些评论家称为幻想主义作家、'作家的作家'，甚至被奉为后现代主义文学的鼻祖。"[2]从先驱到鼻祖，至少从汉语表达来看，博尔赫斯的独一性和特殊性得到了固定和强调。

在博尔赫斯所消解的诸界限中，评论者甚至列举了"小说与散文甚至诗歌的界限"，却没有提到"历史"。考虑到随后的选文《交叉小径的花园》开篇即煞有介事地引用历史书("在利德尔·哈特所著的《欧战史》第二十二页上……")，这一忽略几乎不可理解——长达两页多的对博尔赫斯的介绍，形而上学、时间、迷宫、真实、思维、存在等都谈到了，却唯独没有提及"历史"。看起来，博尔赫斯的历史书写确实有使人对历史视而不见的效果。在很多时候，评论者确实被博尔赫斯所构建的非历史迷宫给迷住了，以至于难以看到历史与非历史之间已经被博尔赫斯消解的界限。

这一效果更深刻地体现在罗钢写的前言之中。在这一长篇前言的第三部分"文本的历史化与历史的文本化"中，用来说明克莉斯蒂娃[3]"每一个文本都是作为一个引文的镶嵌(mosaic)建构起来的，每一个文本都是对另一个文本的吸收和转化"之"互文性"论述的第一个例子，就是博尔赫斯的《巴别图书馆》。罗钢说："博尔赫斯的小说《巴别图书馆》为这种互文性提供了一个形象的写照，在这座图书馆里，要找到甲书，必须先找到乙

---

① 王永年译作《小径分岔的花园》。

② 罗钢选编：《后现代主义文学作品选》，高等教育出版社2002年版，第1页。

③ 即"克里斯蒂娃"。

书，而要找到乙书又必须先找到丙书，依此类推，无限延宕。”[1]至此似乎还是对博尔赫斯看法的转述，但接下来的评述则为“当代作家”“如何写作”设定了一个“只能如此”的命运：“在这种情况下，当代作家似乎只能徜徉于无穷无尽的文本迷宫中，不断地重写过去的文本，舍此之外，别无他途。”[2]最后一句话不禁令人想起德里达的那句据说受到了误解的名言：“文本之外，一无所有。”

罗钢接下来为“文本的历史化与历史的文本化”之文学书写与历史书写这两种书写已经失去界限这种“后现代状况”所举的例子做了进一步说明，表明历史与文学在他眼里已经无法区分到了何种程度。在他为“互文性”这一“理论基础”招募的诸多“后现代主义文本策略”（摹仿、引征、拼贴、戏仿、滑稽等）中，显然“戏仿”最受其青睐——“其中最重要的是戏仿”[3]。作为与文艺复兴以后的作家所采用的“建构性或连续性戏仿”构成对照性的后现代主义小说家所采用的“解构性或断裂性戏仿”的代表，美国作家巴塞尔姆的代表作《白雪公主》被评论者用以说明什么是后现代主义文学的“文本的历史化”策略：“巴塞尔姆改写了格林的著名童话《白雪公主》，他把小说的场景从华丽的宫殿和梦幻的森林转移到喧嚣浮华的美国当代都市，汽车、商业、吸毒等构成了故事的背景。童话中纯洁善良的白雪公主，在巴塞尔姆笔下尽管仍然头发黑如乌木，皮肤洁白如雪，但每天忙于打扫煤气灶和刷洗烤箱，是个家庭主妇。她同时还不安于室，盼望着‘让自己的爱欲生活焕然一新’。童话中七个善良的小矮人在巴塞尔姆笔下也变得形象猥琐，与白雪公主关系暧昧。王子保罗是一个自认为有着贵族血统的失业者，他在小说中的使命是把白雪公主从侏儒的束缚和代表着巫婆和后母形象的简的谋害中解救出来，但他一开始就对这一

① 罗钢选编：《后现代主义文学作品选》，高等教育出版社 2002 年版，前言第 9—10 页。
② 罗钢选编：《后现代主义文学作品选》，高等教育出版社 2002 年版，前言第 10 页。
③ 罗钢选编：《后现代主义文学作品选》，高等教育出版社 2002 年版，前言第 10 页。

使命深感忧虑甚至逃避,当他终于决定承担这一使命时,又毫无行动能力,在危急关头笨拙地喝了毒酒。”①

读到此处,读者可能会感到既若有所悟又怅然若失:原来所谓“文本的历史化”就是作家从文学史的角度去写文学,相应地,读者也从文学史的角度去读文学,把不同文学历史时期的文学联系起来写和读,这样就构成了一个完美的文学史课程教学的闭环。不过,即便从文学史上的不同作品关系角度去读,从文学史教学角度看,罗钢上述辨识也仍算不上对文学文本的“完美历史化”,因为显然巴塞尔姆版本的《白雪公主》还包含着对莎士比亚版本的哈姆莱特故事的“戏仿”:“毫无行动能力”,对自己身负“使命深感忧虑甚至逃避”,最后只能采用“毒药”方式草草了结一个历史故事的“王子”显然也在影射哈姆莱特,或更确切地说,是在影射文学史教材中对于哈姆莱特这个人物性格与命运的评述。

不过这样一来,后现代主义文学所谓“解构性或断裂性戏仿”功能的实现,就需要借助于格林兄弟这一对“文艺复兴以后的作家”对此前民间口传故事的“建构性或连续性戏仿”。应当说,可见层面的“文本的历史化”在非文学性的“历史”层面上确实对应着一个格林兄弟收集民间故事的“历史事件”。在这一对文学历史的想象中,读者视野中当会出现格林兄弟深入民间“追随一种独创性的风格歌唱,但又带着某种差别”的对民间故事的“历史性戏仿”。显然在这里,后现代主义“文本的历史化”是一个历史事件,而不是一个文学事件。

与上述不见历史只见文本的评述方式构成“反讽性互文”的是,在接下来对德国后现代主义女作家的“历史叙述式小说”《卡珊德拉》与荷马史诗《伊利亚特》的互文解读中,罗钢又把文本看成了历史(这一点与前述肖

① 罗钢选编:《后现代主义文学作品选》,高等教育出版社2002年版,前言第10页。

锦龙的错误如出一辙①)。他先援引哈琴对"历史叙述式元小说"的说法，将之理解为"一种强烈感受到自己的虚构性，却又涉及真实历史事件的小说"，然后断言说："这部小说是对荷马史诗《伊利亚特》的戏仿。在荷马史诗中，特洛伊王子帕里斯诱拐了希腊最美的女人海伦，引发了著名的特洛伊战争，结果导致了特洛伊城的毁灭。"②至此对于《卡珊德拉》与《伊利亚特》互文关系的讨论还是在文学内部展开的，不过我们马上看到评论者是如何悄无声息地从文学内过渡到文学外的"历史"的："小说重写了这段历史，但作了一处极其重要的改动……"③《卡珊德拉》重写了《伊利亚特》的什么，改动了《伊利亚特》的什么，对于眼下正在讨论的问题来说，其实并不重要。重要的是，评论者在此说的是，《伊利亚特》中真的有一段人类历史的"历史"；通过将小说中作为故事的"历史"的引号去掉，评论者不动声色地把文学故事径直等同于历史了。正是这段评述对文学与历史的"关系史"做了一个"极其重要的改动"。在这里，"历史的文本化"中的"历史"原本是(文学)文本，却被当作了真实的历史。

这种"变动"造成的严重后果可想而知。以《卡珊德拉》对《伊利亚特》中的"历史"进行改写为过渡，评论者的评述就能够毫无违和感地用被偷换过概念的"历史"去嫁接真实的历史了。评论者于是看到，沃尔夫"用女性主义的目光"对《伊利亚特》中的"这段历史"进行了"新的解读"，其中包含着"当代知识分子对历史的重新建构和重新呈现"④(几乎精确对应着肖锦龙"文化洗牌与文学重建"的表述)。读到这里的时候，读者恐怕已经忘记了，《伊利亚特》中的所谓"历史"，与当代知识分子所重新建构和重新

① 详见本书第二章"历史：现象与论说"第六节"'现代欧洲文学历史路线图'中的《堂吉诃德》"相关内容。

② 罗钢选编：《后现代主义文学作品选》，高等教育出版社 2002 年版，前言第 11 页。

③ 罗钢选编：《后现代主义文学作品选》，高等教育出版社 2002 年版，前言第 11 页。

④ 罗钢选编：《后现代主义文学作品选》，高等教育出版社 2002 年版，前言第 12 页。

呈现的“历史”,其实并非一回事。在他随后所列举的“很多”同类作品(它们都被称作“历史叙述式元小说”)中,我们看到了如福尔斯《法国中尉的女人》、库弗《公众的怒火》、马尔克斯《百年孤独》、拉什迪《午夜的孩子》、艾柯《玫瑰之名》这些“都包含着深厚丰富的历史内容”的作品的名字。如果此时这些如雷贯耳的文学作品的“名字”仍不能提醒我们注意到文学故事与历史叙述之间的差别,实际上就意味着我们已经身在博尔赫斯所谓关于历史的“盲人式洞见”之中了。

博尔赫斯这种对于历史的“盲人式预见”,最为大胆地表述在一篇可视为后现代文学的文本中,而这一文本的题名《〈吉诃德〉的作者皮埃尔·梅纳尔》也颇能体现后现代主义文学的艺术风格与思想内涵。《〈吉诃德〉的作者皮埃尔·梅纳尔》是对文学史经典名作《堂吉诃德》的戏仿,也是对文学史本身的戏仿,而相比于这两种局限于文学与文学史的戏仿,更重要的是,这一文本以一劳永逸的方式把某种激进理解历史的模型放在了后世作家的面前。说起来有些不可思议,博尔赫斯所采取的方式就是不加解释地为历史打上引号从而使之成为历史主义的。如果说“打引号”是“对一件事实的宣称”,通过“打引号”的叙述行动,被叙述行动如此这般宣称的“事实”就被等同于事实本身了。在此意义上,历史主义和戏仿实际上是一回事。我们会看到,博尔赫斯在这一文本中以前所未有的清晰向读者展示了他的这一技术。至于其效果如何,我们在上面已经看到了。

在《〈吉诃德〉的作者皮埃尔·梅纳尔》一文中,博尔赫斯先是煞有介事地宣称,已故小说家皮埃尔·梅纳尔除了那些“可见作品”[①]之外,还有一部“尚未面世、富有雄心壮志、无与伦比”的“未完成作品”。接着把这一被宣称为“有”的作品描述为“也许是当代最有影响的”——读到这里,稍

① 英译文开头表述就是“The *visible* work”,其中“visible”被以斜体方式加以强调。Jorge Luis Borges:“Pierre Menard, Author of the Quixote”, in Jorge Luis Borges: *Labyrinths*, Penguin Books, 2000, p. 62.

微还有些理智的读者自然会疑惑：如果说"可见"还可以从"尚未被发现"的角度加以合理化，那么一部"还未面世"的作品是如何产生"影响"的呢？我们常常被教导说，在阅读文学作品中要悬置不信的感觉，才能进入审美状态，但如果习惯性地对文学作品中丧失理智的表述视而不见，恐怕也有被潜移默化成丧失理智的危险——《堂吉诃德》中的堂吉诃德就是一个经典例子。

《〈吉诃德〉的作者皮埃尔·梅纳尔》中译文的读者会有更大的可能产生这一疑惑，因为英文译本中，这一信息是以插入语的方式被传达的，并不像中文译本那样引人注目。可以推测，如果博尔赫斯的原著文本也是以插入语形式传达这一信息的，那么这里很可能就包含作者并不想让读者一开始就轻易注意到这一信息的意图。① 接下来对该作品内容的"透露"，读起来既像是在解释其为何那么有"影响"，又进一步地增加了它何以仍能被说成"还未面世"的疑惑——博尔赫斯或他的叙述者明明说，这部作品"包括《堂吉诃德》第一部的第九章、第三十八章以及第二十二章的片段"；而众所周知《堂吉诃德》是"早已面世"的世界名著，上面所列举的部分章节当然也是"面世了"的——难道博尔赫斯的意思是说，除了这些众所周知的章节外，所谓梅纳尔的那部"当代最有影响的作品"的其他部分都是没有被写出来因而实际上并不存在的？博尔赫斯的故弄玄虚当然是有意图的，似乎是担心读者失去耐心，他承诺自己马上就会直面问题："我知道这种说法似乎荒谬，本文的主要目的就是要证实这种'荒谬'说法的来龙去脉。"②

中译文对"本文"的使用显得博尔赫斯的这篇小说像是一篇学术论

① 王永年的中译文："那部作品是当代最有影响的……"（博尔赫斯：《小径分岔的花园》，王永年译，上海译文出版社2015年版，第30页。）J. E. 埃尔比的英译文："This work, perhaps the most significant of our time..."（Jorge Luis Borges: *Labyrinths*, Penguin Books, 2000, p. 65.）

② 博尔赫斯：《小径分岔的花园》，王永年译，上海译文出版社2015年版，第30页。

文。而值得进一步注意的是,在J.E.埃尔比的英译文中,上述引文中“证实”对应的表述是“justify”——这个词值得长久凝视——据此后半句也可译为“本文首要的目标即是要对这一‘荒诞’进行合法化(to justify this ‘absurdity’)”①。博尔赫斯这一写于1939年的文本似乎要为后现代历史叙事提供一个哲学和法学基础,这使得这一文本的文学史地位陡然提升。考虑到西方文学思潮自身的历史演进的逻辑线索,由于存在主义文学和紧随其后的荒诞派戏剧一般被视为后现代主义文学思潮的原初性流派,而这两个流派的共同哲学根基即是“荒诞”,博尔赫斯《〈吉诃德〉的作者皮埃尔·梅纳尔》以“小说—论文”的形式对“荒诞”进行“合法化”这一事件的意义实属非凡。博尔赫斯在后现代主义文学谱系中非同寻常的地位和影响力或许也能由此得到更深入的理解。这也意味着,如果博尔赫斯的“合法化”是真实有效的,那么有了自己哲学根基的后现代主义及其文学便不会消失,就像在它之前的所有有自己哲学根基的文学思潮都不会消失一样。

在博尔赫斯完成这一作品的半个多世纪后,我国美学家周来祥清楚地看到了早已经上升为一种美学原则的“荒诞”与“后现代主义”这一必然联系。在他看来,后现代主义文学就是达到成熟状态的荒诞艺术。在题为《荒诞和荒诞的后现代主义》的论文中他写道:“当荒诞艺术达到成熟之后,便形成一种特殊的相对稳定的审美处理方式,这种稳定的审美矛盾结构和处理方式,不只是一种表现方式,而且是一种特定的审美心理结构和思维模式。正像古代的素朴辩证思维影响了古典的和谐美,近代的形而上学思维范铸了对立的崇高一样,形而上学的极端形态也产生了丑和荒诞的艺术。这时,对荒诞来说,重要的已不是表现特定的荒诞现实和荒诞内容,而是以荒诞模式处理各种题材。它既可以表现现代,又可以表现古

① Jorge Luis Borges: *Labyrinths*, Penguin Books, 2000, p.65.

代，也可以表现未来。它既可以用戏剧来表现，也可用小说来表现，甚至把它推广到各种艺术。”[①]如果说在周来祥时代，“荒诞”的合理性本身已经无须哲学的“合法化”而只需作为一种历史事实接受下来，那么博尔赫斯当年以重启文学经典的方式对“荒诞”本身的“合法化”，倒可被视为一个具有深远历史意义的哲学事件。

从根本意义上说，“合法化”先于也大于“合理化”，每一个具有一定理性和想象力的个体都能对自己的行为进行“合理化”，但“合法化”的行动所需要的理性能力和想象能力显然要大得多。博尔赫斯不愧为后现代主义文学哲学原则的奠基者，其《〈吉诃德〉的作者皮埃尔·梅纳尔》最后一段的第一句话清楚表明，他知道这一有意为之的文学行动的历史意义：“梅纳尔（也许在无意之中）通过一种新的技巧——故意搞乱时代和作品归属的技巧——丰富了认真读书的基本艺术。”[②]

上引中译文中的“认真读书的基本艺术”读起来有非常复杂的反讽意味。首先，对照英译文，对应的表述是“the halting and rudimentary art of reading”，按照英译者的理解，其意思当指一种有意识的甚至游戏式的“停滞不前和停留在初始阶段的阅读艺术”。考虑到博尔赫斯式的幽默风格，很难说这是一种“认真”的读书方式。其次，当我们继续往下读到“这种无限运用的技巧要求我们翻阅《奥德赛》时，把它看成是后于《伊利亚特》的作品”[③]时，几乎还来不及感到困惑（因为《奥德赛》本来就是后于《伊利亚特》的作品，这是文学史常识，根本用不着任何意义上的“技巧”），我们就会注意到恰就在这个不需要解释的地方，译者下了一个注释：“《奥德赛》和《伊利亚特》并称为古希腊两大史诗，相传为荷马所作。《奥德赛》

① 周来祥：《荒诞和荒诞的后现代主义》，《文艺研究》1995年第6期，第28页。
② 博尔赫斯：《小径分岔的花园》，王永年译，上海译文出版社2015年版，第40页。
③ 博尔赫斯：《小径分岔的花园》，王永年译，上海译文出版社2015年版，第40页。

以《伊利亚特》的故事为线索,写作时间应在《伊利亚特》之后。"[①]

暂且抑制住"《奥德赛》以《伊利亚特》的故事为线索"所引发的阅读困惑,这个注释作为译者"认真读书的基本艺术"的展示,反倒使读者在原本不感到困惑的地方疑窦丛生了:为何博尔赫斯要说"把《奥德赛》看成是后于《伊利亚特》的作品"需要一种"无限运用的技巧"呢?这个问题的答案令人沮丧:对照英文译本可以发现,博尔赫斯本来说的是"这个可以运用到任何地方的技术使我们在读《奥德赛》时,能够觉得《奥德赛》在时间上是后于《埃涅阿斯纪》的"——中文译者很可能一时走眼,把 *Aeneid* 错看成了 *Illiad* 了。不过,笔者在此提到这个错误,并非出于前现代式认真或在其掩盖下的恶意,而是觉得这个错误本身及其上下文具有说明和展示后现代风格的功能。作为《埃涅阿斯纪》的"后来者"的《奥德赛》,在被搞错的情况下也可以是《伊利亚特》的"后来者",尽管它本来就是后者的后来者。

这让我们想到利奥塔,此人先曾欺骗性地以"对元叙事的怀疑"来界定"后现代状态"[②],后又曾嘲弄性地宣称"一部作品只有在首先是后现代的情况下才能成为现代的",以及"后现代不是现代的终结,而是处于现代的萌芽状态,这种状态是反复出现的"[③]。这一看似出尔反尔的说法曾把许多研究后现代的学者搞糊涂了。如果这些学者认真读过博尔赫斯,可能就不会如此困惑了:"后来者"当然也可以说是"先驱"——只要愿意这样说的说者有能力和智慧提出一种"使自身合法化"的"历史哲学"。这一

---

① 博尔赫斯:《小径分岔的花园》,王永年译,上海译文出版社 2015 年版,第 40 页。

② 利奥塔尔:《后现代状态:关于知识的报告》,车槿山译,南京大学出版社 2011 年版,第 4 页。利奥塔的中文译名还有"利奥塔尔",除引文及文献外,本书正文统一为"利奥塔"。

③ Jean-François Lyotard: "Answer to the Question, What is the Postmodern?", in Julian Pefanis, Morgan Thomas, eds.: *The Postmodern Explained: Correspondence 1982 –1985*, University of Minnesota Press, 1993, p. 13. 引号里的两个表述分别为"a work can become modern only if it is first postmodern"与"postmodernism is not modernism at its end, but in a nascent state, and this state is recurrent"。

博尔赫斯式洞见也有一个利奥塔式的对应表达，即“用一个包含历史哲学的元叙事来使知识合法化”①。

事实上，只要稍微留意一下《后现代状态：关于知识的报告》的章节标题，就不难发现，其要害所在并非什么“元叙事”（遑论“怀疑”），而是“合法化”。《后现代状态：关于知识的报告》共十四个章节，“合法化”出现在七个章节的标题中②，但并没有任何一个章节标题包含“元叙事”。

仅就对读者智力水平的挑衅姿态而言，博尔赫斯比利奥塔要激进和明目张胆得多，尽管他们表达各自“历史哲学”的意图一样清晰。在这后一点上，博尔赫斯也并没有吝啬篇幅和笔墨，他对梅纳尔的《吉诃德》与塞万提斯的《堂吉诃德》进行比较的着眼点或者“问题意识”，就聚焦在“历史哲学”上。叙述者先援引后者第一部第九章谈论“历史”的一段话：“历史所孕育的真理是时间的敌手，事件的储存，过去的见证，现在的榜样和儆戒，未来的教训。”③博尔赫斯的叙述者对此评述说：“‘外行作家’塞万提斯在 17 世纪写的这段综述只是对历史的修辞的赞扬。与之相反，梅纳尔写的是……”④

引到这里已经够了，因为笔者仔细核对过，博尔赫斯的叙述者声称的

---

① 利奥塔尔：《后现代状态：关于知识的报告》，车槿山译，南京大学出版社 2011 年版，第 4 页。

② 这七个小标题分别是：第二章的“问题：合法化”，第八章的“叙述功能与知识合法化”，第九章的“知识合法化的叙事”，第十章的“非合法化”，第十一章的“研究与通过性能达到的合法化”，第十二章的“教学与通过性能达到的合法化”和第十四章的“通过误构达到的合法化”。（利奥塔尔：《后现代状态：关于知识的报告》，车槿山译，南京大学出版社 2011 年版，目录第 1—2 页。）在利奥塔对“合法化”问题的具体阐述中，最值得重视的是他将这一问题与“西方文化”相联系的方式。在他看来，由“启蒙”所决定的“不平等关系”，构成了“自西方起源开始的整个文化帝国主义史”，也“使得西方有别于其他地方：西方受到合法化要求的支配”。（利奥塔尔：《后现代状态：关于知识的报告》，车槿山译，南京大学出版社 2011 年版，第 97—98 页。）

③ 博尔赫斯：《小径分岔的花园》，王永年译，上海译文出版社 2015 年版，第 37 页。这段话被杨绛译为：“历史孕育了真理；它能和时间抗衡，把遗闻旧事保藏下来；它是往古的迹象，当代的鉴戒，后世的教训。”（塞万提斯：《堂吉诃德（上）》，杨绛译，人民文学出版社 1979 年版，第 64 页。）

④ 博尔赫斯：《小径分岔的花园》，王永年译，上海译文出版社 2015 年版，第 37 页。

他所引用的梅纳尔与塞万提斯“相反”的关于“历史”的说法,竟与上述塞万提斯《堂吉诃德》的文字丝毫不差。这是整个文本中最令人惊异的部分。似乎以这种近乎白日梦或者说胡话的荒诞方式,博尔赫斯完成了一个对读者的测试,提醒愿意接受这种“荒诞”也就是愿意继续读下去的读者——这样的读者肯定也像笔者一样仔细核对过两段一模一样的关于“历史”的文学引文——要注意他接下来所要传达的“历史哲学”。当然,从我们的视角看,这样的“历史哲学”必定也是需要读者仔细与“历史”核对的。

关于这种历史哲学,博尔赫斯接下来是这样说的:“孕育真理的历史,这种想法令人惊异。梅纳尔是和威廉·詹姆斯同时代的人,他给历史下的定义不是对现实的探索而是现实的根源。对他来说,历史的真实不是已经发生的事情,而是我们认为已经发生的事情。结尾的句子——**现在的榜样和儆诫,未来的教训**——是明目张胆的实用主义。”[①]此处可能正是博尔赫斯对此前所说的“荒诞”进行“合法化”构建的要塞,值得我们驻足停留一番。

从英译文来看,无论是博尔赫斯这篇小说的英译文还是塞万提斯《堂吉诃德》的英译文,“孕育真理的历史”所对应的英文表述均保留了“mother”一词(笔者手头的诺顿批评版《堂吉诃德》的表述是“...truth, whose very mother is history”[②]),对上述引文中的“mother”,博尔赫斯还特意用了斜体加以强调:“History, the *mother* of truth...”[③]考虑到博尔赫斯的叙述者此前提到过“梅纳尔几乎圣洁的谦逊”,以及“有一种屈从或讽刺的习惯:发表同自己喜爱的想法完全相反的意见”[④],再联系当下正在被谈论的“历史”,读者当不难想到与母亲“相反”的“父亲”。

---

① 博尔赫斯:《小径分岔的花园》,王永年译,上海译文出版社 2015 年版,第 38 页。

② Miguel de Cervantes: *Don Quijote*, trans. Burton Raffel, Norton, 1999, p. 53.

③ Jorge Luis Borges: *Labyrinths*, Penguin Books, 2000, p. 69.

④ 博尔赫斯:《小径分岔的花园》,王永年译,上海译文出版社 2015 年版,第 36—37 页。

刘小枫说："早在罗马共和时代，希罗多德(Herodotus，公元前484—前425)就已经有了pater historiae[纪事之父]的大名。"[1]这里所谓"纪事之父"其实就是通常所说的"历史之父"。带着这一联系往下读就会发现，这一联系并非没有道理，因为拿来和威廉·詹姆斯时代的实用主义历史哲学对照的，正是希罗多德式的历史哲学。博尔赫斯笔下所谓"对现实的探索"或"对真实的探究"正是希罗多德笔下被称作"历史"的"探究"。"希罗多德给九卷书所冠的书名转写成拉丁字母即historiē，也就是英文的history，译成中文自然就成了'历史'"，而"historiē的源初含义即'探询、考察'，所谓historikos即'探询者'。"[2]希罗多德《原史》开篇第一句就说："这里展示的是哈利卡尔纳索斯人希罗多德的探究，为的是人世间发生的事情不致因年代久远而泯灭……"[3]显然，对希罗多德来说，他的"探究"要探究的，就是他所说的"人世间发生过的事情"，这也正是博尔赫斯所说的"已经发生的事情"。

不难注意到，博尔赫斯的叙述者所声称想要完成的对"荒诞"的"合法化"，其手段正是否定希罗多德式的"历史哲学"，鼓吹某种现代形式的"实用主义"。换言之，此处的"实用主义"就是有待于被"合法化"甚至已经被"合法化了"的"荒诞/历史哲学"。博尔赫斯所说的塞万提斯的历史哲学"不过是对于历史的修辞性赞美"，其真正要赞美(而非仅仅是修辞性赞美)的正是梅纳尔式"实用主义"的历史哲学。再换言之，博尔赫斯一字不差地重写塞万提斯，意在否定希罗多德，塞万提斯在这个语境中确实是对"历史"的"文学性修辞"。

现在已经搞清楚的是，博尔赫斯借虚拟的梅纳尔之口代言的历史哲学其实质是"荒诞哲学"，即作为后现代主义文学哲学基础的那种哲学。

---

① 刘小枫：《昭告幽微：古希腊诗文品读》，华夏出版社2021年版，第113页。

② 刘小枫：《昭告幽微：古希腊诗文品读》，华夏出版社2021年版，第114页。

③ 刘小枫：《昭告幽微：古希腊诗文品读》，华夏出版社2021年版，第118页。

值得借此契机进一步搞清的是,在博尔赫斯看来,这种哲学之历史内涵和意图究竟为何。看起来,其要害必定包含在如下两个表述中:一个是“历史的真实不是已经发生过的事情,而是我们认为已经发生的事情”;另一个是“历史乃是现实的根源”。

进一步细看之前,需要先澄清中译文中的“现实”与“真实”。中译文中的“现实”在英译文中对应的是“reality”,在上述那个完整的句子中与“history”构成二元关系的对立项——前者要么是后者的“对象”(“探究”的对象),要么就是后者需要在其中抵达的“本身”。而“真实”则是“truth”,在上述那个完整的句子中与“历史”连用构成“historical truth”。这个“historical truth”在“我们”的视角下进一步分解成一个二分结构,它要么是外在于“我们”的“已经发生的事情”,要么是需要“我们”去“判定”的“发生过的事情”。① 从后半句看前半句,会让我们明白,“历史不是已经发生过的事情”首先就是“我们”凭靠自己的“判断力”进行判断的一个主观结论。

至此可以明确的是,在“历史不是对现实的探索而是现实的根源”表述中,博尔赫斯用以否定希罗多德式的“探究型历史”的,正是他在“真实”中所感觉到和理解的东西,即某种可称为“现实感”的东西。由于在历史学家所描述的“已经发生过的事情”中,“我们”(即博尔赫斯以及他所试图为之代言的读者)感觉不到“现实/真实”(相反,只感觉到“荒诞”),“我们”现在才觉得有必要从现实的“荒诞感”出发探究“属己的历史”。这无异于说,探究后一种“历史”就是探究那种属己的荒诞感,因为对于现在这个新的历史探究者来说,这种荒诞感是他唯一能理解的真实(现实感)。

在文本的倒数第二段,博尔赫斯更为直白地以梅纳尔写给叙述者的

---

① 这句话对应的英译文“it is what we judge to have happened”,更清楚地显示出其中的康德式“判断力”痕迹。(Jorge Luis Borges: *Labyrinths*, Penguin Books, 2000, p. 69.)

书信之名表达了自己与希罗多德式历史哲学相抗衡的“权力意志”：“思考、分析、发明(他给我的信中又说)不是违反常规的行为，而是智力的正常呼吸。颂扬那些功能的偶然成就，珍惜古人和他人的思想，以出乎意料的惊讶记录那位‘万能博士’的想法，就是承认我们的无力和不开化。所有的人都应能进行各种各样的思考，我认为将来一定会做到。”①

这段话需要慢慢看。再次考虑到“梅纳尔几乎圣洁的谦逊”以及“有一种屈从或讽刺的习惯：发表同自己喜爱的想法完全相反的意见”，我们需要把梅纳尔写给叙述者的信中的这段话“摊开”来看。也就是说，需要把他喜爱和不喜爱的“完全相反的意见”平等地加以看待。一旦摊开来看，我们就会注意到，在这段梅纳尔的书信引文中，被“摊开”的实际上是整个《〈吉诃德〉的作者皮埃尔·梅纳尔》文本试图完成的“合法化荒诞”这件事本身的“荒诞结构”——我们不能忘记，这正是这一文本的“首要目标”。用后现代式的表述说，该书信文本是一个“可写文本”或“作者文本”②，是需要“重写”才能被更准确地理解的文本。这也意味着，通常所说的后现代文本之“开放性”“意义不确定性”或“可以有无数种解读”，从另一个方面来说，更可能是解读者为自己或其他读者欠缺“重写”能力所找到的一个托词。任何一种、任何一次“重写”都必然表达一种确定的意义，一种被解读者随身携带的具有判断力的理性意志所判定的意义与无

① 博尔赫斯：《小径分岔的花园》，王永年译，上海译文出版社 2015 年版，第 39 页。

② 关于这两个概念，罗钢评述说：“罗兰·巴尔特(罗兰·巴特)曾经区分出‘读者性文本’和‘作者性文本’两种文本。前者是一种封闭性文本，通俗易读；后者是开放的，但内容隐晦复杂，要求读者积极参与。”(罗钢选编：《后现代主义文学作品选》，高等教育出版社 2002 年版，前言第 15 页。)周敏评述说：“意义是相互作用的结果，并非隐藏在文本中作者的客观意图，而是由读者在与文本的交互作用中创造出来的。这种由读者来创造意义的文本就是‘作者文本’，这是一种复合文本，既开放又模糊，可以有无数种解读。与之相对的传统上由作者统领意义的文本则被称为‘读者文本’。后现代主义文学是典型的‘作者文本’，其中大量的元叙述、元语言不仅公开宣布文本的虚构性与作者意图的荒谬，也邀请读者对文本进行参与和解释。”(周敏：《什么是后现代主义文学》，上海外语教育出版社 2014 年版，第 115 页。)

意义。

那么该如何重写这段文本呢？其实我们倒也不需要真的去摊开重写——博尔赫斯实际上已经以自己的方式摊开了“合法化荒诞”背后的“古今结构”这一底牌:“所有的人都应能进行各种各样的思考”内嵌了一道针对荷马的康德式道德律令(或平等地说,内嵌了一道针对康德的荷马式道德律令)。我们此时应当意识到,博尔赫斯在谈论梅纳尔“故意搞乱时代和作品归属”之“新技术”时以《奥德赛》为例并非偶然,因为正是在《奥德赛》的开篇,荷马便推出了一个很像能够为“将来的所有人”“进行各种各样的思考”提供启发的榜样人物,而史诗中作为榜样人物的“这一个人”,就是一开始并没有给出名字的奥德修斯,这使得他更像梅纳尔所相信在未来可被实现出来的“每一个人”①:“这人游历多方,缪斯哦,请为我叙说,他如何/历经种种引诱,在攻掠特洛伊神圣的社稷之后,/见识过各类人的城郭,懂得了他们的心思。”②

如果这一理解有几分道理,那么“进行各种各样的思考”便可更恰当地被理解为“懂得所有的心思”③——博尔赫斯笔下的梅纳尔看起来为“未来的人”也就是处在后现代的“我们”提出了比奥德修斯的“智力水平”更高的要求。

为何说这一要求很可能是“康德式”的呢？理解这个问题的线索就隐藏在这一要求的前面。在梅纳尔向未来的“每一个人”提出要求之前,他所指责的正是康德在《答复这个问题:什么是启蒙运动》一文中曾指责“如此大量的人”的事情:“懒惰和怯懦乃是何以有如此大量的人,当大自然早已把他们从外界的引导之下释放出以后,却仍愿意终身处于不成熟状态

① Jorge Luis Borges: *Labyrinths*, Penguin Books, 2000, p. 69.

② 此处所引的《奥德赛》中译文出自刘小枫:《奥德修斯的名相》,刘小枫:《昭告幽微:古希腊诗文品读》,华夏出版社 2021 年版,第 5 页。

③ Jorge Luis Borges: *Labyrinths*, Penguin Books, 2000, p. 69.

之中，以及别人何以那么轻而易举地就俨然以他们的保护人自居的原因所在。”①这句话为“珍惜古人和他人思想”的“我们”所体现出的“无力和不开化”提供了绝佳的注脚，而参照英译文的理解，“无力和不开化”实际上就是“懒惰与不成熟”。② 几乎构成对称的是，就在康德做出这一指责之前，他早已向“人类”也就是人类中的“每一个人”发出了道德律令：“要有勇气运用你自己的理智！”③显然，这就是博尔赫斯笔下的梅纳尔所要求于未来人的“智力的自由呼吸”。

---

① 康德：《答复这个问题：什么是启蒙运动》，何兆武译，高玉主编：《大学语文》，浙江大学出版社 2019 年版，第 331 页。

② Jorge Luis Borges: *Labyrinths*, Penguin Books, 2000, p. 70.

③ 康德：《答复这个问题：什么是启蒙运动》，何兆武译，高玉主编：《大学语文》，浙江大学出版社 2019 年版，第 331 页。

| 第四章 |

诗学:古典与后现代的对质

迄今关于后现代状况的主流讨论,基本在“现代—后现代”的圈子里打转,而这种“打转”的合理性似乎不言自明。据说,“后现代主义也好,后现代性也好,这些问题的思考都必须结合着现代性本身来加以理解……现代性是一个参照系和框架,只有在这个框架内才有可能廓清后现代问题。所以我们看到,后现代的讨论总是这样或那样地和如何认识现代性问题本身联系在一起”①。不过,一个不争的事实是,围绕着后现代是对现代的继承还是超越,是连续还是断裂的问题,由于不同学者对于作为参照系的框架的理解不同,其展开的讨论注定不会有结果,甚至会越谈越乱,越谈越无聊,难有思想上的真正深度和启发。

一个非常重要的问题被主流的谈论忽略了,那就是后现代主义与西方古典学问的关系如何。虽然主流后现代思想家中有少数学者试图把这一问题向更广更深处推进,但其工作最终仍是在现代性视野中展开的,是出于现代性自我建构的目的而对古代思想资源进行的再利用和再生产。一个典型的例子就是利奥塔,他是一位奠定了后现代问题核心概念的学

① 周宪:《审美现代性批判》,商务印书馆2005年版,第6页。

者(他甚至被称为“后现代之父”),在其《异识》这一对后现代问题进行后续思考的著作中,虽然普罗塔哥拉、高尔吉亚、柏拉图这些古代作家的名字占据了专章标题的位置,但康德的视野是最重要的。①

在后现代学术总体格局中,刘小枫显得像是一个异数。他对后现代文学的讨论是逆向的,即其并非以厚今薄古的态度与以今释古的解读方式拉古典经典为后现代思想站台,而是厚古薄今地、以古释今地批判现代与后现代。他的探讨大多是个案式的,所探讨的多是被视为后现代思想先驱或大师的人物,如尼采、海德格尔等,或是被视为后现代文学起源或代表人物的萨德、巴塔耶、艾柯等。对这些哲学、文学名流的重审或批判,无疑具有釜底抽薪的意向。这些探讨从属于他以古典学问视野重启的“古今之争”,独树一帜也独具深度,但尚未引起后现代学术界的充分注意。

《异识》的第一章评述了刘小枫对“萨德主义后现代文学”的谱系式批判,本章则聚焦于刘小枫对尼采与艾柯的个案式考察,重点关注其以古典诗学对质后现代诗学的方式。笔者认为,即便从后现代视野来看,古典诗学的充分在场也应当成为建构性后现代景观中的一景。或许,充分的后现代景观的自我生成,恰需要反后现代的古典诗学的反向证成。②

---

① 周慧在该书“译者导言”中写道:“在《异识》这本书中,利奥塔更是在大多数章节都设置了对康德思想的运用和重新解读。这样的解读与重写是令人兴奋的,因为后现代之父最终在现代性的源头这里找到了从一元论的意志哲学脱身而出的契机。而正是对康德思想的借鉴与批判的过程中,现代和后现代之间展示出承接与断裂的关系。”(利奥塔:《异识》,周慧译,上海文艺出版社 2022 年版,第 xx 页。)

② 韦尔施在谈到以卢梭和维科为代表的“反近代思潮”时说:“这些反近代的逆流虽然是近代的儿女,但是它们的潜能似乎是有问题的。因为根据它们的形式,它们始终是完全近代的,也就是说,它们复制近代的典型特征:重新开始、激进性、专一性和普遍性。”他又指出:“在某种意义上,我们可以把这些反近代理解为近代的自我提高的战略。也正是由于这个缘故,近代变为近代的现代……近代通过挑战和应战这种相互作用取得进步。”(韦尔施:《我们的后现代的现代》,洪天富译,商务印书馆 2004 年版,第 114 页。)从这个角度看,刘小枫从古典诗学视野出发对后现代学术的釜底抽薪,似乎是在更彻底的意义上重复卢梭反近代的模式。

第一节　为何仍要问“尼采是谁”

刘小枫对后现代的思考是从对尼采的思考开始的。这是一个很自然的起点——作为“反现代的现代哲人”和宣称“上帝死了”的反传统思想斗士，尼采因其充满矛盾的复杂形象也被后现代学界普遍视作后现代思想的源头。2004年由王治河担任主编的《后现代主义辞典》为尼采专设了词条，结尾一段这样总结尼采与后现代的关系：“尼采哲学以其对现代西方文明的批判而被认为是现代向后现代的转折点，并被认为是后现代思潮的一个重要来源。”①

最引人注目的当数出版于2015年、长达近千页、由著名学者朱立元担纲主编、被收入“国家哲学社会科学成果文库”的大型著作《后现代主义文学理论思潮论稿》，其开卷文章就是《尼采与后现代》。在正式进入刘小枫对尼采的考察之前，先看看由刘旭光执笔的《尼采与后现代》这一文对尼采的后现代式理解，或能增加透视的深度与比较的趣味。

在《后现代主义文学理论思潮论稿》整体构架中，尼采被定位于题名为“后现代主义文学理论思潮的理论前驱”的第一板块。《尼采与后现代》分五节“小心谨慎地讨论”了“尼采与后现代思想之间的联系”，其所用的小标题分别是“重估一切价值”“生命——生理学”“视角主义”“‘反’主体性”“异化”。② 在刘旭光看来，尼采为后现代思想“提供了一种方法论，或者说思路上的提示”，而尼采的“提示”则在后现代成为“后现代美学的基

① 尼采词条由田立年撰写，详见王治河主编：《后现代主义辞典》，中央编译出版社2004年版，第471—473页。引文见第473页。

② 朱立元主编：《后现代主义文学理论思潮论稿》，上海人民出版社2015年版，第29—40页。

础性问题”,“后现代理论家们有理由将尼采视为他们的铺路人”①。在他看来,尼采“拒斥西方形而上学的一切根基,认为这只不过是哲学家们的偏见和虚构,理性、理念、本质、真理和实体都是空洞而虚假的幻想物,如果相信这些谎言只能让人变得衰弱、颓废,甚至陷入虚无主义泥淖之中……”②而这恰是“后现代理论家们”将尼采视为他们铺路人的“理由”。

刘小枫的《尼采的微言大义》初刊于 2000 年《书屋》第 10 期,曾于 2002 年被收录刘小枫的《刺猬的温顺》,后又于 2010 年被收录刘小枫的《重启古典诗学》,是后书所收篇幅最长的一篇文章,有六十页。《尼采的微言大义》引人注目地以第一个小标题的形式提出了“尼采是谁”的问题——接下来的其余小标题依次是“没有真理,只有解释?”“扎拉图斯特拉口中的‘蟒蛇’”“‘蒙谤忍垢而不忍自焉’”“‘无辜的假话’”“瞎子修士的‘怪书’”。

可以注意到,《尼采与后现代》第一个小标题之前的四段文字(相当于前言)的最中间,恰也夹带了“尼采是谁”的问题。不过《尼采与后现代》提出这一问题时,不但使用了过多引号(打引号是后现代主义的关键修辞策略)③,而且包含了自我指涉,这种提问方式自带浓郁的后现代风味:“‘尼采是谁?’这本身不是一个故弄玄虚的提问方式,‘他’恰恰是最值得被追问的,因为‘尼采’就是一个巨大的谜。”④一方面言之凿凿地讨论尼采如何为后现代铺路,另一方面却又说尼采是个谜,这是典型的“故弄玄虚”式

① 朱立元主编:《后现代主义文学理论思潮论稿》,上海人民出版社 2015 年版,第 30 页。

② 朱立元主编:《后现代主义文学理论思潮论稿》,上海人民出版社 2015 年版,第 30 页。

③ 为说明“后现代态度”是怎么回事,艾柯举了个例子:“我把后现代态度比作一个男人对一个很有文化修养的女人的爱的态度,这个男人知道他不能直接对她说‘我爱死你了’,因为他知道她知道(她也知道他知道)这句子已经被芭芭拉·卡德兰说过了,(不过)有一个解决办法。他可以说‘正如芭芭拉·卡德兰所说,我爱死你了’。”(Umberto Eco: “Postscript to *The Name of the Rose*”, in Hu Quansheng, ed.: *Selected Readings in Postmodern British and American Fiction*, Shanghai Foreign Language Education Press, 2014, p. 461.)

④ 朱立元主编:《后现代主义文学理论思潮论稿》,上海人民出版社 2015 年版,第 29—30 页。

的后现代戏仿手法。

把“尼采是谁”这个问题与“故弄玄虚”这个说法联系起来，可能就是在影射刘小枫。因为如前所言，刘小枫在这篇发表于十多年前的文章中的第一个小标题就是“尼采是谁”。并且就在这部分，刘小枫用单独成段的两个问句“然而，尼采是谁？”①与“尼采真是如此‘尼采’？”②预先“夹击”了后现代版的尼采：“谁不知道尼采？不就是那个要‘重估一切价值’、主张‘权力意志’、提出‘超人伦理’和‘永恒复返’说而且敢‘敌视基督’的德国‘伟人’或‘疯子’？不就是那个其学说被纳粹利用的德国诗人哲学家？”③

而在学术史考古进入深水区的第二部分“没有真理，只有解释？”中，我们进一步看到针对诸后现代思想家眼中的“假尼采”的逐一批驳，这些被批驳的后现代版“尼采”彼此之间似乎也在互相批驳。于是我们看到：洛维特眼中的尼采“永恒复返”的思想形象被海德格尔“不以为然”④，而像福柯这样的“某些后现代思想家”则“并不理会海德格尔的形而上学谱系论”⑤，而是对所谓“生肌权力/biopower”感兴趣；经由福柯的启示，尼采的“权力意志论”成为德勒兹“最后的思想”⑥，最终竟又在德里达那里被“给予了尼采式摧毁”——据说德里达认为尼采文章根本没有隐含什么确定的学说，也没有什么最终含义。几乎就是一幅描绘尼采思想如何被后现代思想家“异化”的漫画。

就在这部分临近结尾处，刘小枫为这幅漫画配上了画外音，第三次提出“尼采是谁”的问题，并将思想史的触角向后延伸至古希腊的柏拉图：

① 刘小枫：《重启古典诗学》，华夏出版社2010年版，第229页。
② 刘小枫：《重启古典诗学》，华夏出版社2010年版，第230页。
③ 刘小枫：《重启古典诗学》，华夏出版社2010年版，第229页。
④ 刘小枫：《重启古典诗学》，华夏出版社2010年版，第234页。
⑤ 刘小枫：《重启古典诗学》，华夏出版社2010年版，第235页。
⑥ 刘小枫：《重启古典诗学》，华夏出版社2010年版，第236页。

"勾销尼采书写的内在实质,代之以**多声风格**,尼采就被蒸发了。然而,真的再不可能找到尼采?尼采是谁,真的没有可能回答?即便是多声风格,也非尼采的发明。柏拉图的对话充满了不同声音,能肯定苏格拉底的声音一定是柏拉图的声音?基尔克果用过一打笔名,哪一个是他自己的声音?柏拉图或基尔克果并非在多声风格或笔名书写中不在了,仍然可以肯定有可以叫作柏拉图或基尔克果的思想。角色或笔名都很可能是'隐身手段',正因为有'身'要隐,才发明了多声风格或笔名书写。尼采这个人在'风格'中隐藏自身,而不是根本没有尼采之'身'。"①

在这部分的结尾处,在断言"并非没有一个尼采,'尼采们'不过是尼采的身影"之后,他对后现代的尼采解释下了判词:"尼采不是后现代的非逻各斯论者,他追求真理,只不过不直言真理。德里达没有去问为什么尼采不直言真理,反而以为尼采的言说证明根本没有真理,实乃典型的后现代的自以为是。"②

过于详细地对勘刘旭光笔下的作为"后现代理论铺路人的尼采"与刘小枫的"尼采真身"的说辞,将把我们拖入一场连尼采本人都会难以自拔的语言拔河竞赛中。"追求真理的尼采"(可视为"尼采真身"的另一种说法)在作为"后现代理论铺路人的尼采"看来,显然已经因"相信"包括"真理"在内的"谎言"(此外还有"理性、理念、本质、实体"等"偏见和虚构")而"陷入虚无主义的泥淖之中"③。关于这一点,刘旭光援引了尼采自传的"判词":"过去,人类郑重称道的东西,都是不真实的,纯粹的臆想,确切的说,是出自病态、有害的(最深刻意义上的)天性的恶劣本能——,诸如'上帝'、'灵魂'、'美德'、'彼岸'、"罪恶"、'真理'、'永恒生命'等等。"④这无

---

① 刘小枫:《重启古典诗学》,华夏出版社 2010 年版,第 238 页。

② 刘小枫:《重启古典诗学》,华夏出版社 2010 年版,第 239 页。

③ 朱立元主编:《后现代主义文学理论思潮论稿》,上海人民出版社 2015 年版,第 30 页。

④ 朱立元主编:《后现代主义文学理论思潮论稿》,上海人民出版社 2015 年版,第 32 页。

异于说:谁“郑重称道”尼采那里有“真理”,谁就是“病态、有害的天性”。

当然,反过来看也差不多,因为从“追求真理的尼采”角度看,把尼采(哪怕只是尼采的诸多漫游者的影子)用来为后现代理论铺路的那些“现代自由知识人”或“后现代的民主知识分子”,已经“沦为真正的畜群”而必须被“一扫而空”[①]。“必须一扫而空”出自刘小枫所引用的尼采笔记:“无学问的下层阶级现在是我们的唯一希望。有学问、有教养的阶级,以及只理解这个阶级并且自己就属于这个阶级成员的教士们,必须一扫而空。”[②]在刘小枫的用法中,“我们如今后现代的民主知识分子”几乎等同于“自由主义或新左派或保守主义知识人”,即“有学问、有教养的教士们”。

为避免真实地被抛入虚无主义泥淖之中或沦为畜群中一分子,有必要对其分歧焦点做一番辨析。分歧焦点在哪里呢?说来不可思议,看上去是精神之争,其焦点却在于对“身体”这个问题的理解。

对于后现代主义者来说,“尼采是谁”这个问题其实只是意味着“尼采肉体”的秘密,所谓“巨大的谜”不具有任何肉体之外的内涵,肉体包含了一切秘密,也指示了所有谜语的答案;《尼采与后现代》的作者虽然直到第二节“生命—生理学”才断言(尼采认为)“‘生命—肉体’是评判一切价值的标准”[③],其实早在第一节“重估一切价值”作者就径直把“生命”本身视作“肉体”了。他是这样说的,“当‘生命’成为重估一切价值的天秤时,就意味着肉体的感性活动成为评判价值的核心标准”,而这被认为是尼采对“以前的西方哲学的彻底颠覆”。[④] 接着是作者不吝篇幅地大段引用尼采论肉体的文字。于是,“生理学取代传统形而上学获得了最重要地位”并

① 刘小枫:《重启古典诗学》,华夏出版社 2010 年版,第 285 页。

② 刘小枫:《重启古典诗学》,华夏出版社 2010 年版,第 282 页。

③ 朱立元主编:《后现代主义文学理论思潮论稿》,上海人民出版社 2015 年版,第 32 页。

④ 朱立元主编:《后现代主义文学理论思潮论稿》,上海人民出版社 2015 年版,第 31 页。

成为“后现代思想用来进行价值评判时的基本指向”①，最终成为水到渠成的结论。至此我们也才意识到，作者在本节开头称尼采这些想法“很奇怪”“令人摸不着头脑”②是多么言不由衷。

显然，对于后现代思想来说，尼采学说的基础是其生理学，而生理学径直等同于肉体学。《尼采与后现代》的作者也没有忘记强调“尼采的生理学实际上是现代意义上的生理学、生物学和心理学的结合”。对“现代意义”的强调反倒证实了其对于“心理”的理解也是肉体的，虽然“肉体的心理”表述听起来有些别扭。他进而从三个层次阐发了“尼采生理学”的价值：“首先，按照自我肉体生命的样子理解一切存在，因为一切现象都可融为一体，也就是都可统一为生命——这里尼采赋予了‘肉体—生命’以最高统一性，从而为作为最高学科的生理学奠定了基础，指明了根据。其次，正是肉体—生命的最高统一性，使得我们可以在方法上通过对肉体的了解而达到对其他事物的了解，因为尼采认为‘肉体这个现象乃是更丰富、更明晰、更确切的现象。因为，它按部就班、依次向前发展而不追究其最终的意义’——这是尼采赋予生理学的现实意义。最后，存在就是生成，生命的本质就是生成，一切认识的最终根基就是生命的生成——这是尼采对生理学之哲学意义的最高概括。”③

当然，对“尼采生理学”给予最高评价并不意味着对尼采给予最高评价。事实上，基于生理学评价尼采恰恰意味着，在生理上，尼采与包括后现代理论家在内的所有人都没有高低差别。尼采并不比我们强，也并不比我们好，或者说即便他比我们强、比我们好，以至于写了那么好的书，也不过是由于他偶然地“有一个很好的胃”。虽然尼采提出了最高意义上的

① 朱立元主编:《后现代主义文学理论思潮论稿》,上海人民出版社 2015 年版,第 32 页。

② 朱立元主编:《后现代主义文学理论思潮论稿》,上海人民出版社 2015 年版,第 30—31 页。

③ 朱立元主编:《后现代主义文学理论思潮论稿》,上海人民出版社 2015 年版,第 33—34 页。笔者稍有改动。

生理学，并为未来哲学也就是后现代哲学打下了基础，但就尼采这个人而言，他却算不了什么，不过是器官和机械。后现代学术对尼采的称赞也诡异得有些言不由衷。可以作为佐证的是，《尼采与后现代》一文的作者在最后评价尼采“他像是上帝，既爱人又恨人”①时，似乎已经忘了他在第三节“视角主义”中评述过尼采的“上帝死了”②。但或许并没有忘，倒很可能是在提醒我们注意该文引言中最后一段的第一句话：“尼采死了，他不可能再回应我们，无论是赞赏，还是歪曲。”③

现在我们切换到刘小枫的视角。显然从他的视角看，后现代版本的尼采解释无论是赞美尼采还是歪曲尼采，最终都无关乎真正的尼采。因为在他这里，尼采所说的“生理学”与肉体无关，反倒“灵魂学”——刘小枫关心的是尼采灵魂的“类型”——才是他“尼采是谁”问题的真实指向。不过，虽然《尼采的微言大义》一文揭示出尼采的真实身份正是尼采式的“超人”亦即“高贵的哲人”，但“灵魂学”的问题并未令人注目地出场。要更清楚地看到这一点，需要读其十五年后的另一篇谈论尼采与后现代的文章，即《尼采的晚期著作与欧洲文明危机》。

第二节　生理学，抑或灵魂学

《尼采的晚期著作与欧洲文明危机》发表于 2015 年第 2 期《同济大学学报》(社会科学版)，同年 8 月被收录其《比较古典学发凡》(该书为谢天振、陈思和、宋炳辉主编的“当代中国比较文学研究文库”中的一本)。该文行文中并未特别提及“后现代”，但被编入该书第三辑“后现代的开

① 朱立元主编：《后现代主义文学理论思潮论稿》，上海人民出版社 2015 年版，第 40 页。
② 朱立元主编：《后现代主义文学理论思潮论稿》，上海人民出版社 2015 年版，第 35 页。
③ 朱立元主编：《后现代主义文学理论思潮论稿》，上海人民出版社 2015 年版，第 30 页。

端”——前两辑分别是“古希腊诗术”和“启蒙与反启蒙”。三辑合起来看，就有了一个世界历史古今演变与对照的大视野，也可见其问题意识一以贯之，那就是透过古典重审现代与后现代。虽然第三辑从其题名来看只涉及后现代“开端”，但“开端”也意味着“釜底之薪”。当“晚期”的尼采与欧洲文明的“危机”并置在一起时，“开端”凸显的却是终结意味。

这让笔者想起20世纪50年代历史学家汤因比对“后现代主义”一词的使用。汤因比使用这个词作为颓废、无政府主义、无理性的同义词——“在1954年出版的《历史研究》第八卷中，汤因比以普法战争为界，将这场战争所开启的时期称为‘后现代时代’”①，“后现代”被他“用以指称现代和西方历史的最后一个阶段，亦即从19世纪最后十五年开始的并为两次世界大战所证实的欧洲没落时期”②。无论是否有意为之，“无理性的没落”显然呼应着“危机”。在这个后现代语境中，讨论尼采的“晚期著作”，既是用尼采来解释危机之“合理性”，又是让尼采显示危机之深重。

汤因比式“后现代”的大历史背景一旦被代入，局限于从“生理学”角度(尽管这一角度经过了新的解释和拓展)来理解尼采对“后现代”的思考，就显得局促了。正如刘小枫在该文第四节“‘重估一切价值’的普世文明依据”开头所言：“尼采的晚期著作有一个突出特征，这就是采取了**世界文明大历史**的视角，尽管‘重估一切价值’显然针对的仅仅是**欧洲文明史**。”③

尼采的后期著作能为理解欧洲的没落与危机提供怎样的洞察力呢？说起来有些后现代，因为这似乎体现了一种更大规模的自我指涉结构。根据刘小枫的指点，我们知道，尼采之所以能够为透视后现代的历史提供洞察力，在于他在每个民族的历史开端处都发现了一个“最具洞察力，也

① 安德森：《后现代性的起源》，紫辰、合章译，中国社会科学出版社2008年版，第4页。
② 贡巴尼翁：《现代性的五个悖论》，许钧译，商务印书馆2013年版，第123页。
③ 刘小枫：《比较古典学发凡》，复旦大学出版社2015年版，第190页。

就是最具后顾与前瞻眼光的阶层”①。他指点给我们看的是尼采《敌基督》第五十七节的一段文字:“在一个民族(Volk)发展的一个确定点上,这个民族的一个最具洞察力,也就是最具后顾与前瞻眼光的阶层就会宣布:用来规定应该(也就是能够)怎样生活的经验已经到头了。他们的目标,就是从充满实验和糟糕经验的各个时代之中,采摘最丰富和最全面的果实。因此,现在首先需要注意的是,不要无休止地继续进行实验,不要无休止地延续这种价值变动不居的状态,不要无休止地对价值进行检验、筛选和批判。”②

怎样的人才能属于这个阶层呢?“洞察力”说到底也就是一般意义上的认识能力,说到底就是最高意义上的认识能力,“最具洞察力”的人就是具有最高意义上认识能力的人。可以注意到,在谈论“认识”这个最高意义上的问题时,尼采并没有谈到肉体,最具洞察力的人不是在肉体能力(无论怎样的综合肉体能力)这一尺度上得到界定的。刘小枫让我们看到,尼采在谈到“极少数人”“最完善的等级”,也就是“最具洞察力”的阶层时,说的是“最具精神的人”:“作为最强者,最具精神的人在别人只能看到毁灭的地方,在迷宫中,在对自己和他人的艰苦磨难中,在尝试中,找到了自己的幸福;他们的快乐就是自我强制:在他们身上,苦行变成了天性、需要、本能。”③

熟悉后现代主义文学的读者很容易联想到,“迷宫形象”以及“迷宫般的叙事”很受后现代作家的青睐,似乎尼采笔下的精神最强者也像某个版本的后现代英雄。虽然这个尼采版本的迷宫英雄并不大像博尔赫斯或罗伯-格里耶笔下的在梦幻迷宫和几何学迷宫中或沉醉或死去或在沉醉中死去的迷宫英雄,但无论如何,出现在后者叙事中的迷宫主人公以及后者

① 刘小枫:《比较古典学发凡》,复旦大学出版社2015年版,第194页。
② 刘小枫:《比较古典学发凡》,复旦大学出版社2015年版,第194页。
③ 刘小枫:《比较古典学发凡》,复旦大学出版社2015年版,第196页。

的迷宫叙事本身也都在传达某种迷宫式洞察力——喜欢读此类故事的读者也会喜欢这样的洞察力。

那么在刘小枫笔下，“懂得如何用思想面具竖起保护的屏障”的尼采又是如何传达其笔下“最具洞察力的阶层”在反思迷宫经历之后得到的洞察的呢？有些令人困惑的是，在转述这种洞察力所带来的洞察所包含的具体内容时，刘小枫将其表述为“经验”——“古老的洞察力所获得的经验是什么呢？”[①]他如是问。这就意味着：其一，他认为尼采在此是在传达某种更原始更直接的内容的洞察而不是作为反思结果的洞察，似乎尼采在接下来被引述的那句话中正在“洞察”这种行动；其二，进一步看，作为内容的洞察及洞察力的获得，本身是一种过程，也就意味着，在这个过程结束之前，在走出迷宫之前，其实还并没有什么实质性洞察。还有，值得注意的是，先前“最具洞察力，也就是最具后顾与前瞻眼光的阶层”所具有的“洞察力”在此被转换为“古老的洞察力”。

无论如何，我们先跟随刘小枫看一下尼采的“洞察”。尼采是这样说的：“最高的、统治的律法，只不过是对一种自然秩序（Natur-Ordnung）的认可，是头等的自然法则（Natur-Gesetzlichkeit），不受任何任性和‘现代观念’支配。在每一个健康的社会中，都有三种在生理上侧重点不同、但又相互制约的类型，这三种类型各有各的卫生，各有各的劳作区域，各有各的完善感和技艺。是自然（Natur），而非摩奴，将这三种类型区分开：一种是偏重精神的；一种是偏重膂力、性情热烈；而第三种与前两者都不同，它体现的只是平庸——但正是这第三种类型代表大多数，而前两种是遴选出来的。”[②]

就我们的问题而言，最关键的时刻来了，一个微妙而深刻的变化即将

① 刘小枫：《比较古典学发凡》，复旦大学出版社 2015 年版，第 195 页

② 刘小枫：《比较古典学发凡》，复旦大学出版社 2015 年版，第 195—196 页。

发生,“灵魂学”就出现在这个时刻的上下文。刘小枫从尼采对“古老的洞察”的“洞察”中洞察到:“可以看到,古老的洞察力所获得的经验是如今所谓的差序政治原则:‘在每一个健康的社会中’都有三种不同类型的灵魂,它们之间的关系是一种支配性的差序关系。”①这里发生的一个变化就是“三种在生理上侧重点不同、但又相互制约的类型”变成了“三种不同类型的灵魂”——“生理类型”变成了“灵魂类型”。刘小枫用变换字体的方式强调说:“在尼采看来,**三种灵魂类型**的区分才是真正**自然的普世原则**。”②

从“生理”变化到“灵魂”的合法性在哪里呢?对此刘小枫并没有兜圈子,他径直解释说:“‘三种在**生理上**(physiologisch)**侧重点不同、但又互相制约的**类型’也可以读作‘三种在**自然学上**’不同的类型,因为,‘生理学’这个词与‘心理学’一样,在尼采那里应该**还原为**希腊文的含义:‘**心理**学’还原为‘**灵魂**学’,‘**生理**学’还原为‘**自然**学’。”③

只能看到肉体的肉体眼睛看到的只是运动着的生理身体,精神眼睛看到的是生理身体的类型,而一旦用灵魂的眼睛去看,生理的就变成了灵魂的,这是最值得关注的“变形记”。注意不到这点,就没法进入关于精神的讨论。用海德格尔式的表述,就是只看到生理性的身体,最终只会沉沦在身体和生理的大地,而只有精神才有能力和意愿去创建一个精神可以栖居其中的世界。尽管前述《尼采与后现代》的作者所言为“作为最高学科的生理学”奠定基础的“‘肉体—生命’的最高统一性”,结合了“现代意义上的生理学、生物学和心理学”,但是其真正的基础仍是在精神的眼睛对肉身而非精神经验的观看中奠定的,其前提恰是精神与身体的原始区分——这是一个“古老的区分”。

---

① 刘小枫:《比较古典学发凡》,复旦大学出版社2015年版,第196页。

② 刘小枫:《比较古典学发凡》,复旦大学出版社2015年版,第196页。

③ 刘小枫:《比较古典学发凡》,复旦大学出版社2015年版,第196页。

上述刘小枫的那段解释还并未点出从“生理学/自然学”到“心理学/灵魂学”的转化所依托的“希腊文”。他仅给出了现代意义上的“生理学”与古希腊语意义上的“自然学”之间的意义联系，以及现代意义上的“心理学”与古希腊语意义上的“灵魂学”之间的意义联系。而对于希腊语意义上的“自然学”与希腊语意义上的“灵魂学”的联系，并未给出说明。看来尚需要读者自己去找相应的“希腊文”来补上这个联系①。问题的关键在于找到相应的“希腊文本”。

第三节　柏拉图“灵魂学”与后现代的误认

以笔者的有限见识，对于理解从“自然学”意义上的人性类型到“灵魂学”意义上的人性类型的转化，需要借助柏拉图《理想国》中的两段文本。一旦我们以某种方式把这两段文本联系起来（也可以说它们本来就是潜在地联系在一起的），赋予其一种彼此渲染和交织的关系，就可以看到，人性的“生理学/自然学”与“心理学/灵魂学”之间的转化关系实际上是叠加式的组合关系或贝克特式的列举关系。

这两段文本，其一是卷七开头部分的“洞穴寓言”，其二是卷九靠近结尾部分的“灵魂的形象”。在前一段文本的开头苏格拉底说“让我们为我们的自然造像”，在后一段文本中苏格拉底说“让我们为灵魂造像”②。因此这两段文本也可恰当地分别被称作“人的自然寓言”与“人的灵魂寓言”。

---

① 若从希腊语的角度理解，刘小枫为这个联系给出的希腊语是“Politeia”，也就是通常译为书名的“理根国”。参见刘小枫：《王有所成——关于柏拉图 Politeia 的汉译书名》，刘小枫：《王有所成：习读柏拉图札记》，上海人民出版社 2015 年版。

② Plato: *The Repulic of Plato*, trans. Allan Bloom, Basic Books, 1968, pp. 193,271.

结合刘小枫对尼采所言的解释,在柏拉图的“自然寓言”中所描绘的就是人的“三种生理/自然类型”:观看影像并对其赏析、评论的“大多数人”,他们占据了洞穴里囚徒的位置;回头看到影像之来源亦即人造模型并走出洞穴以认识自然模型的哲人,即“偏重精神的人”;制作模型并将其投影在洞穴中的“立法者和诗人”——阿兰·布鲁姆解释说:“立法者和诗人是这些景观的制作者;或者,对洞穴形象中的象征来说,他们是举着模型和其他东西的人,囚徒们看到的就是这些模型的影像。”①可以看到,尼采所言的“偏重膂力、性情热烈”的政治人就在第三类形象中,他们就是其中的“立法者”。

对照尼采的“三种类型”,柏拉图的“自然寓言”第三类中似乎多出了一个“诗人”的分岔,这一点其实也好理解。无论是柏拉图还是尼采,都是“用言辞制作形象”的人(这是柏拉图《会饮》中对“诗人/制作者”的理解),一个“健康的社会”不可能没有诗人的位置,柏拉图在政治体中为作为诗人的自己留一个位置,实属再正常不过了。柏拉图给自己留的这个位置显示了哲学、文学与政治的渲染性关系。

更重要的是,柏拉图的“自然寓言”给了我们一个动态地理解尼采所言的“三种类型”的契机——柏拉图笔下的苏格拉底本来讲的就是一个动态的可以循环起来(也就是可以自我指涉)的过程。哲人是在观看影像的经验或者行动中“回头看”才开始成为一个哲人的(当然他也可能成不了),因此每个拥有“观看”经验的人也就是大多数人都是潜在的哲人(虽然比例可能相当低);成为哲人的开端或起点本来就是影像经验和对影像经验的反思的混合,这样哲人走出洞穴以获取纯粹知识的努力很可能是徒劳的,比如他很可能走入一个更具欺骗性的洞穴;当哲人意识到这种被骗的终极可能性时,他可能就会重新回到洞穴,并根据他曾走出洞穴的知

---

① Plato: *The Repulic of Plato*, trans. Allan Bloom, Basic Books, 1968, p. 404.

识做一个制作新模型的“新诗人”(“新模型”大体对应“新文学”);这样一来,洞穴里就至少有了两类诗人,即原先就在洞穴里的诗人和从洞穴外面回来的哲学诗人;作为一种模型分析,也不能排除这样一个可能,原先在洞穴里的诗人在更早先的时候也是从洞穴外面返回的哲人;就《理想国》中的苏格拉底与荷马的关系而言,很可能的是,早在苏格拉底想要以一种哲学诗人的身份取代荷马之前,荷马其实已经是一个哲学诗人了——是一个更早时期的哲学诗人。①

如果说“洞穴寓言”让我们看到的是“在每一个健康的社会中”按其自然都会存在的三种(或四种)“生理/自然类型”,那么卷九的“灵魂的形象”让我们看到的则是“在每一个灵魂内部”都会有的三种形象。实际上,洞穴故事也可以当作每一个健康的囚徒都有可能展开的故事来读,每一个人都潜在地能在某种意义上“走出洞穴”,因为他们的灵魂内部都有那三种形象——每一个灵魂形象都包含着三种形象。

苏格拉底把灵魂的这种包含三种形象的复合形象称作神话故事里那种“由多种形式组成一体的古动物”②——似乎这类故事就包含着尼采所说的“古老洞察力”本身。首先他让对话者想象一种“具有许多色彩、许多头颅的野兽”③,这些头有的可怕,有的可爱,有任意变化的能力,它们也能长出新的头。然后他让对话者想象一个狮子的形象和一个人的形象,狮子的形象大,人的形象小。至此,灵魂内部的三种形象似乎已经塑造完毕。不过苏格拉底指出,还有至关重要的最后一步:“再塑造一个形象,一个人的形象,裹在它们周围,好让一个不能看到这一形象内部、只能看到

① 此处对“洞穴寓言”的分析,详见赵山奎:《伯纳德特如何解读〈奥德赛〉》,《古典研究》2010年第4期,第83页。

② 柏拉图:《理想国》,王扬译注,华夏出版社2012年版,第350页。

③ 柏拉图:《理想国》,王扬译注,华夏出版社2012年版,第350页。

外壳的人相信,它是活生生的东西,一个人。”①包裹灵魂内部的这个“一”,只是看上去像“一”的人的形象的外观。

粗略来看,柏拉图笔下的“三合一”的灵魂形象并不难理解。三部分分别对应欲望、血气和理性。考虑到《理想国》中的一个中心类比,即灵魂结构与城邦结构的类比,于是因灵魂构成而来的“在每一个健康的社会中”都会有的欲望型、血气型、理性型三种“灵魂类型”——大体能够对应尼采所说的“大多数人”“偏重膂力、性情热烈的人”“偏重精神的人”。

不过,正如施特劳斯所指出的,柏拉图对于灵魂的看法包含了需要进一步理解的层次。在关于《会饮》的讲辞中,他主要强调了《会饮》中对“爱欲”的三分处理与灵魂三分问题的纠缠:“在《斐德若》和《理想国》中有对灵魂的三分:有一个低的爱欲,还有一个高的爱欲,在其上是理性。《斐德若》中低的爱欲在《王制》中被称为欲望,高的爱欲在《王制》中被称作血气。这种三分没有出现在《会饮》中,但可以看到一种对于爱欲的三分:以繁殖为目的的异性爱;对于荣耀的爱欲,这与血气有关系;但并不与其一致;还有就是对智慧的爱。”②施特劳斯认为,这两种三分法是如何联系起来的是一个非常关键的问题,对这个问题的理解通向柏拉图灵魂学的秘密:“谁要是对此有一个真实的答案,那他就可以宣称理解了柏拉图关于人的看法。”③而根据施特劳斯在其他地方的解释,这里的关键就是“血气”与“对于荣耀的爱欲”之间的差异——二者显然有内在联系,但显然并不一致,因为血气更为含混复杂:“血气”除了包含“对荣耀的爱欲”这一“追求卓越”的动力外,还包括“对于正义的爱欲”,爱与恨在“对于正义的爱欲”这一点上交会起来了,因为血气对正义的爱欲生出的是“道德义愤”。

---

① 柏拉图:《理想国》,王扬译注,华夏出版社 2012 年版,第 350 页。

② Leo Strauss: *On Plato's Symposium*, The University of Chicago Press, 2001, p. 57.

③ Leo Strauss: *On Plato's Symposium*, The University of Chicago Press, 2001, p. 57.

施特劳斯用柏拉图"灵魂构成学说"中的"爱欲部分"来渲染柏拉图"灵魂类型学"中的"偏重膂力、性情热烈的人"。在这一阶层中,"对于荣耀的爱欲"最为强烈,从而发现了他称之为"血气最深层的秘密"的东西,即在"高的爱欲形式"与更基础性的也就是"低的爱欲形式"之间存在着某种难以觉察的过渡或运动:"对于不义的有正当根据的义愤不知不觉地变为对于无回报之爱(unrequited love)的无正当根据的义愤。这可能是血气最深层的秘密。"他用莎士比亚《哈姆莱特》中的著名独白来佐证自己的看法:"哈姆莱特列举了七种让生活几乎无法忍受的东西。这些东西几乎都是道德义愤的对象,例如压迫者的恶行等等,但在核心之处他提到了受鄙视之爱(dispised love)的种种痛苦。"①

不过,出于某种未知原因,施特劳斯的"渲染"似乎有意没有充分展开。他有意强调了某种形式的渲染而淡化与回避了其他形式的渲染,比如他并没有特别考虑"偏重肉体性欲望"的大多数人是如何通过各自灵魂中的"理性的人"来使自己的"多头怪物"般的欲望合理化的。值得注意的是,这一可能性确实很容易被正统的柏拉图学者所忽略——就在苏格拉底与他的对话者的谈话进入深水区之际,《理想国》的译注者王扬做了一个注释:"三个不同的领域:柏拉图从此展开了对于灵魂本质的讨论,证明灵魂有三个组成部分,类似城邦中的三个不同阶层。这三个部分是:理性、气魄和欲望。它们和今日心理学中人们所称的思想、意志和欲望这三种东西并不十分相同,比如,柏拉图所说的三个部分各自还包含类似于兴趣、欲望和意志的成分。'理性'拥有'求知欲',希望认识事物的本质,接触真理;'气魄'拥有证实自己勇猛顽强、充满'英雄'气概的意志;'欲望'也有自己的奋斗目标,它不断盼望解除'饥渴',追求自身的满足。"②王扬

① 施特劳斯:《古典政治理性主义的重生》,郭振华等译,华夏出版社2011年版,第235—236页。

② 柏拉图:《理想国》,王扬译注,华夏出版社2012年版,第153页。

在这里也并没有提及一个“欲望型灵魂个体”在满足自己的“欲望”之时“理性”所发挥的渲染作用,或“多头欲望”中的“每个头”所能提供的智力支持。

再比如,《会饮》从赞美爱欲角度出发对人的灵魂进行理解。初看上去,七篇讲辞既展现爱欲的多元性,又呈现其高低秩序,这种“多元”与“高低”几乎完美对应了《理想国》中的“多头动物”及其“差异”(有的头可爱,有的头可怕),似乎爱欲和欲望一样,是一只“多头动物”。但参照《理想国》中的“多头动物”来看,《会饮》中的爱欲由于被“赞美”意图渲染,已经是预先被赞美者从“欲望的自然状态”中拣选出来的“可爱的欲望”,也就是说,《会饮》中诸讲辞首先是赞美者对作为被赞美者的欲望进行的美化和诗化行动。诗化行动即造像行动,赞美者首先用行动,其次用言辞为其所欲赞美的欲望造像并将其投射到听众所面对的墙壁上——我们读《会饮》时,已经身在洞穴深处。这意味着,要么《会饮》中的诸赞美者所造爱欲之像其原型的内部(对勘因被“人的形象”包裹住而从外面看不到的三种形象)存在着“可怕的爱欲”,要么《会饮》已净化了这一点。随着自然历史的展开,会不断地出现如柏拉图笔下的斐德若、泡赛尼阿斯、厄里克希马库斯、阿里斯托芬、阿伽通、苏格拉底、阿尔喀比亚德这样的人物,来为他们所处时代的那些“可爱的欲望”作赞美诗,而那些被他们诗化和美化的欲望内部,仍将有自然或生理意义上的“可怕”之处。或许可以从这一角度来看文学史诸思潮对各自所怀欲望的诗化造像。

切近来看,柏拉图笔下的苏格拉底在进入对于个体灵魂学的深入讨论之前,已经先把所有可能的情况列举了出来,这一点对于我们眼下的讨论有重要的启发意义。甚至可以说,这里就包含着从柏拉图灵魂学视野出发来理解如今所谓“后现代状况”的前景。柏拉图笔下的苏格拉底显然非常重视这一讨论,他对与其对话的人强调,这是“真正的难点”,甚至“难以用语言恰当地加以区分确定”。[①] 让我们试着直面这些难点。

苏格拉底说:“以下才是真正的难点所在,我们做每一件事是靠同一个领域呢,还是分别靠三个不同的领域,做这件事靠这个领域,做另一件事靠另一个领域;我们靠某一领域吸收知识,靠另一领域生恨发怒,靠第三个领域渴望获得食物、各种快乐的机会以及所有诸如此类的东西,或,每当我们开始行动,做以上每一件事都离不开整个灵魂的帮助。”[②]

清楚的是,苏格拉底在这里谈的是个体灵魂如何通过身体“做事”,而个体灵魂,在他看来,和“一个健康社会”一样,是由三部分构成的。他问的是,个体灵魂做一件具体的事,是只动用其中一部分还是各部分都要参与行动呢?他提出的第一种可能性的荒谬性让我们意识到,即便满足一个本能的也就是最低最基础的欲望比如吃东西,也要动用灵魂的三部分才能实现。而实现最高意义上的精神活动,也需要本能级别的激情或血气作为基础。

苏格拉底用了一个著名而晦涩的故事对此进行了说明。故事中的列昂提奥斯的欲望是看到在“公共刑场”被公开处决的罪犯的尸体,如何理解这种欲望以及他实现自己欲望过程中的行动呢?苏格拉底的叙述显示出:一方面,对“公共刑场”的强调反映出的是他对自己这种观看欲望进行“合理化”的“理性行动”,似乎这样一来,他对暴力行动后果的观看就具有了一种“沉思正义”的性质——在此语境中“犯人的尸体”就成为“被实现出来的正义”,就能成为一种“精神性活动”;另一方面,即便如此,“观看尸体”的行动仍未能被充分理性化和精神化,因为他在此过程中的一个至关重要的举动就是责骂(责骂意味着灵魂的血气部分在行动)自己的眼睛,

---

① 柏拉图:《理想国》,王扬译注,华夏出版社 2012 年版,第 152—153 页。
② 柏拉图:《理想国》,王扬译注,华夏出版社 2012 年版,第 152—153 页。

观看尸体被比作眼睛的“吞噬行为”,眼睛因此成为“有罪的食人兽”。①考虑到《理想国》赋予眼睛及视力的灵魂学隐喻意义(用于哲学沉思的理性能力被比作“心灵的眼睛”所具有的“视力”),这个故事似乎包含着对静观式生活方式的某种对照性解释,似乎揭示出在最高级的精神活动与最低级的吞噬行为之间,存在着某种隐秘连续性。

至此我们可以有些道理地说,人的“灵魂学”和“自然学/生理学”是柏拉图自然学与灵魂学彼此渲染的结果。这种渲染的复杂性在于,柏拉图的人的“自然学”实际上是从自然角度对“一个健康的社会”中人的“灵魂类型”的分类,而其“灵魂学”则是对每一个个体灵魂内部结构的分析,社会内部的灵魂自然(类型)学与个体灵魂(内部结构)学实际上构成了某种“不确定之二”。

按照后现代主义作家贝克特式的列举方式,这种不确定使得我们有可能在理论上将“一个健康的社会”中被初步划分为三种类型的“自然类型”进一步划分为九种类型:欲望的欲望人,欲望的血气人,欲望的精神人;血气的欲望人,血气的血气人,血气的精神人;精神的欲望人,精神的血气人,精神的精神人。一方面,我们可以根据特定故事中特定的某个人的行为表现为其灵魂类型找到某个位置或若干个可能位置,比如上述故事中的列昂提奥斯既是一个欲望的精神人,又是一个血气的精神人,但并非没有希望成为一个精神的精神人,也就是最高纯度的哲人。另一方面,如果我们要在柏拉图灵魂类型学意义上把世界上所有的人在想象中拼凑成一个人,这个人就只能像苏格拉底所说的有着许多头的动物,确切地说,是九头动物。不妨说,这就是柏拉图意义上的后现代版“人学”。

我们回到刘小枫基于柏拉图灵魂学对尼采灵魂类型的理解以及由此

---

①　列昂提奥斯的故事参看《理想国》439e5 以下(柏拉图:《理想国》,王扬译注,华夏出版社 2012 年版,第 158 页);对这个故事的分析,参看伯纳德特的解读(Seth Benardete: *Socrates' Second Sailing: On Plato's Republic*, The University of Chicago Press, 1989, p. 99)。

出发对后现代版的尼采解释进行的批评上。从这一视角来看，迄今对于尼采所谓“生理学”的后现代解释的确是错误的，其最大的问题是错误地理解了尼采所说的“生理学”其实是“灵魂学”的一个比喻性说法。“生理学”在尼采那里确实首先且首要指的是“灵魂学”。特别是在对尼采这个人的“灵魂类型”进行界定时，将“生理学”作为第一分类范畴显然与尼采的哲人身份不合。退一万步讲，即便尼采重视生理，即“当尼采说生理学的时候，他确实是在强调肉体状态，而当他强调肉体的时候，他往往把肉体变化和心理变化混合起来，将之视为一个整体”①，他提出“生理学”也是作为一个哲人提出的，而哲人，首先是一种“灵魂学类型”。

但后现代又何以误认了尼采呢？回答这个问题需要回到刘小枫文章中尼采对现代启蒙哲人与哲学的“怒不可遏”——刘小枫的说法是：“启蒙哲学的根本问题在于，用基于自然欲望的‘普遍人性论’抹去了人的灵魂类型，要么像爱尔维修那样，用最低的‘自利’欲望为人性的尺度，让自己变成平庸者，要么像康德那样跳到另一个极端，让人性上升到‘头上的星空’，其结果都是搞乱了‘自然秩序’。由于多数人的灵魂属于‘较低等级’，自由主义的灵魂平等论必然把所有灵魂的自然等级拉平为‘较低等级’——这才让尼采感到怒不可遏。”②后现代思潮研究者把尼采作为后现代思潮的铺路者，其根本问题在于用基于自然欲望的普遍人性论抹去了人的灵魂类型差异，把尼采作为哲人的灵魂类型拉低、抹平至较低等级——用尼采“铺路”显然需要先把尼采拉低、抹平。

① 朱立元主编：《后现代主义文学理论思潮论稿》，上海人民出版社2015年版，第33页。

② 刘小枫：《比较古典学发凡》，复旦大学出版社2015年版，第202页。

第四节　制作一个新尼采

刘小枫不满于对尼采的后现代解释,但笔者发现他似乎也使用了某种后现代创作手法来表达如此对尼采解释的不满。在《尼采的微言大义》一文之“扎拉图斯特拉口中的‘蟒蛇’”小节的后半部分,他引述并解读了《扎拉图斯特拉如是说》第三卷之《论面貌和谜》,其中有这样一段文字:“有一回,扎拉图斯特拉与一个‘来自幸福岛的人’出海航行。在船上的头两天,扎拉图斯特拉一直没有说话,船上大多是侏儒,而他是‘远游者和冒险家的朋友’,与侏儒哪有什么话可说。实在闷得慌,扎拉图斯特拉终于忍不住给侏儒宣讲起‘永恒复返’教义,讲得起劲时,突然被心中的一阵狗吠打断:‘我如是说着,声音压得越来越低,因为我害怕自己的思想和隐念。蓦然,我听见一只狗在附近**吠叫**。’接下来,扎拉图斯特拉做了一个怪异得可怕的白日梦,梦见自己‘突然置身在乱石丛中,孤独而荒凉,在最荒凉的月光里’,眼见一颤抖、哽咽的年轻牧人口中垂着一条黑色蟒蛇,慢慢爬进一只雏公鸡嘴里……”①

众所周知,后现代主义文学非常重要甚至可称作一种文学类型的一个创作手法就是哈琴的“历史元小说/虚构”。哈琴在其《后现代主义诗学:历史・理论・小说》的第七章中集中论述了这个问题,该章的正标题是“历史元小说”,其副标题“对过去的消遣”则精练准确地概括出此类手法或小说的意图。② 或许我们可以尝试从这个角度理解刘小枫的这段文字。

① 刘小枫:《重启古典诗学》,华夏出版社 2010 年版,第 243—244 页。

② 哈琴:《后现代主义诗学:历史・理论・小说》,李扬、李锋译,南京大学出版社 2009 年版,第 141 页。

尼采及尼采的作品当然都属于过去，也就是属于历史，从宽泛意义上讲，任何谈论尼采及其作品的作品（包括学术作品）都可以说是“历史元小说”。刘小枫的这段文字的重要性首先在于，它所处理的是施特劳斯认为的尼采《扎拉图斯特拉如是说》整部作品中“最重要的一篇”[①]，对其的进一步评述自然也就有了这种重要性。但或许正因为重要，被评述的原文本与刘小枫的评述文本也显得特别晦涩难解。

确实，《论面貌和谜》文本本身具有某种意义上的不确定性，其叙事有断裂和不连贯之处。第一小节主体是扎拉图斯特拉向船上的远游者“如是说”，说的过程中扎拉图斯特拉出现了幻相，“半是侏儒半是鼹鼠”的形象即出现在这个过程中，也就是说侏儒似乎是扎拉图斯特拉的自我幻相，于是又有扎拉图斯特拉与侏儒的对话（由于侏儒是扎拉图斯特拉的幻相，或可称为扎拉图斯特拉的自我对话与自我克服）。第二小节从扎拉图斯特拉向侏儒叫停（“停住！侏儒！”）开始，因此与侏儒的对话实际上被分成了两截。当扎拉图斯特拉向侏儒吐露秘密到关键时刻时，扎拉图斯特拉用了“我如是说”的表达（这个表达与该节另外两次第三人称表达不同）。随后就是狗叫，接着侏儒消失，而伴随着狗叫出现的，则是被“一条沉重的黑蛇”“爬进了”其喉咙的“一位年轻的牧人”[②]……相比之下，刘小枫显得过于连贯而清晰的引述（引述部分有的加了引号，有的则没加引号）令人疑窦丛生。

对照尼采文本，除了弥合文本在两小节之间以及在每个小节内部的断裂外，最令人吃惊的是，刘小枫改写了尼采的文本。确切地说，改写了尼采文本中那个“年轻的牧人”所经历的事。尼采文本中的牧人是被一条蛇“爬进了”口中，但他最终咬掉了蛇的头。而刘小枫关于尼采的“历史元

---

① 尼采：《扎拉图斯特拉如是说》，娄林译，华东师范大学出版社 2022 年版，第 303 页。
② 尼采：《扎拉图斯特拉如是说》，娄林译，华东师范大学出版社 2022 年版，第 302—310 页。

小说”中，那蛇最后却是“慢慢爬进一只雏公鸡嘴里”。这里的矛盾和不兼容根本不需要仔细思考：尼采笔下被咬掉了头的蛇，不可能是刘小枫笔下那条会“爬进一只雏公鸡嘴里”的蛇。这后一条蛇，是被凭空变出来的。

这个变化显然不是疏忽而是有意为之，因为就在同一页的下一段末尾，就有刘小枫对这一细节的进一步解释：“扎拉图斯特拉做的那个白日梦，分明是他泄露天机后产生的恐惧——牧人口中的‘蟒蛇’如果非要爬进‘雏公鸡嘴里’，雏公鸡不被撑死才怪！”①又隔了好远，大概十多页之后，尼采这段文本所没有的“雏公鸡”第三次出现：“这样的问题在扎拉图斯特拉身上变成了如此噩梦：‘年轻牧人口中’吐出的‘黑色蟒蛇’可以‘爬进一只雏公鸡嘴里’？”②

在笔者看来，仅就所涉及的情节片段而言，刘小枫对尼采文本的改写便已显示出二者问题意识之差异。尼采在自己的文本中清楚地写道，扎拉图斯特拉所见皆是幻相，是比喻：“因为这是一张幻相，一种预见：——我当时在这则比喻中看到了**什么**？以后必然到来的人，是**谁**？”③紧接着这个“是谁”的问题，另起一段又被问了两次（加起来一共被问了三次）：“蛇如是爬进其喉咙的牧人，是谁？一切最沉重、最黑暗的东西将爬进其喉咙的人，是谁？”④因此可以说，“是谁”的问题就是眼下我们正在讨论的尼采文本的问题。而这个问题，不妨说，是扎拉图斯特拉向自己提出的问题，因此那个“是谁”的问题的最终答案就是“他自己”。之前的侏儒也好，牧人也好，都是他要克服的“他自己”。而他自己，也是那个产生“自己的幻相”的“他自己”。正是这后一个“他自己”，在前一个幻相中让侏儒“停

① 刘小枫：《重启古典诗学》，华夏出版社 2010 年版，第 244 页。
② 刘小枫：《重启古典诗学》，华夏出版社 2010 年版，第 255 页。
③ 尼采：《扎拉图斯特拉如是说》，娄林译，华东师范大学出版社 2022 年版，第 310 页。
④ 尼采：《扎拉图斯特拉如是说》，娄林译，华东师范大学出版社 2022 年版，第 310—311 页。

住”,在后一个幻相中先用手“拖拽大蛇”后又大声疾呼让牧人“咬下头”。[①] 完成如此自我克服之后的扎拉图斯特拉就是那个咬掉了蛇的牧人——牧人在此过程中经历了“变形记”,从一个被蛇爬进喉咙的人变成了一个“变形者,一位周身闪耀的人,笑了”[②]的人。

当然,在这个文本的最后部分,扎拉图斯特拉马上与刚刚完成变形的自己拉开了距离,他还要继续克服自我,那个“笑了”的牧人马上成为他的敌人,他还要继续寻找有待克服的自己:“哦,我的弟兄们,我听见了一种笑,不是人类的笑”——似乎一方面他要克服这种“大地上从未有过”的笑,另一方面他自己却感到被“对笑的渴望咬啮着”。[③]

而在刘小枫的改编文本中,在扎拉图斯特拉身上变成“噩梦”的“这样的问题”又是什么呢?“这样的问题”在刘小枫看来就是尼采笔记中的两句话,或者说可以合并成一个问题的两个问题:其一是“哲人与人民的关系是必然的吗”;其二是“对于自己民族的文化,一个哲人能做什么”。[④] 就在提出“这样的问题”之后,他紧接着引了一大段尼采题为“哲学与人民”的笔记:“哲学与人民。没有一个伟大的希腊哲人是人民的领袖……”[⑤] 而在这个问题之前,则提到尼采“哲人与医生”的写作提纲,并用这样的话概括了尼采的“思考”:“哲人耽于心智、追求真理,但人民不可能追随哲人,人民不过沉思生活,也不追求真理。”[⑥]

看来,成为真正哲人“噩梦”的首要问题就是“哲人与人民”的问题——“哲人与民族文化”的问题是由这个首要问题派生出来的次级问题。这个问题是“雏公鸡”出场的真正语境:刘小枫笔下的“年轻的牧人”指启蒙新哲人,

① 尼采:《扎拉图斯特拉如是说》,娄林译,华东师范大学出版社 2022 年版,第 310 页。
② 尼采:《扎拉图斯特拉如是说》,娄林译,华东师范大学出版社 2022 年版,第 311 页。
③ 尼采:《扎拉图斯特拉如是说》,娄林译,华东师范大学出版社 2022 年版,第 310—311 页。
④ 刘小枫:《重启古典诗学》,华夏出版社 2010 年版,第 254—255 页。
⑤ 刘小枫:《重启古典诗学》,华夏出版社 2010 年版,第 255 页。
⑥ 刘小枫:《重启古典诗学》,华夏出版社 2010 年版,第 254 页。

“雏公鸡”则指“年轻的人民”。他没让自己笔下的扎拉图斯特拉提醒那“年轻的牧人”咬掉大蛇的头，就是为了让启蒙的后果更为触目惊心：“‘年轻牧人口中’吐出的‘黑色蟒蛇’可以‘爬进一只雏公鸡嘴里’？”①

笔者这时想起来，在刘小枫《致八十年代的熟人邓晓芒教授的信》的结尾，也出现了“公鸡”形象。刘苏里在一次访谈中将邓晓芒比作公鸡的升级版“斗鸡”，后者对这个比方欣然接受，这使得刘小枫想起了“小时候的一件趣事”：“文革初期，我家邻居中有一个在北京念大学二年级的学生，因学校里造反与保皇两派打斗升级，被父母强令回家，整天在家闲得无聊。他家养了一群鸡，其中有一只鸡特别好斗，总不让别的鸡与自己共食。有一天，这位大学生在墙边竖起一面镜子，然后在镜子前面放了一把米，让这只忒好斗的鸡去吃。此鸡刚吃米，就发现对面也有一只鸡竟然与自己同食，随即凶狠地一嘴啄向镜中鸡。此鸡以为赶走镜中鸡后又回头吃米，但刚一吃米就看见刚被赶走的那只鸡又来同食，于是又凶狠地一嘴啄向镜中鸡……如此反复多次，此鸡终于发现对方屡教不改，干脆不再吃米，摆开架势，扑打着翅膀左蹦右跳，与镜中鸡缠斗起来……由于战斗始终不分高下，缠斗一直持续下去……那位大学生——我迄今记得他的名字叫杨克理——手里拿着本小说《敌后武工队》坐在不远处观看缠斗，乐不可支。”②

与本书论题相关而值得一提的是，在这封公开信中，“后现代”出现了十次之多，其中五次出自邓晓芒，四次出自刘小枫的“困惑”与“思考”，一次出自刘苏里。刘小枫称赞了一次邓晓芒关于“古典的东西比那些现代后现代的要‘现实’得多”的观点，其余三次都在纠弹邓晓芒关于后现代主义的不靠谱说法，显得比后者对后现代主义要有把握得多——从邓晓芒接受访谈时的口不择言来看，事实也的确如此。

---

① 刘小枫：《重启古典诗学》，华夏出版社 2010 年版，第 255 页。

② 刘小枫：《致八十年代的熟人邓晓芒教授的信》，见爱思想网（https://www.aisixiang.com/data/69754.html，2024 年 5 月 9 日）。

那么我们该用“后现代主义诗学”来称呼刘小枫对尼采的改写吗？不过，从西方古典诗学来看，这个通过改编故事来传达寓意的手法，也可以说就是他自家传统。柏拉图就经常让其笔下的人物不动声色地改编旧故事来传达新思想。《普罗塔戈拉》中普罗塔戈拉就改编了赫西俄德所讲的普罗米修斯的故事。[①] 如果我们非得把这一传统也叫作后现代，那只意味着，在赫西俄德时代，像赫西俄德这样的诗人已经懂得被我们如今称作后现代的思想所试图传达的那些道理了。在此值得重温赫西俄德所讲自传故事中诗神缪斯的提醒：“我们能把种种谎言说得如真的一般。但只要乐意，我们也能述说真实。”[②]

“重温”意味着“重启”。在此意义上，刘小枫“重启古典诗学”意味着后现代语境对“古典诗学”的重启，也意味着古典诗学对“后现代语境”的回应。毕竟，尼采笔下的哲人就曾在迷宫里徘徊。对“走出迷宫”进行稍进一步的思考，不难发现，迷宫的原型其实是柏拉图的洞穴——“走出洞穴”传统上就是一个启蒙寓言。根据前述尼采的话，那“古老的洞察力”的拥有者也曾在迷宫里徘徊，甚至从一个迷宫进入另一个迷宫，甚至又回到原处，并不曾真正走出。迷宫从定义上来讲是不可能走出的，定义所界定的是一种极端的可能性，这种极端的可能性就像是一个诅咒，是所有用语言定义之事物难以逃脱的神谕。

在此我们或许触摸到了后现代主义作家进行语言实验的“灵魂学动机”。但也意味着，仅凭靠这种动机还无法打破这种极端的可能性，因为我们不可能说到语言外面去。能指意欲所指，所指身不由己，瞬间变成能指。打断这个无穷的运动最终需要的是一个决断的意志，由这个决断的意志所催生的就是“古老的洞察力”。决断的意志本身则是那种洞察力本

---

① 柏拉图：《普罗塔戈拉》，刘小枫主编：《柏拉图全集：中短篇作品》，华夏出版社 2023 年版，第 933—934 页。

② 吴雅凌：《神谱笺释》，华夏出版社 2010 年版，第 94 页。

身。施特劳斯用一个日常而深刻的比喻说明了这个洞察力:“老师自己也是学生,且必须是学生。但我们不能无限地回溯上去:最终必须有些老师不是学生。这些并非学生的老师就是伟大的心智,或曰最伟大的心智,[后一种叫法]是为了避免在如此重要的事情上出现任何含混。”①

第五节　何为《玫瑰之名》的“老练读者”

《尼采的微言大义》一文的最后部分的小标题是“瞎子修士的‘怪书’”,但直到这部分也就是全文临近结束时的倒数第二段,才出现了标题中的“瞎子修士”,这个人指的就是后现代文学的经典之作《玫瑰之名》中的瞎子约尔格。刘小枫将这个文学人物与尼采相比较,后现代主义式地打破了文学与历史的界限:“像《玫瑰之名》中的瞎子修士**约尔格**,尼采在自己的书中涂满毒药,阴险地企图让启蒙后的文人学者们读后一个个死于非命。”②他还在想象中看到:“如今,后现代们还得意地抱着尼采的‘大白话’扬长而去,自以为得了秘传,殊不知手上已经沾了尼采书中的毒药。”③显而易见,无论书里书外,他说的其实是一件事,即做一个糊涂读者的危险。

差不多十年之后的2013年,刘小枫在《〈玫瑰之名〉与诗术——埃柯与亚里士多德的谐剧观》一文中正面谈论了“瞎子修士的‘怪书’”所在的那部名为《玫瑰之名》的书。这部书的作者艾柯在此文中被称作“后现代

---

① 施特劳斯:《什么是自由教育》,刘小枫选编:《西方民主与文明危机:施特劳斯读本》,华夏出版社2018年版,第314页。

② 刘小枫:《重启古典诗学》,华夏出版社2010年版,第285页。

③ 刘小枫:《重启古典诗学》,华夏出版社2010年版,第285页。

的谐剧诗人”①，但文章被刘小枫在两年后收录其《比较古典学发凡》时，却被归入第一辑“古希腊诗术”而非题为“后现代的开端”的第三辑。《玫瑰之名》发表于1980年，显然已不能算“后现代的开端”，但被收在“古希腊诗术”中却又给人以时光倒流之惑。不过有一点是清楚的，这表明作者要从古典诗学视野解读这一后现代主义文学名著，因此更值得格外注意。和对尼采的讨论不同，艾柯尽管是一位著名学者，但在刘小枫看来并非哲人——对艾柯作为“后现代的谐剧诗人”的身份定位表明了这一点。这一谈论方式使我们注意到，西方后现代主义思潮其实仍然运行于西方自古希腊苏格拉底、柏拉图以来的诗哲之争这条绵延千年的思想河道之内。

艾柯及其《玫瑰之名》在我国几种后现代文学教材中占有重要地位。胡全生编著的高等院校英语语言文学专业研究生系列教材《英美后现代主义小说选读》虽受“英美”之限，但仍想办法以附录形式收录了艾柯为《玫瑰之名》所写的后记（上海译文出版社于2015年出版的中译本删去了这个后记），它被视为三篇由文学家谈论后现代主义文学的经典文献之一。在罗钢选编的面向21世纪课程教材《后现代主义文学作品选》中，艾柯《玫瑰之名》选文是倒数第二篇文献。由王守仁等著、胡全生和印芝虹主编的《战后世界进程与外国文学进程研究　第二卷　后现代主义文学研究》用了四页多的篇幅专论《玫瑰之名》，并用一页篇幅引用艾柯的书信来展示其对“哲学领域的后现代主义”的理解。上面所列举的后两种文献皆从后现代主义文学思潮自身或后现代主义文学自我理解的角度对《玫瑰之名》进行了评述。为更清楚地呈现《玫瑰之名》在古典诗学视野中的特殊价值，值得先将这两种文献中的相关内容作为“文本”进行一番展示和分析。

① 刘小枫：《〈玫瑰之名〉与诗术——埃柯与亚里士多德的谐剧观》，《思想战线》2013年第1期，第57页；刘小枫：《比较古典学发凡》，复旦大学出版社2015年版，第69页。

在《后现代主义文学作品选》的编者看来,和许多不容易概括情节的后现代小说不同,《玫瑰之名》有一个轮廓相当清晰的“主要内容”,即“对一桩系列凶杀案侦破过程的叙述”:1327 年,教皇约翰二十二世和德皇路易争夺权力,互相诋毁,说对方是异端,并各自拉拢势力,企图使自己在竞争中占据有利位置。年轻的见习修道士阿德索及其老师威廉从英格兰赶到一家修道院等候参加会晤,并站在德皇一边进行游说。但他们刚到,就听说该修道院的一位修士突然死亡,使徒两人在修道院院长的要求下开始调查。接连数日每天都有人奇怪地死去,并且有谋杀嫌疑的人也一个个死去,使案情错综迷离。威廉凭他过人的学识和逻辑推理,从一些蛛丝马迹中寻找到了线索。威廉向修士们指出他发现死者遇害的方式与《启示录》中关于七个喇叭手的惩罚方式有着奇异的吻合。包括院长在内的修士们对此深信不疑,连谋杀者本身都受他这一观点的启发,一厢情愿地把凶杀同基督的第二次降临联系在一起。当然威廉很快发现所谓七个喇叭手之说是无稽之谈。好几宗命案中的被害者都是中毒而死,这使得威廉把目光聚焦于修道院迷宫般的藏书馆。师徒两人趁夜色进入藏书馆,在馆里发现了失传已久的亚里士多德的《诗学》第二卷,却失之交臂。他们再次潜入藏书馆时,遭遇等候在那里的藏书馆前馆长——盲人约尔格。原来正是他出于某种宗教信仰和实际利益,为防人们读到亚里士多德关于“笑”的论述,在书页上涂满了毒药,并且操纵了一系列的事件。威廉夺书时,约尔格吞食书页自杀并引发大火,神秘的书稿和整个修道院一起被焚毁。①

如此概括显得《玫瑰之名》像一部典型的侦探小说。不过,对《玫瑰之名》“稍加阅读”之后的编者马上发现:艾柯的这部作品并非一部“典型的

① 罗钢选编:《后现代主义文学作品选》,高等教育出版社 2002 年版,第 449 页。

侦探小说”,而是一部“后现代式的、包含玄理的侦探小说”①。这差不多也就是说,“非典型、后现代式”的侦探小说与“典型的、非后现代式”的侦探小说的核心差别在于“包含玄理”。“玄理”这个说法令人困惑,特别是这个说法与“后现代”联系在一起的时候。汉语语境中的“玄理”就是“玄学”,“玄学”就是“形而上学”——“后现代主义”仍然包含某种“形而上学”吗?抑或它自己就是一种“形而上学”?编者对这两个问题似乎并不纠结,而是径直罗列了“一大串熟悉的名字”——博尔赫斯、纳博科夫、品钦、罗伯-格里耶等,似乎这些名字本身就是不言自明的“玄理”,他们的名字本身即代表了某种意义:“他们借用侦探小说的模式来旧瓶装新酒,在戏仿中颠覆和揶揄着主流侦探小说乃至整个传统文学,以开放性的文本表现作者新的文学和哲学理念。”②稍后我们知道,这种“颠覆与揶揄”具体体现在“书中隐含着大量对其他文本的影射和戏仿”③上。顺理成章地,这就对“读者”提出了相应的要求:“读者要逐一分辨小说文本之后的文本,并对其文化历史背景有所了解,才可能读出作者寄寓书中的深层意蕴。”④

对于什么是“深层意蕴”,编者同样没有细说,而是马上举了例子,似乎深层意蕴就包含在其中:“比如小说开始时威廉凭逻辑推理说出了修道院院长丢失的马的特征、下落甚至名字,源于伏尔泰的小说《查第格》中对一匹被盗的马的推断。威廉和阿德索的身上明显有着福尔摩斯和助手华生的影子。修道院藏书馆前馆长名为‘博尔格斯的约尔格’,而且是个盲人,这也许是对阿根廷国家图书馆失明的前馆长豪尔赫·路易斯·博尔

① 罗钢选编:《后现代主义文学作品选》,高等教育出版社2002年版,第449页。
② 罗钢选编:《后现代主义文学作品选》,高等教育出版社2002年版,第449页。
③ 罗钢选编:《后现代主义文学作品选》,高等教育出版社2002年版,第449页。
④ 罗钢选编:《后现代主义文学作品选》,高等教育出版社2002年版,第449页。

赫斯的戏仿。”[①]其实,最后一点根本不用说“也许”,而是本来如此——中文“约尔格”这个名字本身就是中译者根据英文发音规则对“Jorge”修士名字的翻译,中文“豪尔赫·路易斯·博尔赫斯”的名字是根据西班牙语发音规则对“Jorge Luis Borges”的翻译,“豪尔赫”就是“约尔格”。如今《玫瑰之名》的新译本中已经是“豪尔赫”了。

我们需要停下来细读一下上述段落:这个段落其实表明,如果读者没有能力或者不愿读出书中的“深层意蕴”,《玫瑰之名》这类小说中的上述“文学史知识”就会成为对这类读者的“揶揄”。但如果幸运地读出(自己读出来的,或者在批评家的帮助下读出来的)这些对于此前文学的“颠覆”,也只不过是知道了自己被“揶揄”了。那么后现代主义作家与批评家“揶揄”甚至“愚弄”这部分读者的正当性到底是什么呢?

问题似乎又回到起点:后现代主义文学有足够的“玄理”或“深层意蕴”将自己对于传统的“颠覆”合法化吗?后现代主义文学以难以说明的“玄理”要求读者分辨“文本之后的文本”,“揶揄”不能达到这一要求的读者,所确立的难道不是一种作者之于读者的“权力关系”吗?而这种关系对于读者难道不是一种“规训与惩罚”吗?

《后现代主义文学作品选》的编者罗列《玫瑰之名》中的书和故事,其实是为了证明艾柯关于文学的一个非常普通的说法。这个说法如此普通,以至于“作家们早就知道”:“一本书总会提到其他书,每个故事中都会讲述一个有人讲过的故事。”[②]比较起来,王守仁等提供了新材料,让艾柯针对自己的《玫瑰之名》提供更为具体的说法,是为“现身说法”——作者援引艾柯出版于2011年的自传性作品《一个青年小说家的忏悔》[③]:“《玫瑰之名》开篇就讲作者如何偶然发现一部中世纪手稿,这便是互文反讽的

---

① 罗钢选编:《后现代主义文学作品选》,高等教育出版社2002年版,第449—450页。

② 罗钢选编:《后现代主义文学作品选》,高等教育出版社2002年版,第449页。

③ 也有译作《一位年轻小说家的自白》。

明显例子……。这反讽是双重的,也是元叙事暗示,因为该文本宣称此手稿是一19世纪翻译原手稿的译本……我承认,作者运用双重编码技巧和老练的读者达成一种默契,有些通俗读者不能理解用心很深的典故,这时便可能感到有些东西不能理解。但我相信,文学不只是用来取乐和安慰人。它还旨在赋予人以思想和灵感,使他们二次甚或更多次地阅读同一文本,因为他们想更好地理解它。因此,我想双重编码不只是杂耍,而是一种展示敬重智力和亲善读者的方式。"①

我们先从后一个句子看。艾柯说自己在作品中进行"双重编码"是出于"敬重智力和亲善读者"的目的,听起来就像在"取乐和安慰"读者——在这个句子中他没再像前一个句子中那样区分"老练的读者"和"通俗读者"。这让我们意识到,他前一个句子中进行的区分很可能是虚假的和言不由衷的,因为显然,"老练的读者"不可能被轻易"取乐",也不需要廉价的"安慰"。此外,老练的读者也不再需要被赋予能够"使他们二次甚或更多次地阅读同一文本"的"思想和灵感"——有如此需要的读者,只能表明自己仍是"通俗读者"。艾柯这样老练的作者能够预感到,对于"通俗读者"来说,必定"有些东西不能理解"(因为这些东西就是他安放进去的"用心很深的典故"),但恰恰这些对"通俗读者"来说"不能理解的东西"是作者和"老练的读者"之间的"默契"。似乎"老练的读者"从这种默契中得到"快乐"和"安慰",其实质就是因为比"通俗读者"多了这一重而产生优越感。"通俗读者"之所以是"通俗读者",就是被这一张看不见的"默契"之

① 王守仁等著,胡全生、印芝虹主编:《战后世界进程与外国文学进程研究 第二卷 后现代主义文学研究》,译林出版社2019年版,第395—396页。Umberto Eco: *Confessions of a Young Novelist*, Harvard University Press, 2011, pp. 29-31. 这段文字是对艾柯原作的摘译,完整的中译文可参看艾柯:《一位年轻小说家的自白:艾柯现代文学演讲集》,李灵译,广西师范大学出版社2014年版,第36—40页。与上引译文相比,值得注意的一个差异出现在最后一个句子:"我想双重译码并不是一个贵族化的陋习,而是作者向读者的智慧和善意表示尊重的一种方式。"(第40页)这里出现了"贵族化的陋习"与"读者的智慧"之间的比照。

网排除在了外面。如此,“老练的读者”其实和“玫瑰的名字”一样,只不过是个安慰性质的名字,在既是老练的读者又是老练的作者的艾柯眼里,其实所有的读者都是通俗读者——需要从他的作品里“取乐”和接受“安慰”的,都是通俗读者。

考虑到艾柯对读者的“亲善”态度,他的意思也可能是:成为一个读者,首先就是成为一个通俗读者,成为一个通俗读者首先意味着被“取乐”(当然通俗读者也会从作品中“取乐”)。如果在做一个通俗读者的过程中,这个通俗读者对自己所不能理解的东西感到了“有必要理解”的需要,那他就算是被像艾柯这样的作者“赋予”了“思想和灵感”,他就会“二次甚或更多次地阅读同一文本”,并在这后一个阶段的过程中成长为一个“老练的读者”。当然,如前面说过,“老练的读者”仅是一个名字,这个名字实际上可能指谁呢?很可能就是后现代批评家或者一般意义上的文学批评家。

这让笔者想到,这样的批评家在艾柯写小说的当代,其成长起点一般来说是学习文学专业的大学生,在从“名”到“实”的转变过程中,在很可能十分艰难的阅读过程中,文学专业的大学生(一般来说,只有文学专业的大学生才会被要求“二次甚或更多次地阅读同一文本”)才逐渐看出被以复杂的方式编入作品的那些“用心很深的典故”,从而理解了原本“不能理解”的“有些东西”,在这之后,才可能真正地成为一个“老练的读者”。

按照后一种思路,我们才能在结尾处很自然地看到,作为这样成长起来的后现代批评家和“老练的读者”,《后现代主义文学研究》的编者表达了对《玫瑰之名》这类作品的“喜不自胜”:“我们已经看到《夜》(谈论《玫瑰之名》的这一节同时还谈了卡尔维诺的《如果在冬夜,一个旅人》——引者)与《玫瑰之名》的经典之处,就在于它们是雅俗共赏的双重编码小说,它们有先锋的实验光芒,也有传统的通俗传唱,乐了读者,好了作者,喜了批评家,真可谓互惠互利。”[①]这段文字不经意间透露出来的文学所处的“后现代状况”,包括关于“后现代主义文学策略”的这类知识在后现代已经成为文化商品,后现代文学家与批评家视野中的读者就是其期待视野中的消费者(也是潜在的文学专业的研究者),作者和批评家可以联合起来利用这些商品进一步生产和包装出新的文化商品。

第六节　高尚与低俗

现在来看刘小枫对《玫瑰之名》的分析。可以说,他的解读破除了上述这种批评家心目中由“作家—批评家—读者”构成的以“互惠互利”为基本特征的“后现代主义文学圈幻象”。可以看到,刘小枫的分析表明,他才是那种不会从那些浅薄的典故中取乐,也不会因看出那些浅薄典故而获得优越感和安慰的真正的“老练的读者”——《后现代主义文学作品选》导读者所列举的最老的伏尔泰已经足够现代,更不要说博尔赫斯、纳博科夫、品钦、罗伯-格里耶等一大串名字了。仅就所抓住的典故来说,相比亚里士多德及其《诗术》,那些名字当然不算“老练”。

和上述两种文献一是关注“凶杀案”、二是关注后现代主义式的“双重编码”不同,刘小枫一上来就把《玫瑰之名》的“基本线索”命名为“探明亚里士多德《诗术》第二部分(‘论谐剧’何以佚失)”[②]。换言之,他在《玫瑰之名》中发现的最大的“典故”就是亚里士多德的《诗术》——正是在这一典故中艾柯埋藏了“最深的用心”,而这一典故确实是艾柯用“诗术/作诗方式”埋藏自己真实用心的最恰当地点。这也正是刘小枫夸奖艾柯“别出

---

① 王守仁等著,胡全生、印芝虹主编:《战后世界进程与外国文学进程研究　第二卷　后现代主义文学研究》,译林出版社 2019 年版,第 399 页。

② 刘小枫:《比较古典学发凡》,复旦大学出版社 2015 年版,第 60 页。

心裁”的原因。这个典故因此也成为他与艾柯就亚里士多德“《诗术》问题”对质争辩的恰当地点。由此也不难理解，尽管“《玫瑰之名》与诗术”中的《玫瑰之名》被放在了前面，文章的大部分篇幅却在谈亚里士多德的《诗术》。

作为与艾柯争辩的问题背景，也作为《玫瑰之名》的故事得以展开想象的背景，亚里士多德的“《诗术》问题”到底是怎么回事呢？这个问题大体可以这样说：亚里士多德的《诗术》（即通常所说《诗学》）除了论肃剧（即通常所说悲剧）的部分，是否还有论谐剧（即通常所说喜剧）的部分——据刘小枫说，“这个问题一直悬而未决”①。刘小枫援引“有的古典学家”的说法，似乎倾向于认为“《诗术》并没有论谐剧部分”，因为“尽管《诗术》第六章论肃剧之始说过，‘关于谐剧，我们以后再谈’（1449b21），但亚里士多德如鲤鱼一样狡猾，他许诺过‘以后再谈’而后来根本就没有再谈的事情，并非没有过”。②《诗术》被重新发现的历史似乎也为这一看法提供了支撑，因为西方学人在13世纪重新发现《诗术》（这大体也是《玫瑰之名》的故事设定的时间）之始，“一位名叫**莫尔贝克的威廉**（Wilhelm von Moerbeke）的基督教修道院学者把《诗术》译成了拉丁文，这意味着他在当时看到了《诗术》的希腊语原文”③。言外之意似乎是：如果《诗术》有论谐剧的部分，应该早就被译出并流传于世了。当然，根据刘小枫提供的另一线索（他称为“怪事一桩”），这一“言外之意”并不成立，因为“莫尔贝克的威廉的《诗术》译本长期湮没无闻，直到20世纪30年代才被古典学家

① 刘小枫：《比较古典学发凡》，复旦大学出版社2015年版，第60页。

② 刘小枫：《比较古典学发凡》，复旦大学出版社2015年版，第60页。

③ 在《巫阳招魂：亚里士多德〈诗术〉绎读》中，刘小枫因强调的重点不同而表述得有些差异，他说：“今本《诗术》源于两千多年前亚里士多德在蜡板上写下的**讲稿**，除引论外，原本很可能有两部分，第一部分论**肃剧**（旧译‘悲剧’），第二部分论**谐剧**（旧译‘喜剧’）。如今我们能够看到的仅为**引论**（前五章）和第一部分，第二部分很可能遗失了，也可能根本就没写。”（刘小枫：《巫阳招魂：亚里士多德〈诗术〉绎读》，生活·读书·新知三联书店2019年版，第34页。）

发现”[①]。在《〈玫瑰之名〉与诗术——埃柯与亚里士多德的谐剧观》一文的后半部分，在对《玫瑰之名》结尾处“结论性对话”进行评述之前，刘小枫已经先对艾柯用文学形式重启“亚里士多德论谐剧”问题这一“作诗”行动本身表达了真实态度：由于“亚里士多德把肃剧而非谐剧视为诗术的典范样式”，“即便《诗术》真的有论谐剧部分但散佚了，对理智德性的道德教育来说也并非一大缺憾”。[②] 这无异于说，从亚里士多德的《诗术》所蕴含的评判视野来看，《玫瑰之名》被写作这件事实属有些无聊。

于是不难理解，刘小枫对艾柯“编的故事”的复述也有些敷衍了事。一般的读者十分关心的凶杀案甚至被省略号抹去了，他真正关心的只是其中的“诗术典故”：“13 世纪时，意大利北部山区某修道院发生谋杀案，一位也名叫威廉的英国资深修士奉命前往调查。没想到，由于他的追查又连续导致莫名尸案……由于这名英国的威廉修士有‘进步思想’，他最终查出，连环尸案与亚里士多德《诗术》中的‘论谐剧’有关。艾柯在小说中甚至用大约整整一页篇幅虚构了‘这篇能致人死命的文稿怎样开头’。案底终于真相大白：原来，修道院藏书馆的退休馆长、瞎子修士约尔格用特殊方法让《诗术》第二部分‘论谐剧’很难翻页，然后又在页边涂上毒药。当阅读‘论谐剧’的人读得兴奋却又很难翻页时，难免要动用自己唇边的口水，这样他就必死无疑。显然，瞎子修士约尔格想要让所有读‘论谐剧’的人都死于非命。威廉揭穿恶作剧之后，已经是八十岁老翁的瞎子修士用‘他那双骨瘦如柴的手把薄薄的手稿慢慢撕成碎片，塞进嘴里，渐渐地咽下去，好像他在吞噬的不是书，而是书的主人，像是要把这些纸片看作那人的皮肉似的’。瞎子修士因自己给书页抹上的毒药成了此案造就的

---

① 刘小枫：《巫阳招魂：亚里士多德〈诗术〉绎读》，生活·读书·新知三联书店 2019 年版，第 50—51 页。

② 刘小枫：《比较古典学发凡》，复旦大学出版社 2015 年版，第 69 页。

最后一具尸体,亚里士多德的《论谐剧》也从此佚失……"①

在上述这段被引述的复述中,有"进步思想"的威廉修士与拥有一本"怪书"的约尔格修士显然是被关注的重点,也是一对最终会面对彼此的敌对人物。没读过小说或虽读过小说但并未注意此点的读者也许会困惑:这一对人物都是教会内部人士,何以会成为敌对的双方呢?这一点其实关乎刘小枫对《玫瑰之名》的核心的理解,可惜在《〈玫瑰之名〉与诗术——埃柯与亚里士多德的谐剧观》中语焉不详。

对读者来说幸运的是,在生活·读书·新知三联书店舒炜同志隔三岔五的催促下,刘小枫于2019年刊布其绎读亚里士多德《诗术》第一至第五章的《巫阳招魂》(副标题即是"亚里士多德《诗术》绎读")。② 在叙述《诗术》学术史的过程中,刘小枫顺带解释了这个问题。他指出,在"《诗术》的现代式理解的开端",已经"出现了两类知识人",即修道院内的僧侣学人和如今所谓"社会上"的俗世学人,似乎修道院内部僧侣学人遵循的是理解经典的古代传统,即探询古人的自我理解,而俗世学人则借题发挥、古为今用。他举的例子就是标志着"现代西方学人理解《诗术》开端"的卡斯忒尔维特洛:"卡斯忒尔维特洛的《诗术》义疏用意大利语写作,抵制其前辈以贺拉斯的《诗艺》为楷模,但他并非意在领会亚里士多德'诗术'的内传含义,而是借重述《诗术》来发挥自己对意大利俗语诗歌和戏剧实践的看法,实际上与《诗术》没多大关系。"③不过他接下来又修正说:"某些僧侣学人有俗世取向,追求俗语文学,也并不奇怪。换言之,用俗语写作的文人学士,未必一定是彻底的现代派。一切取决于个体心性的伦

---

① 刘小枫:《比较古典学发凡》,复旦大学出版社2015年版,第60—61页。笔者稍有改动。

② 刘小枫:《巫阳招魂:亚里士多德〈诗术〉绎读》,生活·读书·新知三联书店2019年版。

③ 刘小枫:《巫阳招魂:亚里士多德〈诗术〉绎读》,生活·读书·新知三联书店2019年版,第57页。

理取向:用俗语写作未必就'俗',用拉丁语写作未必就不'俗'。"[①]这就是说,上述修道院"内外"的二分只是一个表面的区分,真正决定理解品质的是解释者自身的"个体心性"和"伦理取向"。

这样也就解释了何以被视为艾柯思想传声筒的威廉修士的思想被称作"进步思想",而其"进步性"又被打上了引号,因为这里的"进步思想"在刘小枫的文脉中指向的就是"现代思想"中"俗"的一面,亦即"自以为是的启蒙思想"。在"启蒙时代的美学如何取代诉讼《诗术》"一节,刘小枫在评述与"黑格尔的现代式戏剧理解"构成"反驳"的基尔克果的观点之后说:"即便在启蒙时代和后启蒙时代,《诗术》的内传血脉并没有彻底中断。"[②]显然,这是在呼应前面"修院内的僧侣学人和如今所谓'社会上'的俗世学人"的二分,进一步在"俗世学人"内部区分出了"古与今"两种立场。

问题至此变得清楚多了:"问题仅仅在于,如今的我们愿意跟随康德或黑格尔的美学传统,还是跟随柏拉图—亚里士多德的诗术传统。"[③]虽然我们还不能说艾柯笔下的约尔格跟随的就是"柏拉图—亚里士多德"传统(因为他在作品中是虔诚的基督信仰护教人),但侦探威廉修士显然跟随的是"康德或黑格尔"传统——当约尔格警告他哲学的启蒙将会颠覆哲学时,威廉仍然凭自己对理性的信念反驳说:"我将会战斗,用我的机智与他人的机智较量。那将是一个更美好的世界。"[④]

或许我们由此可以径直把这里威廉所持有的"进步思想"理解为"后现代思想"。实际上,当我们越认真思考这种可能性时,就会越觉得没有

① 刘小枫:《巫阳招魂:亚里士多德〈诗术〉绎读》,生活·读书·新知三联书店 2019 年版,第 59 页。

② 刘小枫:《巫阳招魂:亚里士多德〈诗术〉绎读》,生活·读书·新知三联书店 2019 年版,第 80 页。

③ 刘小枫:《巫阳招魂:亚里士多德〈诗术〉绎读》,生活·读书·新知三联书店 2019 年版,第 80—81 页。

④ 埃科:《玫瑰的名字》,沈萼梅、刘锡荣译,上海译文出版社 2015 年版,第 533 页。

任何理由不把这里的“进步思想”理解为“后现代思想”。从后文我们知道,被刘小枫打了引号的“进步思想”大体是反话,由于有这种思想的威廉修士被看作艾柯思想的代言人,因此刘小枫的讽刺矛头最终指向的是艾柯。而在他眼里,艾柯其实是后现代思想的代言人——在文章最后他把话挑明:“有了艾柯这样的理智德性,在他致力构建的后现代文化中,如果‘低级庸俗这类可恶的反面东西’压倒高尚的东西,严肃的东西荡然无存,就会一点儿都不可笑了。”①

从“艾柯在小说中甚至用大约整整一页篇幅虚构了‘这篇能致人死命的文稿怎样开头’”的表述可以看出,出现在《玫瑰之名》中由艾柯大胆代笔、被称作亚里士多德“论谐剧”文稿的那段“开头”,应该就是刘小枫做出对艾柯的评判的最终文本依据,也是此前他所说艾柯“不得不与亚里士多德直接比斗智慧高低”的竞技现场。这么重要的一段文本,说起来应当值得重视,但有些奇怪的是,刘小枫根本没有再进一步细说这个“开头”,似乎对艾柯的代笔有些看不上。

更奇怪的是,从《玫瑰之名》第一人称叙述者视角来看,似乎连作品中的威廉修士对这个开头也有些看不上,尽管原因可能非常不同——从作品的措辞来看,对于亚里士多德关于谐剧的看法,威廉即使不看也已经凭靠其“进步思想”猜到了。我们看到:“他脸带微笑翻译着,像是终于看到了他想看的东西。他大声地读了第一页就停住不念了,似乎他不想再知道更多了。”②言下之意很清楚:亚里士多德已经根本不可能说出比他所知道的关于亚里士多德的更多的知识了,这一点后来从威廉自己的话中得到了进一步证实,他不但“仅仅根据”约尔格“对笑的诅咒”就已经猜到那引发诅咒的就是亚里士多德《诗术》第二卷,并且声称:“我可以不看这

① 刘小枫:《比较古典学发凡》,复旦大学出版社 2015 年版,第 70 页。
② 罗钢选编:《后现代主义文学作品选》,高等教育出版社 2002 年版,第 454 页。

本想要毒死我的书，就把里面的几乎全部内容讲出来。”①

艾柯笔下威廉修士所说的“不看也知道”，其实也正是艾柯看待亚里士多德《诗术》的真实态度——这里的《诗术》不是他在小说中为之编造“开头”的那本《诗术》，而是历史中真实存在的亚里士多德的《诗术》，虽然艾柯肯定是看了之后才“知道”。“不看也知道”的要点在于，它表明的是一种对待古典的后现代态度。或许在威廉与艾柯看来，亚里士多德也只不过是“玫瑰之名”。《玫瑰之名》最后的拉丁文铭文“stat rosa pristina nomine, nomina nuda tenemus”②（“昔日玫瑰以其名流芳，今人所持唯玫瑰之名”），给人以感怀古今之别的错觉，其实要说的是无论是古代还是如今，都是一样的虚空——真善美都是“空有其名”。

在《玫瑰之名》交代自身之来源的《自然，这是一部手稿》中，艾柯以“互文反讽”或“双重编码”的方式表达了对于文学性质之古今变迁的理解，或可为其最后的铭文提供一个注脚。他首先声称自己“在翻译时并没有考虑现实”，接着谈了与瓦莱神父那个时代相反的文学观（“那个年代，人们都深信写作只需着眼于现实，是为了改变世界”），随后谈到自己对“自由的讲述”和“对精妙绝伦品位”的追求，最后说到自己在“理性地苏醒”和“理性地发觉”。套用歌德笔下浮士德的说法，由这种理性所得出的“智慧的定论”，说的无非是：《玫瑰之名》中故事所发生其中的中世纪“与我们的时代毫无关联，也与我们的期望和我们的自信毫不相干”——遑论亚里士多德的古希腊。

既然如此，这已被断定为“空有其名”的东西为何仍被艾柯视作具有“致人死命”的力量呢？“这篇能致人死命的文稿”在刘小枫的转述中被加了引号，但并非反讽。它确实出现在作品中，是叙述者对亚里士多德论谐

① 罗钢选编：《后现代主义文学作品选》，高等教育出版社 2002 年版，第 457 页。

② 埃科：《玫瑰的名字》，沈萼梅、刘锡荣译，上海译文出版社 2015 年版，第 558 页译者注。

剧文稿的描述。“致人死命”可谓语义双关，既指约尔格为保护此文稿的秘密不惜“致人死命”——确实有很多人因此而丢了性命，又指文稿之于艾柯“作诗”之意图的重要性。这个问题与如下问题密切相关：为何刘小枫非要用《诗术》抓住艾柯的《玫瑰之名》不放？这两个问题或许可以合并为一个问题。

事实上，以某种方式，艾柯已经让他笔下的威廉修士把这个问题向约尔格修士提出来了：“有许多书籍论及喜剧，还有许许多多书籍的内容也蕴含对‘笑’的赞扬，为什么唯独这一本书使你这么害怕呢？”对此艾柯倒也坦白，他让约尔格径直回答说：“因为那是‘哲人’所写的书。”[①]中译文中被加了引号的“哲人”，在英译文中用的是“the philosopher”。亚里士多德在《玫瑰之名》中确实只是一个名字，但这个名字悖论性地比亚里士多德这个历史上的真实人物具有更大的力量，因为它在艾柯笔下代表的是一种自然学和灵魂学双重意义上的“人性类型”。考虑到在刘小枫后现代主义批判与艾柯这部后现代主义小说中“哲学”与“哲人”的中心性地位，应当说，这恰恰说明这个问题对艾柯和刘小枫都有同等程度的“致命性”，具有同样生死攸关的生存论意义。

问题的要害看起来是，艾柯的哲学与刘小枫的哲学确实显得非常不同，其最大的不同，确实似乎是艾柯取消了高尚和低俗的区分而显得自己是一个低俗的人。正是在这个意义上刘小枫才说他是个“后现代的谐剧诗人”[②]，其《玫瑰之名》“用‘放屁和打嗝那样肮脏的能量’搞笑的与其说是瞎子修士的信仰，不如说搞笑的是亚里士多德的德性和智慧”[③]。从刘小枫对瞎子修士约尔格的评价来看，艾柯并非不知道亚里士多德对肃剧和谐剧的哲学判断——艾柯毕竟有足够的“理性能力”通过约尔格表达

① 埃科：《玫瑰的名字》，沈萼梅、刘锡荣译，上海译文出版社2015年版，第530页。

② 刘小枫：《比较古典学发凡》，复旦大学出版社2015年版，第69页。

③ 刘小枫：《比较古典学发凡》，复旦大学出版社2015年版，第70页。

"亚里士多德的一个基本要点",即"高尚和低俗有品质上的高低之分"。①但他没有足够的"理智德性"辨识高尚和低俗,他顶多能够把高尚和低俗的高低之分取消掉,也就是把高尚和低俗都弄成低俗的,而不能把低俗的弄成高尚的。

当然,艾柯并非不想把低俗的弄成高尚的,我们从作品中可以见出他的努力。这种努力有时甚至会令人觉得,刘小枫关于艾柯没有坚持"高尚与低俗有品质上的区分"的判断,恐怕需要进行修正。因为即便从"呈现"种种意见角度来看,艾柯也借助叙述者阿德索(也就是其在序言中对于文稿的交代中设立的作者)的自传视角对"高尚与低俗"进行区分这一意见进行了清楚的"呈现"。值得注意的是,在进行这种区分时,阿德索明显把自己的爱欲品质定位在"低俗"一端,这种低姿态的自传视角给人以亲近感,也增加了其进行如是区分的真诚性与真实性。

阿德索从对自己既往爱欲的一种深刻的反思与震撼中获知:精神自然秩序中这一高低之别是自然存在的。小说中刻意强调,意识到这一点是如何令他"不寒而栗":"我不寒而栗地意识到,此刻这两个殊死较量的人,竟然相互赞赏着,就像两人的作为都只是为了赢得对方的喝彩。我想到了贝伦加诱惑阿德尔摩施展的计谋,比起眼前这两人征服对方所使用的诡计和疯狂才干,就不算什么了,而那姑娘使我勾魂摄魄的那些纯朴自然的举动,比起这些日子我眼皮底下所发生的、用七天的时间理出头绪的诱惑行为,就更不算什么了。这么说吧,两个对话者都用话语给对方一些神秘的启迪,都既害怕又仇恨对方,但又暗自企望自己得到对方的认同。"②

换言之,他在这段话中贬低和鄙视了自己的自然爱欲,承认了自己的

① 刘小枫:《比较古典学发凡》,复旦大学出版社2015年版,第70页。
② 埃科:《玫瑰的名字》,沈萼梅、刘锡荣译,上海译文出版社2015年版,第529—530页。

自然爱欲在爱欲的自然秩序中的低端位置,而通过后续的“作诗行动”(我们需要提醒自己所读的《玫瑰之名》,名义上的作者是阿德索——阿德索是一个“诗人”),他得以呈现这一秩序而上升到更高的爱欲阶梯。

阿德索这一对既往思想的反思和修正让我们记起,《玫瑰之名》确实以足够的清晰度呈现了阿德索在生理爱欲活动中“混淆”爱欲精神秩序的样子:在与姑娘接触片刻“产生的那种激情”中,“那些簇拥在我记忆深处的言语浮上我无言的嘴边,我忘记它们是否写在圣人的经书和著作中,表达更加光彩夺目的现实世界。不过,圣人们所说的欢快和我那骚动的心灵在那一刻所体验到的欢快真有所区别吗”①。正是在这里及以下情节中,阿德索使用了《圣经》中的雅歌为自己的幸福“作诗”,从而使得他的作诗行动就是在制作自己的幸福。和艾柯一样,“用典”也是阿德索的“诗术”,他不但模仿自己的自然爱欲,也在模仿诗性爱欲,并通过后现代式作诗行动“抹平”高低不同爱欲之间的差异。

如此来看,从单纯的技术层面看,艾柯并非不理解亚里士多德的《诗术》与亚里士多德式“诗术”,也并非不理解亚里士多德在《政治学》中对于“快乐”品质的区分。刘小枫看出,这一区分与《会饮》中苏格拉底对“爱欲”的区分“如出一辙”。倘若如此,艾柯便果真在其《玫瑰之名》中预先回答了刘小枫“值得问自己”的一个问题:“在后现代的民主意识形态语境中,这种区分还有教育意义吗?或者说,我们敢像苏格拉底那样,把自己的灵魂‘展现给自己’看吗?”②

《玫瑰之名》的“诗术”佐证了刘小枫的一个说法:“谁愿意觉得自己是个谐剧人物呢?尤其在民主时代的传媒和知识界,可笑的人不知道自己

① 埃科:《玫瑰的名字》,沈萼梅、刘锡荣译,上海译文出版社2015年版,第278页。

② 刘小枫:《巫阳招魂:亚里士多德〈诗术〉绎读》,生活·读书·新知三联书店2019年版,第230页。

可笑的情形，实在太多。”①前述艾柯对自己青年时期作为一个“小说家”的“忏悔”说明，艾柯实际上自己也知道自己的低俗，也知道自己在刘小枫这类懂得亚里士多德真实观点的人的眼里成了谐剧人物，所以他才不避低俗与媚俗，说自己的小说不搞什么“贵族化的陋习”，为的是要“向读者的智慧和善意表示尊重”②。从刘小枫的视角来看，如此刻意媚俗反而更彻底暴露了其理智德性的伦理品质。他在解读《诗术》的《巫阳招魂：亚里士多德〈诗术〉绎续》中如是写道：“谐剧凸显演戏的滑稽性质，人们在实际生活中的行为并非如此。即使有的教授实际如此，毕竟不是刻意所为，而是人如其人。”③这话当读作：刻意为之的“人如其人”，是更深刻的“实际如此”——这里说的“教授”，便是艾柯。因为就在这段话之后对于“后现代谐剧的伦理品质”的论说中，只有艾柯一个教授受到如此批评：“现代民主政治的文化诉求在于：让‘放屁和打嗝那样肮脏的能量’不再受到抑制，而是被颂扬为‘自然、自由的东西’。鉴于早在艾柯构思《玫瑰之名》之前，现代民主政治的如此文化诉求已经成为现实，《玫瑰之名》的确堪称模仿这种诉求的杰作。毕竟，它向我们揭示了这种文化诉求的真相：让低俗的身体欲望能量‘去获取那种[本来]纯属精神的权利’。”④

虽然连威廉实际上也瞧不上艾柯为《玫瑰之名》所拟的亚里士多德《论谐剧》“开头”，但作为普通读者，出于学习的目的，我们自然还是有必要看一看这个使刘小枫据以对艾柯的“理智德性”做出判断的文本的要点，说不定会发现些值得学习的东西。

---

① 刘小枫：《巫阳招魂：亚里士多德〈诗术〉绎读》，生活·读书·新知三联书店 2019 年版，第 405 页。

② 艾柯：《一位年轻小说家的自白：艾柯现代文学演讲集》，李灵译，广西师范大学出版社 2014 年版，第 40 页。

③ 刘小枫：《巫阳招魂：亚里士多德〈诗术〉绎读》，生活·读书·新知三联书店 2019 年版，第 405 页。

④ 刘小枫：《巫阳招魂：亚里士多德〈诗术〉绎读》，生活·读书·新知三联书店 2019 年版，第 415—416 页。

不难发现,这段在《玫瑰之名》中是"真作"在《玫瑰之名》外是"伪作"的"虚构",其要点正是"策略"。在从"对感情的净化"角度将肃剧和谐剧等而视之并对"笑的功能"是如何"值得深思"的进行强调之后,艾柯笔下的亚里士多德马上让"大家"看到谐剧所展示的动作、行为或情节的"可笑性"的诸多来源或诸多表现策略,亦即谐剧能使人发笑的效果是"如何产生于把至优比作至劣,或把至劣比作至优,产生于由欺骗而引起的惊诧,产生于事物的不可能性,产生于对自然法则的冒犯,产生于不相关性和自相矛盾,产生于对人物的贬低,产生于滑稽庸俗的表意动作和不协调性,产生于对那些一文不值的东西的选择性"①的。

谈论谐剧使人发笑的原因这件事本身显然并不能使人发笑,但我们不妨退一步想:艾柯笔下的亚里士多德所列举的那些使人发笑的"诗术"仍能令今天的读者"发笑"吗?如果《裸体午餐》这样的作品已经提高了我们对萨德主义文学的"耐受性",即便是亚里士多德时代的由亚里士多德本人亲自概括或研究出来的"谐剧诗术"恐怕也很难达到其理想中的效果。

不过,当我们进一步思考这个问题时,也容易发现:艾柯所列举的产生谐剧效果的那些诸因素,岂不正是我们在许多后现代主义文化美学理论里都会遇到的被变换着说法以美化和诗化的方式加以"合法化"的诸行动本身吗?所谓"把至优比作至劣,把至劣比作至优",不就是巴赫金式"抹平差异、填平鸿沟"的"狂欢化"吗?所谓"由欺骗而引起的惊诧",不就是鲍德里亚式"拟像和仿真"(索福克勒斯的《埃阿斯》在这意义上就是一场带有谐剧意味的肃剧)吗?甚至连带有几分强迫性地非要"自我矛盾""冒犯自然法则"和有意"选择一文不值的东西"云云,也可以被看作博尔赫斯式的哲学玄想——在《〈吉诃德〉的作者皮埃尔·梅纳尔》中,梅纳尔

① 罗钢选编:《后现代主义文学作品选》,高等教育出版社2002年版,第454页。

就有一种“屈从或讽刺的习惯：发表同自己喜爱的想法完全相反的意见”[①]。可以说，所有这些，其中的每一个都可以展开来，作为后现代主义文化的症候加以分析。

第七节　双重编码与隐微修辞

细想起来，这一切都似曾相识。就在被博尔赫斯拿来搞笑的塞万提斯的《堂吉诃德》第二部第七十二章，堂吉诃德听到了一个他在“翻看”自己的“第二部传记”中见过的一个名字，便和桑丘与叫这个名字的人进行了一番谈话。谈话中他得知，这个人正是他读过的那本书中的人物——那本书是某个“新出道的文人”写的，书名和塞万提斯的《堂吉诃德·台·拉·曼却传》一样。书中的这个人物叫阿尔瓦罗·达尔斐，自称是那本书里的堂吉诃德的好朋友（“是我把他从家乡带出去的；反正是我劝他去参加了萨拉果萨的比武，我自己也到了那里去”）。但在塞万提斯的这本书里，他显然还是第一次遇到堂吉诃德。塞万提斯书里的堂吉诃德对达尔斐所认识的那个堂吉诃德非常不满：“我是天下闻名的堂吉诃德·台·拉·曼却，不是那个冒名顶替的混蛋。我要求您凭绅士应尽的义务，当着本村长官正式声明，说您今天才头一次看见我，我并不是第二部传记里的堂吉诃德……”[②]对勘前述刘小枫关于亚里士多德对谐剧的看法，不妨想象，如果刘小枫笔下的亚里士多德能够穿越到《玫瑰之名》中，他也一定会向约尔格和威廉修士这样说：“这篇《论谐剧》不是我写的，我不是那个冒名顶替的混蛋……”

---

① 博尔赫斯：《小径分岔的花园》，王永年译，上海译文出版社 2015 年版，第 36—37 页。

② 塞万提斯：《堂吉诃德（下）》，杨绛译，人民文学出版社 1979 年版，第 503 页。

可以看到,刘小枫以柏拉图—亚里士多德—施特劳斯式的古典诗学来对抗智术师式的后现代主义所谓“双重编码”修辞。具体来说,是以古典诗学的“显白—隐微”来对抗后现代的“双重编码”修辞。在《尼采的微言大义》一文中,刘小枫就以尼采“首先是古典语文学家”的身份对抗后现代的尼采解释,并指出古典语文学的基本功夫是把文字上并不太难(显白)而含义艰深(隐微)的柏拉图对话的希腊语原文念得烂熟。[①] 这就引发了一个颇有意味也值得进一步思考的问题:“显白—隐微”是不是也属于某种“双重编码”? 当然也可以反过来问:后现代式的“双重编码”的“显白说辞”背后是不是也有一种“隐微意图”?

用“文字上并不太难(显白)而含义艰深(隐微)的柏拉图对话”来解释“显白—隐微”还不大能够显示其“双重编码”的结构,因为这样的说法似乎主要指向了一种关于如何阅读文本的“解释学方法”。值得注意的是,在《巫阳招魂:亚里士多德〈诗术〉绎读》引论部分,刘小枫通过引述阿尔拉法比解释柏拉图著作的“秘密之一”的一段话,引入了一个“训练有素”的读者视角,重新解释了这个问题,似乎从“双重编码”的角度为理解“古典诗学”提供了更好的说明。阿尔拉法比是这样说的:“一旦柏拉图知道并肯定自己已由这样的做法(指其前面已经说过的‘柏拉图采用了象征、谜语、晦涩和笨拙之类的做法’——引者)而变得有名,而且他随便想说什么都会通过象征来表达,也已在人群中广为流传,那么他有时就会直接转向他想讨论的问题,公开而又真实地和盘托出自己的看法。但任谁读了或听了他的讨论,都会假定他的说法是象征性的,而他的意图与他公开表达的东西大异其趣。这种观念就是柏拉图著作的秘密之一。此外,除非有人本身就对此道训练有素,否则就没人能懂得柏拉图公开表达的和以象征来阐述的东西,而且,如果对目下所说的这种训练不是很精通的话,那

① 刘小枫:《重启古典诗学》,华夏出版社 2010 年版,第 254 页。

么也就无法区分这两种东西。”①

不难看出，这里的“训练有素的读者”和艾柯前引所说的“老练的读者”其实是一回事，虽然对于其所要接受的训练，古典诗学与后现代诗学提出了各自非常不同的要求，也向各自潜在的“老练的或训练有素的读者”暗示了各自诱人的前景。我们已经清楚古典诗学对读者的期待，那么后现代诗学对读者所怀有的期待又具有怎样的性质呢？似乎是有意针对后现代主义诗学的“双重编码”，刘小枫提到一篇幸存下来的古代智术师派短小作品，其名字就叫《双重论说》。在他看来，后现代主义诸论说的先祖就是古代的智术师，并指出“智术师的特征在于主张伦理的相对性”，其诗术的要点在于“通过制造与真实相似的东西让绝大多数常人信以为真”②。

施特劳斯显然深谙“隐微叙事”，对于我们眼下的问题而言，刘小枫所举的一个关于施特劳斯的例子也值得一看。在这个例子中，施特劳斯以希罗多德为例来说明什么是“隐微”：“我敢以天主教徒的名义发誓，他同样是一个隐微(esoterisch)作家，而且是至为完美的一个。……悲哉，巨吉斯(Gyges)，他看见的是一个并非属于自己的‘女人’。这就是：隐微。”③刘小枫接着评述说：“施特劳斯并非天主教徒，但他模仿希罗多德的隐微‘以天主教徒的名义发誓’——这也是隐微。”④

在这个例子中，刘小枫当然、显然也是在“隐微”，因为很清楚，他自然也知道，施特劳斯的模仿对象在“隐微”层面其实并非希罗多德，而是塞万

① 刘小枫：《巫阳招魂：亚里士多德〈诗术〉绎读》，生活·读书·新知三联书店2019年版，第153页。

② 刘小枫：《巫阳招魂：亚里士多德〈诗术〉绎读》，生活·读书·新知三联书店2019年版，第272页。

③ 刘小枫：《巫阳招魂：亚里士多德〈诗术〉绎读》，生活·读书·新知三联书店2019年版，第181页。刘小枫给出的是2017年新版信息，但笔者手头无相关版本，故此处施特劳斯的举例见施特劳斯：《回归古典政治哲学》，朱雁冰、何鸿藻译，华夏出版社2006年版，第277—278页。

④ 刘小枫：《巫阳招魂：亚里士多德〈诗术〉绎读》，生活·读书·新知三联书店2019年版，第181页。

提斯,施特劳斯所隐微的希罗多德倒像在“显白”的字面层面——在《堂吉诃德》下部第二十六章结尾处,借着一个故事的空当,塞万提斯表示要“乘机”把《堂吉诃德》这部“历史名著的来龙去脉”交代一下,而在紧接着这一章的第二十七章开头他就这样说:“这部历史巨著的作者熙德·阿默德在本章开头说:‘我像真基督徒那样发誓……’译者解释说:熙德·阿默德分明是摩尔人,他这句话无非表示自己发的誓就像真基督徒发的那样可信。他是借此保证这部书是信史。”①不难发现,艾柯在《玫瑰之名》煞有介事地介绍自己的书其实是一部由拉丁语翻译成法语再翻译成意大利语的中世纪写作者的手稿,即《梅尔克的修士阿德索的手稿》,这样的“诗术”手法的一个直接来源即是塞万提斯。

抛开被“隐微”起来的秘密本身不谈,上面提到的这些人,其实都是老练的读者和训练有素的读者。他们让人觉得他们都看到了秘密,他们也都声称这个秘密“不属于自己”,就像希罗多德笔下的巨吉斯看到了一个“并非属于自己的女人”的“秘密”。如果这样的话,我们显然并不能说:艾柯不通诗术,尤其是隐微诗术,他在《玫瑰之名》中让我们看到一篇并非归属于他自己名下但最终又是他制作因而又只得归属于其名下的《论谐剧》,这在某种意义上也可以说是一种“既泄露又不泄露真相的技艺”。

深有意味的是,在《巫阳招魂:亚里士多德〈诗术〉绎读》的“引论:《诗术》寻找属己的读者”中,刘小枫将“诗术”问题与“德性”及“幸福”勾连起来,特别指出“幸福不是一种状态,而是一种‘合乎德性的行动’,而好的行动离不了某种技艺”②。这种强调过程性和动作性的做法非常后现代。如果连幸福都不是一种“状态”,后现代肯定也不是某种既定状态。后现代也是一种行动,离不开技艺。小说也不能看作一种成品,应该被看作行

① 塞万提斯:《堂吉诃德(下)》,杨绛译,人民文学出版社 1979 年版,第 197 页。

② 刘小枫:《巫阳招魂:亚里士多德〈诗术〉绎读》,生活·读书·新知三联书店 2019 年版,第 114 页。

动。这意味着，在理解小说时，读者首先应该(后现代主义的“阅读伦理”包含着对读者从作者角度出发的理解，在这一理解视野中，一切读者都“应该”是潜在的作者)想象作者是如何写作的，以及这种如何写作的具体环境是如何进入作品的；其次应当对被如此理解而某种意义上最终仍是作为成品的小说提出要求，要求它本来就应该把自己如何成为自己的这样一种行动的叙述和展示包括进来。不难看出，这就是“元小说”的道理。但这样一来就有个问题：它要不要进一步把自己如何成为自己的这样一种行动的叙述和展示作为被叙述的对象在自己里面叙述出来？如此下去，就只会有不断膨胀的内部和不断增生的叙述层次，而不会再有一个能被作为写作对象的外部了。看起来，后现代的所谓元小说技艺实质是一捅就破的窗户纸，不管再在里面或外面加多少层窗户纸，窗户纸仍是窗户纸，改变不了其纸糊性质——尽管我们凭常识知道，当窗户纸厚到一定程度、层数多到一定量级时，我们可能真的无法捅破，也根本不能透过它去观察其他任何东西。

刘小枫所呈现出来的亚里士多德善于做“困惑式论证”，也喜欢“以作诗方式论诗”——他说：“亚里士多德的论述方式与我们如今熟悉的说理方式不同，表述并不明晰直白，而是曲里拐弯。言辞模棱两可，列举不对称，前后列举不同，甚至有暗示性说法，凡此都不过是以作诗方式探讨何谓诗术。”①不管亚里士多德是否有意这样呈现，甚至不管他是否真的是这样呈现的，这种方式都有些后现代，甚至，如果赋予“后现代”一种价值尺度功能的话，亚里士多德方式可称为最高意义上的后现代。在笔者看来，刘小枫笔下的亚里士多德高就高在这一基于人世判断的自然学立场，用刘小枫的表述是：“无论‘理解’的对象还是对同一对象的理解本身，都

① 刘小枫：《巫阳招魂：亚里士多德〈诗术〉绎读》，生活·读书·新知三联书店 2019 年版，第 308 页。

有优劣、高低、先后之分。”[①]作为理解对象，这话本身就是很好、很高也非常“在先”的理解对象，因为在刘小枫的语境中，这个判断是他从“古代文明政治体中”看到的。而对包括这一句话在内的所有同一句话以及同一个术语的理解，无论是怎样的，也都会有好坏高低先后之别。在此意义上，古典诗学的判断之于后现代状况的有效性，首先就在于后现代主义自身在经过了相当长一段时间的自我展示之后，也已经形成了一个优劣高低的自然秩序。其次还在于最高意义上的后现代主义作为时代精神的代表，必然需要它能够经得起同样宣称具有最高价值的古典诗学的审视。从刘小枫—艾柯之争中我们可以看到，古典诗学的宣称得到了见证。这一见证在后现代特别有效，其有效的方式与在其他时代有效的方式迥然不同，而这种不同恰恰说明了其后现代性——它以比后现代更后现代也更有效的方式阐明了后现代主义的某些道理。

① 刘小枫：《巫阳招魂：亚里士多德〈诗术〉绎读》，生活·读书·新知三联书店 2019 年版，第 26 页。

参考文献

一、中文文献

[1] 埃科. 玫瑰的名字[M]. 沈萼梅,刘锡荣,译. 上海:上海译文出版社,2015.

[2] 艾柯. 一位年轻小说家的自白:艾柯现代文学演讲集[M]. 李灵,译. 桂林:广西师范大学出版社,2014.

[3] 巴勒斯. 裸体午餐[M]. 马爱农,译. 北京:作家出版社,2013.

[4] 巴特勒. 解读后现代主义[M]. 朱刚,秦海花,译. 北京:外语教学与研究出版社,2015.

[5] 贝恩斯. 1963 年的格林尼治村:先锋派表演和欢乐的身体[M]. 华明,等,译. 桂林:广西师范大学出版社,2001.

[6] 本雅明. 经验与贫乏[M]. 王炳钧,杨劲,译. 天津:百花文艺出版社,1999.

[7] 博尔赫斯. 深沉的玫瑰[M]. 王永年,译. 上海:上海译文出版

社,2016.
[8] 博尔赫斯.小径分岔的花园[M].王永年,译.上海:上海译文出版社,2015.
[9] 伯格.一个后现代主义者的谋杀[M].2版.洪洁,译.桂林:广西师范大学出版社,2002.
[10] 柏拉图.理想国[M].王扬,译注.北京:华夏出版社,2012.
[11] 布劳提根.在西瓜糖里[M].王伟庆,译,北京:人民文学出版社,2021.
[12] 陈侗,杨令飞.罗伯-格里耶作品选集:第三卷[C].杜莉,杨令飞,升华,等,译.长沙:湖南美术出版社,1998.
[13] 陈世丹.后现代主义小说[M].北京:外语教学与研究出版社,2023.
[14]《当代西方文学思潮评析》编写组.当代西方文学思潮评析[M].2版.北京:高等教育出版社,2018.
[15] 佛克马,伯顿斯.走向后现代主义[M].王宁,顾栋华,黄桂友,等,译.北京:北京大学出版社,1991.
[16] 葛体标.在法的前面:德里达论文学与法[J].理论月刊,2011(4):131-133.
[17] 哈琴.后现代主义诗学:历史·理论·小说[M].李扬,李锋,译.南京:南京大学出版社,2009.
[18] 哈桑.后现代转向:后现代理论与文化论文集[M].刘象愚,译.上海:上海人民出版社,2015.
[19] 胡志明.卡夫卡现象学[M].北京:文化艺术出版社,2007.
[20] 吉布森.全息玫瑰碎片[M].李克勤,刘文元,梁涵,等,译.北京:时代华文书局,2021.
[21] 蒋承勇.19世纪西方文学思潮研究　第二卷　现实主义[M].北京:北京大学出版社,2022.

[22] 杰姆逊.后现代主义与文化理论[M].唐小兵,译.北京:北京大学出版社,1997.

[23] 李德恩,马文香.后现代主义文学导读[M].开封:河南大学出版社,2007.

[24] 利奥塔.异识[M].周慧,译.上海:上海文艺出版社,2022.

[25] 利奥塔尔.后现代状态:关于知识的报告[M].车槿山,译.南京:南京大学出版社,2011.

[26] 刘象愚,杨恒达,曾艳兵.从现代主义到后现代主义[M].北京:高等教育出版社,2002.

[27] 刘小枫.巴塔耶与萨德主义文学的后现代[J].文艺研究,2022(12):5-18.

[28] 刘小枫.比较古典学发凡[M].上海:复旦大学出版社,2015.

[29] 刘小枫.重启古典诗学[M].北京:华夏出版社,2010.

[30] 刘小枫.巫阳招魂:亚里士多德《诗术》绎读[M].北京:生活·读书·新知三联书店,2019.

[31] 刘小枫.昭告幽微:古希腊诗文品读[M].北京:华夏出版社,2021.

[32] 罗钢.后现代主义文学作品选[M].北京:高等教育出版社,2002.

[33] 马汉广.西方后现代文学与文化研究[M].哈尔滨:黑龙江大学出版社,2007.

[34] 尼采.扎拉图斯特拉如是说[M].娄林,译.上海:华东师范大学出版社,2022.

[35] 王守仁,等.战后世界进程与外国文学进程研究　第二卷　后现代主义文学研究[M].南京:译林出版社,2019.

[36] 王治河.后现代主义辞典[M].北京:中央编译出版社,2004.

[37] 王治河.论后现代主义的三种形态[J].国外社会科学,1995(1):41-47.

[38] 王治河. 作为一种生活方式的后现代主义[J]. 北京大学学报(哲学社会科学版),2006(3):17-24.

[39] 韦尔施. 我们的后现代的现代[M]. 洪天富,译. 北京:商务印书馆,2004.

[40] 肖锦龙. 文化洗牌与文学重建:英国当代先锋小说的后现代性[M]. 北京:人民出版社,2018.

[41] 曾艳兵. 东方后现代[M]. 桂林:广西师范大学出版社,1996.

[42] 曾艳兵. 西方后现代主义文学研究[M]. 北京:中国社会科学出版社,2006.

[43] 周敏. 什么是后现代主义文学[M]. 上海:上海外语教育出版社,2014.

[44] 朱立元. 后现代主义文学理论思潮论稿[M]. 上海:上海人民出版社,2015.

二、外文文献

[1] BENARDETE S. Socrates' second sailing: on Plato's republic[M]. Chicago: The University of Chicago Press,1989.

[2] BENJAMIN W. Illuminations: essays and reflections[M]. New York: Schocken Books,1969.

[3] BERTENS H, FOKKEMA D. International postmodernism: theory and literary practice[M]. Amsterdam: John Benjamins,1997.

[4] BORGES J L. Labyrinths[M]. London: Penguin Books,2000.

[5] BRAUTIGEN R. In watermelon sugar[M]. London: Vintage,2015.

[6] CONNER S. The cambridge companion to postmodernism[M]. Cambridge: Cambridge University Press,2004.

[7] DERRIDA J. Acts of literature[M]. New York: Routledge,1992.

[8] EILAND H, JENNINGS M W. Walter Benjamin: a critical life [M]. Cambridge: Harvard University Press,2014.

[9] GEYH P, LEEBRON F G, LEVY A. Postmodern American fiction: a Norton anthology [M]. New York: W. W. Norton & Company,1998.

[10] GIBSON W. Burning chrome[M]. London: Gollanz Publishing,2016.

[11] HOOD W. The Reason I've been talking about all of these dead people: cultural resistance in Laurie Anderson's Nerve Bible[J]. Journal of dramatic theory and criticism,1998(13):161-175.

[12] MCHALE B, PLATT L. Cambridge history of postmodern literature[M]. Cambridge: Cambridge University Press,2016.

[13] NIETTZESCHE F. Human, all too human[M]. HOLLINGDALE R J, trans. Cambridge: Cambridge University Press,1986.

[14] PLATO. The repulic of Plato[M]. BLOOM A, trans. New York: Basic Books,1968.

[15] SIM S. The routledge companion to postmodernism[M]. New York: Routledge,2001.

[16] STRAUSS L. On Plato's symposium[M]. Chicago: The University of Chicago Press,2001.